一世机密

石钟山 著

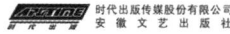
时代出版传媒股份有限公司
安徽文艺出版社

目 录

001 / 第一章

025 / 第二章

055 / 第三章

096 / 第四章

137 / 第五章

165 / 第六章

194 / 第七章

221 / 第八章

253 / 第九章

第一章

0

临终关怀病房里,她的鼻子下面插着吸氧管,昏昏沉沉地睡着。这种弥留状态已经持续很久了。不知什么时候人又会清醒一阵儿,呆滞地望向坐在她对面另一张床上的丈夫。丈夫顶着一头苍白的头发,正老眼昏花地望向她,似乎目光从来就没有离开过她,只要她清醒过来看到他的第一眼,他就是这个样子。她瘪着嘴,努力地想对他笑一笑,可她却笑不出来,只是嘴角微微地牵动,想要说话的样子。他就把头探近了一些,哑着嗓子说:你哪里不舒服吗?她呜呜着说不出来,只有眼泪顺着眼角流下来。他抖着手想要去给她擦拭眼泪。他费力地起身下床,他的身体比她也好不到哪里,脑子还算清楚,四肢却有些不听使唤了。有时恰好护士进来,就麻利地为她擦去眼泪,再检查一番她身上连着的各种连接线,那些线连在一个显示屏上,有血氧心率什么的。和机器连在一起的她,似乎也成了机器上的一部分。他盯着显示屏,看着上面跳动的数字,一时不知那机器是她,还是她就是那机器。

这种状态已经有一段时间了,最早是在医院的病房里输液吃药,后来医生和两个孩子商量后,她就被送到了这家临终关怀医院。能够叫医院的都配有医生和护士，这里和医院的病房也没什么区别，只不过这里的医生护士没有正规医院那么忙碌，整天跟打仗似的。他们要做的更多是关怀病人，让生命即将走到尽头时，能够在最后温情的关怀中平静离去。

在医院时，他也陪在她身边，她躺在病床上，时而糊涂时而清醒，他坐在她床边的椅子上，用手死死拉住她的一只手，似乎只有这样他才是踏实的，觉得她不会离开自己。这样一坐就是一整天，累了就在椅子上打个盹儿，直到晚上，儿女才强行把他送回到家里。躺到床上，他才感到浑身像散了架一样，哪儿哪儿都疼。

床还是那张老床，他和她在上面不知道睡了多少年，床还结实。那上面还能隐隐感受到她的气息，想到她还躺在医院床上吃苦受罪，他就开始流泪。儿子和女儿这时总有一个会陪在他的身边，另一个陪护在医院里。他心里始终放不下她，第二天一早，就等着儿子或女儿再次把他送到医院。直到再一次握住她枯瘦冰冷的手，悬了一夜的心才会踏实下来。

他会长时间地端详着她。

躺在病床上的她，或深或浅地昏迷着，白发和布满皱纹的脸颊，像写满了岁月沧桑的稿纸。他一遍遍地读着上面的故事，却似乎永远也读不完。

半年前，她病重不得不住进医院时，他便执意陪在身边，儿女并不同意，毕竟现在的他也如快要熬干的蜡烛，随时都有熄灭的可能。奈何拗不过他的执意，儿女也只有顺着他了。

人到了他们这个年纪，似乎早把生死想透了，在他们各自的经历中看到了太多的死亡。即便风华正茂，死亡也如影随形地跟随着他们。眼下，似乎已经看到黑白无常就站在他们生命的尽头，拿着绳索，随时待命，只待他们咽下最后一口气，就把他们锁了去，阳界的故事也就此画上句号。至于下辈子，他们还能不能走到一起，抑或是天各一方的陌路人？

想起这些，他就想哭，眼泪流下来，止也止不住。一晃又一晃，他们成为即将走到生命尽头的一对夫妻，回忆往事，似乎人生还没开始就要结束了。生命一场快得像做了一场梦，刚做了个开头，就醒了，去往另外一个世界，开始无休止的轮回。想到在另外那个世界，他的心就绝望得没了着落，想抗拒却又无力回天。

她清醒过来时，看到面前的他，伸出手，颤抖着伸向他。他俯下身把她的手握住，唏嘘着问：你有没有好一点，还难受吗？

她望着他，很想笑一下，脸上被各种管子拉扯着，只能呻吟着说：疼啊，疼到骨头里了。

他知道她是不舒服的，从入院开始，她就一直一个姿势躺在病床上。刚开始，他在护士和儿女的帮助下扶她靠着坐，让压麻的后背放松一下，他小心地用手掌在她后背上轻抚着僵死的身体。她坚持不了多久，就开始喘起来，显示器上的数字一阵乱蹦，发出鸣响。她只能再次躺下，直到显示器上的数字稳定下来，到后来就是翻个身，显示器上的数字也蹦得吓人。

他不离开她，就是担心她在清醒时见不到他，会害怕。从结婚到现在，两个人躺在床上，睡觉前手都是抓在一起，不管谁起夜，回到床上也是下意识地去寻对方的手，抓住了，才能进入梦乡。多少年养成的习惯，怎么会因为生病而改变呢？

她把他的手攥得死死的，用尽了她所有的力气。他回应着她，在她耳边说：我在呢。他的手轻轻用了点力气，握了一下，又握了一下。

一天中她清醒的时候并不多，大部分时间都在昏睡。他矛盾着，希望她醒过来，哪怕什么也不说，只要四目相对，就会感觉到对方的存在，彼此是踏实的；可又知道她一旦醒来，就浑身疼得难受。他想，如果她不再醒来，也许就不会再痛苦了。

有许多次，她昏睡过去，气促着说起了梦话：苏南，他们来抓咱们了，从窗子走，快。起初，他没听清，以为就是胡话，可他听了几次，终于听清了，抓过她的手，附在耳边一遍遍地告诉她：我在这儿呢，咱们是安全的。

她似乎听到了，情绪渐渐平稳下来。醒后似乎就把说过的话忘记了，目光紧紧地盯着他。不知道她是想起了过去，还是不放心现在的他。他顺着她的目光走近她，忍不住又一次泪水长流。

他们来抓人了，我掩护你，快从窗子跑。

她再一次梦呓着。他拉着她的手，眼泪就再也止不住了。

这是他们两个人的秘密，在一起生活这么多年，她在梦中无数次说过这样的梦话，他轻声安慰着：你又做梦了。她惴惴地在梦里醒来，半晌才平静下来。有时她还会在梦里惊恐地喊叫，他把她从梦中摇醒，她怔怔地喃喃自语：我又做梦了。至于什么梦，他们彼此知道，那是两个人共同恪守在心里的秘密。

1

1947年9月，南京国防部二厅中校参谋苏南接到了上司的最新任命，即日起赴重庆任保密局重庆站副站长。

重庆站副站长这个职位已空置一年多。当初国防部军统局在重庆办公，不仅军统，整个国民政府都迁到了重庆，被称为陪都的重庆，在国人的眼里一下子就重要起来。面对被日军轮番轰炸的重庆，人们的心已经提到了嗓子眼儿，能不能坚守，这是全国人民的最后希望，国民政府的首都已退无可退。正当重庆和全国沦陷区水深火热时，日本投降了，国民政府的都城南京重新回到了政府手中，从那一刻起，搬迁计划便提上了日程。日本投降一年后的 5 月，陪都重庆完成了使命，国民政府声势浩大地从重庆又迁回到了南京。

军统副局长戴笠在岱山摔死后，军统经过重组改成了保密局，国防部次长郑介民先是代理了一段时间局长。军统局是戴笠一手创建并发展壮大起来的，关系盘根错节。戴笠活着时对整个军统是说一不二，他设下的门道、眼线和人际关系，像一张繁杂绵密的大网，只有他在时，整个系统才是平衡的；他的离去，一时间让军统局暗潮汹涌，各方势力互不买账，明争暗斗，险象环生。郑介民虽然是国防部次长，名义上是管着军统局，可实际上，因为蒋介石国民政府高层当初设立军统的初衷就是为己所用，甚至为了稳固自己的位子，经常利用军统暗杀对立面来消除杂音，所以蒋委员长亲手掌控军统。戴笠最初也深得蒋委员长的信任，军统局的地位也是水涨船高。表面上，戴笠对国防部的长官还算尊重，其实也就是给个面子而已。面子的大小有时候是和手里掌控的权力画等号的。

戴笠一死，郑介民接手改组后的保密局不久就出事了。

局势混乱，互相械斗、暗杀的事件时有发生，被告到蒋委员长那里。其实无论是郑介民还是不谙保密局错综复杂关系的外人，为了争权夺利都会出事——即便你手脚再干净，也会在别的方面被找到茬口让你下台。国防部次长的位置早就被人盯着了。

郑介民就此下台，再也没有名正言顺地出山，最后落得个告老还乡。毛人凤作为副局长，军统的老人，顺理成章地接管了保密局。关于戴笠的死和郑介民下台，坊间传说有各种版本，不是当事人，很难说清背后的真实细节，但都不外乎一种结果，那就是权力的争斗，让他们各自出局。旧人走了，新人来了，也就又有了新的故事。

军统局重庆站在重庆是陪都时，没人把它当回事，在权力的结构中就是个小萝卜头儿，上面不仅有军统局，还有国防部，许多事都是上面一竿子插到底，重庆站没什么话语权，也就是名义上的存在。自从国民政府又迁回南京情况就不一样了，重庆成了大后方，也是整个国民政府人事权力争夺的核心。作为陪都，无论是国民政府还是军界，黑白两道，在整个西南深耕多年，各方利益势力已经形成，虽然国民政府又一次南迁，但留下的势力和各方利益仍然是重中之重。重庆和整个西南地区，就成了国民政府的二首都，各方势力仍盘根错节。

重庆站成了重中之重，空缺一年有余的副站长职位，自然成了不大不小的角斗场。

苏南只是国防部二厅的一个普通中校参谋，二厅的工作和从前的军统、也就是现在的保密局也多有交集，都是搞情报工作，服务对象却有区别。二厅是为国防部效力，保密局直接对接更高层，服务内容当然也不仅仅是情报工作这么简单了。都是刀把子，服务对象不同，刃的利度也就不可同日而语。

为了重庆站一个副站长的位置，毛人凤前后提了三个候选人，都引来一大批人的告状，有人直接写信告到上层，引来国防部和政府大员过问。问题一大堆，上面就派人来查，查来查去，几个候选人没有一个干净的。毛人凤想过一阵子，等自己完全掌控保密局后再定夺人选，不就是区区一个重庆站副站长吗？他压根儿也没有放在眼里。

随着国共内战全面爆发，重庆作为大后方也不安稳起来，共产党的地下组织乘虚而入，组织社会团体、学校的进步学生游行示威，给政府极大的压力。重庆作为政治犯张学良、杨虎城等人的关押地，又是第二政治中心，此刻丝毫不敢马虎。特务机关的地位成了重中之重，增派人手、屯集力量也就成了刻不容缓的大事。

梦瑶是国民政府机关保密室的打字员，早在浙江上学时就是倾向革命的进步学生，经常参加进步学生的集会和游行，而我地下党也遍布在学生中进行引导和扶持。很快，梦瑶作为进步学生，被暗中列入重点考查对象，其姐姐梦君是我地下党成员之一，在姐姐的引领下，她进步很快。毕业前夕姐姐找到她：你愿意加入共产党吗？此前，她已经熟读了《共产党宣言》等宣传小册子，梦想着成为一名共产党的热血分子，像《共产党宣言》里倡导的那样推翻黑暗、腐朽的旧体制，建立一个真正的人人平等、穷人有饭吃、人民当家做主的民主自由国家，这样的党组织正是她苦苦寻找的。姐姐梦君把她带到组织面前，面对着党旗宣誓，她成为了一名中共党员。

浙江省政府的朱家骅秘书长到梦瑶所在学校选拔打字员，朱夫人是学校的教导主任，平时和梦瑶也多有往来，很欣赏她，在朱夫人推荐下，她被选中了。后来朱家骅调到了南京，因为和蒋委员长同乡，在浙江时也鞍前马后地服侍过蒋介石，蒋委员长一直保持着用熟不用生的原则，对他这个秘书长始终很是信任。蒋介石一人得道，朱家骅们便也鸡犬升天，顺理成章地被委任为国民政府秘书长。不久，朱家骅就点名把她从浙江省政府调到了国民政府保密室任打字员。她的调动对于地下党组织是求之不得的，南京政府的核心机密都会经过打字员之手传递给组织。为了她的工作更安全，效率更高，组织激活了潜伏在国防部二厅的苏南成为她的交通员，二人在后来的工作中渐渐熟悉起来。

国防部的军官和政府工作人员往来谁也不会当成新闻，熟悉他们的人都知道二人是浙江老乡，再后来他们谈起了恋爱，经组织批准，两人结为夫妻。这对潜伏在敌人心脏的夫妻，成了我党的第三只眼睛，在某个时期我党情报战线成绩卓著，和二人的珠联璧合密不可分。

随着内战全面爆发，重庆成了我地下党最活跃的地方之一，优秀的战士纷纷落入敌手，先后有许多著名人士被关到了渣滓洞。这座监狱以前是中美特种技术合作所，也是情报机关培养特务的地方。内战爆发后，成了重庆行辕第二看守所，和第一看守所白公馆一起成了关押共产党的地方。江竹筠、许建业、余祖胜和新四军军长叶挺，抗日爱国将领杨虎城、黄显声等人都被关押于此，囚犯最多的时候，这里关押了我党优秀儿女三百多人。为了不让我党更多的优秀人才被捕，同时伺机营救被捕的同志便成了当务之急。当时重庆是国民政府的大后方，驻军以及城防的建设从陪都开始，国民党就花了不少心思。营救被捕的同志，当然不能仅靠武装力量，活跃在川东的游击队也在设法营救但收效甚微，所以最好的办法就是里应外合。同时，敌人内部的情报工作也需要加强，这时，组织就想到了苏南。

苏南能争取到被派往重庆保密局任副站长的职位，梦瑶功不可没。她走了朱家骅的门路，能从浙江调到南京梦瑶自是得到朱家骅的充分信任。平时，她一个保密室小小的打字员和堂堂国民政府秘书长朱家骅的交集并不多，与朱秘书长也只有在工作时偶尔能见个面，比如查找个文件，或在走廊里碰上。因为朱夫人曾经当过她的教导主任，念着这一层关系，朱秘书长也就多和她说两句家常而已。

接到组织的命令后，梦瑶没少费心思，若想把苏南派到重庆，她只有朱秘书长这条路可走。她从没因私事求过朱秘书长，一是地位悬殊，对党的工作而言，在政府机关保密室做打字员，她经手的都是最新最真实的绝密信息，这个位置太重要了，她只求掩护好自己的身份，不显山不露水，做一个兢兢业业的小文员，别人无论怎么你争我夺和自己都没关系。每次遇到这种事她都躲得远远的，落得个清静。

现在不一样了，组织要把苏南安插到重庆。她从情感上是舍不得的，自从做地下工作开始，苏南就是自己的搭档，一个眼神对方就能明白自己的用意。况且，他们已经有了一个一岁多的女儿，这是他们爱情的见证。生完孩子，母亲从浙江赶来想给她带孩子，她却咬咬牙把一岁的孩子送到了政府机关托儿所，打发母亲回了老家。地下工作让她总是担心有一天自己会暴露，睡觉也从不敢睡踏实，时刻提防着。尽管危险没有发生在她的身边，但戒备之心始终保持着。

她是在一天上班时找到朱秘书长的。秘书长办公室和保密室在同一层的最里侧一个套间内，她敲响秘书长办公室门时，门是虚掩着的，从门缝里可以看到朱秘书长正坐在座位上看一份文件，那份文件是她打印的，昨天下班前就打好了。朱秘书长五十左右的年纪，头发稀疏，戴着眼镜，标准的高级文员打扮。她应声推开秘书长的门，朱秘书长愣了一下，她这才意识到，她还是第一次走进秘书长的房间。关于苏南的事她早就想好了理由和说辞，可事到临头还是心跳如鼓。她不知道自己的计划能否成功，如果不成功，就打乱了组织的计划，于是她横下一条心，努力让自己镇定下来。她突然就哭了，眼泪顺着脸颊不可遏止地流了下来。朱秘书长赶紧从座位上站起来，关心地问：小梦，你这是怎么了？她把眼泪迅速地擦干，努力让自己镇静下来。

望着朱秘书长她又有了要哭的意思，不知此时是在表演还是真实感受的流露，她抽泣着声音说：秘书长，您知道我家苏南在国防部二厅一直是个小参谋，受气替人背锅不说，这样发展下去还能有什么前途。我嫁给他时他就是个穷参谋，到现在还是，这兵荒马乱的，南京城的物价一天一个样，我们俩这点可怜薪水连孩子都快养不起了。说着，梦瑶的眼泪又止不住地淌下来。见朱秘书长慢慢拧紧的眉头，她赶紧接着说下去：听说保密局重庆站有个副站长的位子还一直空着。说到这儿她停了下来，用手帕不停地擦拭着眼里的泪水。

朱秘书长是什么人，梦瑶把话说到这儿时他什么都明白了，他抬起眼皮把眼前的梦瑶重新打量了一下，缓缓地开始踱步，慎重又规矩的那一种步伐，多年秘书长的角色让他适应了自己的身份，不能多嘴，而需要他时又不能少言。方方正正的性子是对自己的保护，也是秘书长这个职业所需要。

梦瑶哭诉了自己的难处，便垂下眼睛，在暗中观察朱秘书长的神态，知道自己的初步试探已达到了效果，才抬起眼用更真诚的声音道：秘书长，从浙江到南京，又到重庆，现在又回到南京，这一路都是您的栽培教育。您知道，除了您我也没别的关系，要不是生活所迫，我不敢麻烦您。这几年，政府的人，国防部的人来来往往，上上下下的人还少吗？别人的职务都是越做越大，钱挣得越来越多，我家的苏南您见过，他是个老实人，我就想着让他有机会到下面谋个一官半职，舍家撇业的不为了别的，就为薪水多些贴补家用。

梦瑶的婚礼朱秘书长参加了，作为证婚人还登台讲了几句话，那个叫苏南的小伙子给他留下的印象不错，他拍着苏南的肩膀鼓励道：小伙子有前途，好好干。

梦瑶把话说到这个份儿上，朱秘书长什么都明白了，他又坐回到座位上，拿起了桌上的文件。梦瑶知道自己该离开了，她冲朱秘书长深深地鞠了一躬，轻声道：秘书长给您添麻烦了，我说的话要是不合适，您就当我没说过。说完，她退出朱秘书长办公室，把门带上。她看到朱秘书长一直没抬头，却多了满腹心事。

朱秘书长的心情的确并不平静，在政府机关这么多年，虽然职务不高，就是个政府机关大秘书的角色，但政府和军方核心的事情都得经他手而办，什么任人唯贤、胸襟磊落，这些冠冕堂皇的话都是说给别人听的。这些年来他看到了太多的不公平，不应重用提拔的人最后也被重用了，那些有才能的又被贬到最底层，说来说去还不都是凭着一个关系。有门，有靠山，有路子，有背景的人都飞黄腾达了，而那些老实巴交、没门没路的人只能做一个小职员，靠微薄的薪水度日。有意见又能怎么样？改变不了现实就只能随波逐流。想到梦瑶的哀求，给苏南找个差事对他来说并不是难事，在机关这么多年上传下达，关键又是蒋委员长身边的人，任谁也不能小看他。也许他成就不了别人什么，但想坏人点什么事，也是轻而易举能够办到的。

梦瑶是夫人推荐、由他招来的，从学校到浙江省政府，那时的梦瑶才十七八岁，简单清纯。不论怎么说，梦瑶也算是自己人，以前从没有把她当成自己的亲信，完全是因为职务的距离，作为秘书长这个角色也不适合拉帮结派，表面上总要做成闲云野鹤的样子才不至于引起蒋委员长的猜忌。这些年他暗地里也帮了不少人，有人很快就把他忘了，有人却把他的恩情一直记在心里。这一切他都知道，内战全面爆发，政府和军队一下子都动荡起来，在1947年这个节骨眼上，他想也该为自己做点儿什么了。也许现在的举手之劳，日后会变成自己脚下的一条路。既然把梦瑶当成了自己的人，何不送一个顺水人情。想到这儿，他拿起办公桌上的电话，先是接通了国防部长办公室，又给二厅打了一个电话，无一例外婉转地提到了苏南。他深谙官场上的事，不能把话说破，点到为止。

因为朱秘书长的电话，苏南的命运发生了改变。

毛人凤正为重庆站副站长位置的人选发愁，提了几个人选都遭到了反对，职位虽小，却是牵一发而动全身。他知道，许多人都想争到这个职位，明着不说，却是调动了身边的各种关系坏别人的好事，抱着"我去不成你也别想好过"的态度。他刚从郑介民手里接管了保密局，从戴笠到郑介民，他一直都是副手，最后上位，他归功于"忍"为上策，如果不忍就没有他的今天。看破不说破才是他的为人之道、为官之道。国防部长官和二厅的长官相继打来电话，都在向他推荐苏南这个人，又都无一例外地提到了朱秘书长。国防部的电话他可以不理，打着哈哈过去，可秘书长这个人他不能不重视，每次约见蒋委员长都是经由朱秘书长安排，秘书长这个角色虽然职务不高，却举足轻重。他不买别人的面子，但朱秘书长的面子他不能不给。正愁重庆站副站长这个位置不知如何权衡之时，朱秘书长推荐了人选，他也乐得送上顺水人情。

于是，一纸任命，苏南成了重庆站副站长。

2

苏南到重庆赴任的前一晚，国防二厅的几个与苏南一样身份普通的参谋组织了一场聚会，为苏南送行。这些参谋平时和苏南一样，都是无权无势没有背景的同类，在机关里混日子，靠薪水养活一家老小，饿不死也发不了财。平日看着那些有背景有关系的人，从机关里调进调出，到下面先谋一个不大不小有实权的职位，尽力捞着各种好处，再把这些好处转化成打通关系的硬通货，提着它们打点上司或上司的上司。用不了多久，一纸任命就又调回了机关，这一出一进便不再是原来那个放屁都不响的小参谋了，而是有职有权的上司。只要有职有权就能捞到各种好处，好处再转化成权力，周而往复就形成了一条良性向上的阶梯。

这些无职无权的参谋们因为谋不到权力捞不到好处，只能在原地踏步，或做梦等待奇迹的发生，眼下这天上掉下的馅饼就落在了苏南的头上。大家都知道，苏南的妻子是政府的普通工作人员，苏南也没有靠山，更没有多余的钱财去送礼，属于混日子的那种人。别看国防部二厅的衙门不大，不显山不露水的人却很多，出其不意地就有人提拔了。两种泾渭分明的人，就形成了两种阶级和两种阵营。苏南突然成了他们眼中的另类，级别没有得到提升，还是中校，但却是副站长了，职务加带了长，手里的权力就和他们这些普通的参谋们不可同日而语了。他们在苏南的身上似乎看到了某种希望，在苏南接到任命的这段时间里，他们还没搞明白梦瑶和朱秘书长这层关系，只觉得天上掉下的馅饼砸在了叫花子的头上。

那天晚上的送别宴持续到很晚，这些平时关系处得还算融洽的参谋们不断地给他敬酒，说些花好月圆的话，清醒的王参谋还附在耳边向他请教：老兄，给哥们儿透露一下你是如何让上级看上你的？他笑笑，举杯回敬。他知道与这些参谋以后还免不了打交道，有时不经意的一句话或许就是有价值的情报。问的人多了，他只轻描淡写地回一句：我就是那个得利的渔翁罢了。

重庆站副站长人选的变动，许多人都是知道的。以前的人选都是保密局内部人员的交流，前两次刚提名被人告了状，内容还确凿无误，这就让毛人凤无话可说了。每个人的身上都有屎，洗也洗不清了，也只能从外部找来一个人。外来的和尚好念经，这种意外在他们看来就很好理解了。

散场时已经是深夜。

酒局进行到一半的时候，苏南到酒店前台给梦瑶打了一个电话。告诉她自己可能晚一点回去。按理说以他和梦瑶的级别家里是不会给装电话的，只因梦瑶的工作特殊，朱秘书长批准，中央政府从重庆迁回到南京后就给他家里安装了电话。

苏南从酒店里出来，被夜风一吹，酒劲儿就醒了一半儿。此刻，他心里是踏实的，组织交给的任务有了眉目，自己马上就要去重庆赴任了。梦瑶的下线联系人组织自有安排，就等他到重庆后接受新的任务。想着即将和妻子告别，苏南心里隐隐地有了一些别离的伤感。自从组织安排他成为梦瑶的联络人后,他就从来没有离开过她。而这种夫妻加战友的关系,让他们的感情也不断在加深。深入到敌后工作的他们,更多的时候就像一叶扁舟漂泊在风大浪急的海面上,那种无依无靠的感觉让他们的心连接得更为紧密,知道彼此才是信得过的人,这种特殊时期的相依相伴,让他们的爱情更显得弥足珍贵。

他从马路拐进一条胡同,再走几个台阶,向前右拐就到家了。想着今晚和妻子告别的场面,竟有了几分期待。他整理了一下衣服,呼吸了几口深夜的空气,正准备上台阶时,突然拐角处蹿出来一个人影,直奔他而来。他还没有反应过来,那个影子就蹿到他身边,没头没脑地把一个锋利的东西刺进他的胸膛。还没来得及喊叫,人影就向阶梯下跑去,他捂着胸口回头看了一眼,发现人影已经消失在他的视线里。苏南没有觉察到事情有多么严重,以为自己只是遇到了一个酒鬼或者是小偷,他气喘着走上几个台阶,来到家门口的光亮处,才看到自己满手是血。他跌撞地敲响了自家的门,梦瑶似乎一直在门口等待着他的归来。门刚敲响就被打开了,梦瑶看着他的样子惊呼了一声。他随之跌倒在屋内的地上。

梦瑶慌忙中拿出毛巾去堵他受伤的胸口,涌出的血水怎么也堵不住。苏南这才意识到自己快不行了,冲梦瑶最后说道:快把我受伤的情况报告给组织。只说了这一句话,人便晕了过去。

苏南受伤的消息是夜半时分通过梦瑶新的联络人传达了出去。苏南都没给梦瑶机会把他送到医院就死在了她的怀里,身上流出的血湿了她的半边身子。此时的梦瑶脑子里空白一片,来不及悲伤的她不知道下一步组织将做何安排。想到组织交给自己的任务还没有完成,悲伤的情绪就被另外一种焦虑所替代了。苏南的牺牲自然是组织秘密的一部分,她不敢惊动任何人。

她传递出去的信息是苏南昏迷不醒,现在她急于要把他死亡的消息再次传递出去。来不及多想，换好衣服，她匆匆走出家门。

接下来的时间她只能等待组织的安排。加入地下党组织，她和苏南的一切事情都不再是个人私事，需要及时向组织汇报，何况又发生了这么突然的意外。

3

一艘开往重庆的客轮上，中共地下华东局的王特派员和苏北躲在一个独立的客舱内。

客轮的汽笛声划破夜空，波浪被客轮推出去，一层一层的浪拍击着水面。

王特派员接到上级指示，上船与苏北会合。他的公文包里装着关于苏南的所有资料，苏南一直是他的下线。苏南在考入浙江特训队前就已经是地下党，让他考入特训队也是组织的一步棋。为了培养一位打入敌人内部的地下党员，不仅需要时间，还需要耐心。苏南作为一枚棋子就是在那时被埋到敌人内部的。

两年特训队结束后，他先是被分配到了军统的外勤工作，同样归国防部二厅管辖。军统名义上是国防部的一个部门，因为军统是戴笠一手创建的，以他本人和蒋委员长的关系，遇到核心机密时都是越过国防部直接向蒋委员长汇报。渐渐地，军统就成了蒋委员长最贴心的刀把子。约定俗成，国防部的要员也不再过问军统局的业务，军统在国防部就成了特殊的存在。外勤却不一样，干的都是杀人越货，打打杀杀的糙活，离情报核心远，国防部二厅还能插上手，对军统来说，这些外勤就是一个辅助，基本上不掌握军统的核心机密。不论谁安插个人，戴笠基本上也都是睁一只眼闭一只眼。于是，军统这些外勤就成了国防部二厅和军统双层领导的部门。

国民政府迁到重庆后,苏南被调到了国防部二厅成为了一个普通的参谋。西安事变后,国共合作,两党形成了一致对外抗日的决定,苏南这枚棋子就变成了隐身,待日本投降,国民政府从重庆又迁回到南京,直到内战全面爆发,苏南这枚棋子才又一次被激活。重庆成了国共两党政治舆论的焦点,许多地下党员和进步分子纷纷被捕,收集重庆的情报、营救地下党一些有影响的人物就成了我党当前工作的重中之重。

苏南被派往重庆站任副站长,就在这个节骨眼儿上,却被人暗杀了。苏南能够成功去重庆,是千载难逢的好机会。如今苏南被暗杀的消息传到上级,令组织头疼不已。为不错失这难得到手的机遇,组织作出紧急决定,起用苏南的同胞兄弟苏北李代桃僵,深入敌后。

苏北比苏南小一岁多,确切地说小一岁半,两人长得极像,小时候的兄弟俩经常被误以为是双胞胎。熟悉的人都能看出来,两人个子差不多,但脾气秉性却不一样。苏南内敛,苏北外向,长大后的哥俩乍看起来十分相像,有时候就是父母也会喊错名字。

苏北和苏南两兄弟后来走上了不同的道路。

1937年抗战全面爆发,那一年苏北十六岁,新四军军部在武汉成立,活跃在浙东的游击队被改编成了新四军第一支队,陈毅任司令员。当时新四军第一支队正活跃在江浙皖一带进行扩编,苏北便参加了新四军。苏南参加革命也是受了苏北的影响,他考入了国民党设在杭州的特训队。那一阵子国民党军队也到处在招兵扩编,和军统沾边的各种特训队、速记学校到处都是。招收的门槛也并不高,只要识些字、头脑灵活都可以报考。在组织安排下苏南考入了特训队。

那时的苏北已经是新四军队伍中一名合格的排长了,受苏北的影响，苏南的思想也开始转变，虽然他报考的是国民党的特训队，但和苏北一样，是一名坚定的共产党员。尽管两人走上了不同的道路，但他们的目标却是一致的。

当时的国共两党名义上是合作，一致对外，但我党地下组织的建设却并没有停止。上海、杭州和南京城内已有大批的日本特务渗透进来，为了对付日本的特务组织，我党的地下工作压力巨大。国民党的情报组织也是在那一时期发展壮大起来。华东局的地下组织深谋远虑，安排苏南考入了国民党国防部的特训队。

日本投降后，新四军也进行了改编，苏北所在的一部被改编成华东军分区，他被任命为分队长。行伍的历练让苏北眉宇间透着英气，精明能干，和在国防部机关成长起来的苏南在气质上还是有些差异。

任务当前，事发突然，组织还是决定让苏北来替代苏南。虽然有些冒险，但只要考虑周全，还是有一定把握的。为了加强重庆地下组织的力量，组织实在是不想失去这样一个大好机会。

就这样，苏北从军分区急调到南京，和王特派员一起登上了开往重庆的客轮。选择乘坐客轮去重庆也是组织的决定，飞机和火车也可以到达重庆，但这两种交通工具显然不适合现在的他们。苏北一直在以前的新四军、现在的华东军分区，虽然对国内国外当前的局势有所了解，但和苏南相比，两个人毕竟走的是完全不同的两条路。

苏南从杭州特训学校辗转去了陪都重庆，毕业后分配到了国防部二厅。日本投降后，于一年前又回迁回到南京，这些经历是苏北无论如何也无法弥补的。当下对组织来说，能够把自己人打入重庆保密站工作，搜集情报、营救大批被捕的同志是重中之重，起用苏北取代苏南虽然冒险，但为了重庆未来的工作还是值得一搏。从南京到重庆的这段水路，就成了王特派员向苏北交代工作的最后机会。王特派员要在最短的时间内把苏南所有的信息提供给苏北，以便他尽快进入角色。

梦瑶接到组织的决定，很快从最初的慌乱中稳定下来。巨大的悲伤裹挟着她，爱人苏南就这样牺牲在了她的怀里。重庆，是她和苏南相爱的地方，那里留下了太多的美好记忆。宿舍前的青石板路每到雨季就会长满绿苔，稍有不慎就会滑倒。夏天约会的那片池塘，这个季节的荷花应该开得正旺，粉艳艳地挺立在水面上。他们的婚礼很简单，婚后住的房子后面就是池塘，晚上的青蛙此起彼伏热烈地聒噪着，常常搅扰得他们睡不好觉……一桩桩、一件件的细碎往事都是他们爱情的印记。苏南一接到去重庆工作的任务，她就做好了分居的准备。却不料，事出意外的夜晚竟让两人阴阳两隔。对于苏南的死，凭直觉她认为是二厅内部人干的，是对保密局重庆副站长这个职位争斗的结果。

不是内部人又会是谁呢？了解苏南和同事聚会的时间，又知道散场时间和他们居住地的，不是内部人不可能知道这些。说不定凶手就是和苏南聚会中的某一个人。苏南出了意外，上面就会重新考虑副站长人选，推翻已定的事实对他们来说就是机会。她把自己的分析通过交通员向上级作了汇报。不论是谁杀了苏南，现实已无法改变，组织只能冒险起用苏北顶替苏南。

当天晚上，两名地下工作者就潜进家里，用一条麻袋把苏南的遗体运走。整个过程中两人都没有说话，其中一人分手时紧紧握了一下她的手，这一握向她传递了千言万语。她很想再看苏南最后一眼，那两个神秘的同志就像原地消失了一样无影无踪了。强忍着悲痛的梦瑶用被子把自己蒙了起来，在心里山崩地裂地哭了起来。天亮了，收拾好内心的哀痛去完成组织交代的任务——为苏北断后。她像往常一样正常上班，然后给国防部二厅的长官打了一个电话。今天是苏南去重庆赴任的日子,按规定苏南要去机关辞行。她只能谎称说苏南要赶回老家看一眼,赶的最早一班车,来不及向长官辞行,由她电话代劳了。

苏南去重庆赴任,国防部和保密局早就传开了。按以往的规定,苏南赴任怎么说也得有保密局或者国防部的人陪同前往。苏南牺牲,打乱了这一切计划,她只能找个理由把这个仪式免掉。

重庆和别的地方不一样,有自己的行辕,就是直接归中央政府管辖的特别机关,军政机构都齐全,许多人也都是苏南的熟人,苏南到了重庆再由国防部二厅二处的人陪同去保密局赴任,搞个交接形式,也算是二厅的人给自己送出去的人一个面子。

接听她电话的是二厅刘副厅长,以前来过家里,也算脸熟。虽然她听出来刘副厅长对苏南擅自这样安排有些不满,但人已不辞而别,再说无益。苏南到了重庆一报到,就是人家保密局的人了,以后山高皇帝远,又能拿苏南怎样?电话里打过几声哈哈也算过去了。

办完这一切,梦瑶再也支撑不住,发起了高烧,一病不起。她把孩子嘱托给邻居帮忙照看,直到母亲从浙江老家赶来,看到母亲的她更是悲从心起,又一次痛哭起来。母亲以为女儿是因为和苏南分别伤感才得了这场病,就劝慰道:苏南这是升官了,大好事啊。母亲的出现让她清醒过来,这时的她多么希望有一个人能够倾诉啊!她只能暗暗地把悲伤埋在心里,又开始为远在重庆人生地不熟的苏北担心起来。一颗心悬了起来,就再也没有放下。

4

开往重庆的客轮上,王特派员和苏北一刻也没闲着。王特派员要在短时间内把苏南所有的信息传递给苏北。看似容易,其实也是对苏北的又一次塑造。

两人虽然是亲兄弟,外表长相酷似,性格却南辕北辙。也许是他们参加工作后各自的经历,磨练出他们各不相同的性格,俗话说狗生九崽各不相同,何况人呢?苏南是老大,从小就喜欢安静,内向。苏北活泼好动,有话就说,属于心直口快。几年前,他们各自又走上了不同的人生道路。不同的环境下,和不同的人打交道,又重新把他们的性格塑造了一遍。

地下党组织之所以冒这次风险,是由于当下重庆的局势急需安插一个自己的人,而突发了意外又不能眼睁睁地放弃这次难得的机会。组织上相信,苏北一定能够克服困难,完成这次光荣而又艰巨的任务。苏北从一名新四军战士到排长,再到现在军分区的分队长,艰难困苦时期的历练和生死战争中的磨砺,早已将他锤炼成为我军一名合格的指挥员了,组织上相信苏北有能力也有魄力应付复杂多变的险恶环境。

王特派员是苏南的上级,对于苏南这些年从事的地下工作了然于心,他要在最短时间内把苏南的经历一字不落地告诉苏北。苏北自从参加了新四军,苏南考取特训队后,两人几乎没有见过面。苏南所在的特训队随国民政府迁往重庆前,请假回了一次老家与父母匆匆作别。国民党从江浙撤到重庆后,这里就变成了敌占区,以及新四军和游击队的战场。苏北执行牵制日军任务时,中途也回过几次家。但两个人始终没有碰面。两个儿子离开家,天各一方,怎么能不让父母牵肠挂肚。他们和普天下的父母一样,孩子们的一举一动都牵扯着他们的神经。老两口经常站在村口向通往村外的那条小路上张望,多么希望两个儿子能一同在小路上出现。

让苏北了解苏南的经历,也是让他再一次走进哥哥的生活。苏南人生的每个关键点,苏南的调动升迁,包括结婚生孩子这些细节,苏北还是第一次从王特派员嘴里听说。苏北通过想象完成了对哥哥苏南生前的复刻。

他接到上级命令,火速从部队悄悄地抵达南京,甚至都没来得及和战友们告别。和王特派员接上头时,王特派员已拿着两张通往重庆的船票,在码头上等候多时了。直到上船后,苏北才知晓此行的任务,也就是在这时才知道哥哥苏南牺牲的消息。这对他来说不亚于五雷轰顶。两个人这几年都没有联系过,可毕竟是兄弟,血脉相连,分别的这些年里他无时无刻不牵挂着苏南。知道苏南在敌人的心脏工作,稍有不慎就会暴露自己。他为哥哥提心吊胆着,有时做梦都梦见哥哥暴露了,被敌人追杀的场面。梦中惊醒的他,知道哥哥是不会轻易和外界联系的,自从打入了敌人的内部,他就成了一座孤岛。他也没有办法和哥哥取得联系,只能在心里默默为哥哥祈祷,希望哥哥顺利完成组织交给的任务,平安归来。

从王特派员嘴里得到哥哥牺牲的消息,他当时大脑顿时一片空白。过了好半晌,才明确自己的任务是替代哥哥再一次打入敌人内部。任务的紧迫和失去哥哥的悲伤,同时袭扰着他的神经。客轮鸣响笛声的那一刻,他才清醒振作起来。眼下虽然看不到敌人,听不到枪炮声,但他知道这比战场上还要让人揪心。他必须以十二分的小心,尽快融入到自己将要扮演的角色中。

苏南打入敌人的内部后一直都是和王特派员单线联系,没有人能像王特派员这般了解苏南了。在王特派员的叙述中,苏南在苏北心里才真正地又活过来。以前对哥哥的印象还停留在少年,他们一起读私塾,一起上山割猪草,下河摸鱼,哥哥虽然比他大一岁半,但遇到事总是让着他,有危险总是自己先冲上去。记得有一次上山割猪草,苏北不小心碰到了一个马蜂窝,受到袭扰的马蜂冲了出来,他大叫着。哥哥走在前面,看到这一幕,喊了声:苏北,别动。说完扑上来,把他压在身下。那一次，苏南为了保护他，头上身上被蜂群蜇了一头一身的包，眼睛肿得只剩下一条缝，躺在床上好几天，还是父亲到山上采了草药，用偏方把哥哥的蜂毒治好了。

在王特派员的介绍中，哥哥的形象重新立体完整了起来。苏北觉得哥哥此时就站在他的身边，抿着嘴微笑着对他说：苏北，你行的。他想着眼前幻觉中的哥哥的样貌，真想扑过去，紧紧地把哥哥抱在怀中。可现实对他来说再也没有这样的机会了。他知道自己此行任务的艰巨，来不及过多地悲伤。王特派员提示道：扮演你哥哥容易，让人找不到破绽就太难了。重庆有许多苏南的熟人，还有同学。要让所有的人都认为你是苏南，这对你来说是巨大的考验。王特派员说到这里，把目光沉重地盯在他的脸上。

这一点，他从领受任务开始就意识到了。苏南在国防部工作这么久，早已形成了自己的人脉圈子，他的同学、同事，都是和他朝夕相处的人，比自己更熟悉哥哥。他横空出世取代哥哥，只要稍稍露出马脚，不仅牺牲了自己，更会影响上级组织交给的重庆之行任务的完成。

王特派员打开一个牛皮纸袋，从里面拿出两张照片，指着其中一张说：这人是苏南特训队的同学，叫张大召。现在是保密局重庆站的后勤总务长。又指着另一张照片：这是驻扎在重庆国防部二厅重庆行辕二处副处长朱先海，以前是苏南在国防部二厅时的同事。他们和苏南都很熟。这两个人你一定要多加小心，目前我们掌握的情况就只有这些。至于其他人还有没有和苏南熟悉的，我们就不太清楚了。

王特派员的目光又一次沉甸甸地落在苏北的身上，他知道迎接苏北的不仅是考验，还有更大的风险。一路上，王特派员恨不能把自己所掌握的重庆以及苏南的情况一股脑都装进苏北的脑子里，苏北从最初的无序混乱，渐渐地已经理出了头绪。他望着从船头掠向身后的江水,心绪复杂又混乱,他觉得此时的自己正在变成哥哥苏南,那个曾经熟悉得不能再熟悉的哥哥正在默默地望着他,在他眼前时近时远,既熟悉又陌生。

5

客轮从万州港离开后,下一站就是重庆了。

苏北的心绪仍无法平静下来,他独自站在客轮的甲板上,望着远方。两天两夜他几乎没有合眼,更多的时候是在听王特派员介绍苏南的情况,这么多年因为苏南的特殊工作,他们断了联系。苏南去年带着嫂子最后一次回老家是他从父母那里听说的。几年时间过去,父母也都老了。他在新四军队伍打游击时,路过老家偶尔还能回去。苏南却不一样,从浙江到重庆后,因为日本人的封锁,几乎和老家断了联系。苏南尝试着给父母写信,身边许多人的老家都在江浙一带,大家同样思乡心切,寄出的大部分信件都被退了回来,没退回来的信件,就成了他们最后的希望。他们希望故乡的亲人会得到自己的片言只字,他们在庆幸中期待着,却从来没有收到过老家的信息。

作为陪都的重庆隔三岔五就会遭到日军飞机的轰炸。防空警报一响,不论手头在忙什么,都会在第一时间向附近的防空地带跑去。最初的重庆并没有像样的防空洞,只是在防空警报响起时胡乱地跑。日军轰炸的目标是建筑物,他们躲藏在大街上、树下、石头后面、排水沟里……多次轰炸后日本人有经验了,专门轰炸街道,每次轰炸结束,炸死炸伤的军民不计其数,那种惨相惨不忍睹。后来军民也学会了防空,在自己的居所附近挖地道,建立防空掩体。那一阵子,每到夜幕时分,整个重庆都是挖掩体的军民,晚上重庆的天空是安全的,敌机不会来轰炸，为了挖掩体军民彻夜都在劳作。

临时挖出来的掩体有时并不安全，苏南亲眼看到几名战友在敌机轰炸过后，在炸塌的掩体里再也没有走出来。在当时绝望的情境下，他们谁也没想到有朝一日还能打回去，沦陷的土地成了永远的敌占区。他们这些从敌占区走出来的人，在晚上会聚在朝天门码头，望着短途往来的商船，似乎心情疏朗了一些。他们从江南到重庆转移时，大部分是从水路过来的，嘉陵江的水和故乡的水是相通的。望着河道，似乎离故乡又近了一些，每天晚上，这里都聚满了思乡的人群，苏南自然也在其中。

苏北从母亲嘴里得知哥哥苏南结婚了，还生了个女儿。母亲说：你哥长高了，也胖了一点。母亲瘪着少牙的嘴开心地笑着。他看过哥哥的全家福，嫂子抱着一岁的侄女，一家人冲着镜头微笑着。这是他第一次见到嫂子的模样，照片上文文静静的女子，偎在哥哥的半个肩膀上，抿着嘴笑着。哥哥在仅有的几封信中从不提他，他知道哥哥是出于安全考虑，并且交代母亲在回信中也不要提他。母亲虽然没什么文化，但她什么都懂。每次求识字的邻居给哥哥回信，都要求邻居把信写好后，再念上两遍，直到她满意了才把信件寄出去。

现在的他就是哥哥苏南了。他望着江水，觉得眼前的苏北正化成碎片，一点点随江水漂走了。苏南在自己体内一点点变大。重庆近在眼前，陪都模糊的影子开始渐渐清晰可见。胜败在此一举，有胜利就会有牺牲。他似乎下了决心，找到没人的角落，从衣兜里拿出早已准备好的折叠水果刀，向自己的腹部扎去。

他捂着腹部，跌跌撞撞地向自己的船舱走去。推开门，王特派员一脸惊讶地望着他。他倚在关好的门上，冲王特派员笑一笑说：以防万一。

客轮的笛声高亢地拉响，朝天门码头到了。

第二章

0

不知从何时开始,电视里开始播放一些谍战题材的电视剧。一时间,谍战戏很受百姓追捧。那些电视剧他们也看过,觉得和自己当年的经历相差甚远,很多是胡编乱造,细节缺乏真实,只是吸引观众眼球罢了。媒体也不知从哪里获知一星半点他们新中国成立前的工作经历,就相继找到他们,有摄像的,也有文字记录的。为了让他们相信各自媒体平台的正规性,记者们亮出记者证,有的还带着社长写给他们的信。他们无一例外地都在强调,让他们把曾经的地下工作经历讲出来,作为资料以教育和警示后人。

守了大半辈子纪律的他们,知道自己工作的特殊性,只要一开口那就都是秘密。组织原则铁打的一样,怎能轻而易举地说出来呢?况且这是组织的秘密,他们对记者只能用微笑和沉默来代替回答。两个老人温文尔雅地接待着一拨又一拨的记者,就是不肯开口。记者们只能一次次地无功而返。

再后来,这些媒体不知通过什么关系,找到了他们的上级,上级就打来电话,客气地对他们说:媒体采访就说点儿什么吧,要是不想说,就谈谈退休后的生活也行。

媒体记者又蜂拥着找到他们。他们浅淡着自己的退休生活，对以前的地下工作依旧闭口不谈。渐渐地，记者们就对他俩失去了兴趣。毕竟，没有哪个会对退休老人的生活感兴趣。

他们退休后的生活与大多数人别无二致。工作了大半辈子，人生也算是进入了下半程。最初，他们是不适应的，依旧是在某个固定时刻醒来，起床、穿衣——

她率先洗了手直奔厨房后，他才进洗手间开始洗漱。然后吃药，药是昨天晚上临睡前提早备好，到了他们这个年纪，各种慢性病开始找上门来。他服完药，她把早餐也做得差不多了。都是提前一天准备好的，早晨就是简单加热一下。这种早餐方式，差不多是所有上班人的标配，不分老少，只是胃口不同而已。她把早餐端到桌子上，再去洗漱收拾自己。待他吃得差不多了，她才来到餐桌前。他离开餐桌，开始整理上班用的公文包，先把老花镜放进去，之后是前一天从单位带回来的学习文件，还有保温杯。到了他们这个年纪，保温杯里会放一些枸杞和黄芪，还有一些治疗三高的偏方什么的。他把两个人的保温杯里的宝贝都放好，到厨房里把开水倒满杯子，再把杯口拧死，分别放到各自的包里。做这些时，她也吃完了早餐，端着碗盘到厨房里清洗。

他穿好鞋，提着两只公文包站在门口，她甩着湿淋淋的手走过来。下楼，到了小区大门口，一个向左一个向右。一个乘地铁，另一个坐公交车。

以前的这座城市没有地铁，出行都要坐公交车，后来有了地铁，她就每天搭乘地铁上下班。她接过他递过来的包，轻声说一句：再会。两个人，两个方向，奔向不同的目的地，就像当年的他们各自在执行不同的任务。

下班时也大抵如此，不管谁先到家，都要先去厨房把饭焖上，然后再去准备菜肴。另一个人回来了，两人就一起在厨房里忙碌，一边说着单位里又发生了什么新鲜事。她说单位新分来的两个大学生，两个人的恋爱故事都能拍成一部连续剧了。她开心地说，他消遣着听。不知不觉，饭菜就做好了。坐到饭桌前，仍然延续着刚才在厨房里的话题边吃边聊。吃罢饭，他提起公文包去书房看文件，或者处理没有完成的工作。餐桌便成了她的天下，老花镜也是必不可少的，她的工作与他类似。两个人各自忙碌着，院子里渐渐安静下来。不知是谁先伸了一个懒腰，另一个人打着哈欠说：去遛个弯儿吧。

他们慢悠悠地在小区里散步，有遛狗的人牵着狗经过他们身边时，碰到脾气好的狗，两个人还会蹲下身子逗一会儿小狗。

他们在楼下走了几圈，呼吸着夜晚的空气。天气好的时候，偶尔会看到天边的星星，他们会停下来，抬起头，手牵着手驻足在原地，盯着那几颗星星不厌其烦地看上一会儿。

不知为什么，人类对天上的星星有着天然的好奇。盯了一会儿星星，他们就又开始遛弯儿，走上一会儿，一个说：不早了，该回去了。另一个也不说什么，两人步调一致地向自家的楼门口走去。

不管他们再怎么放松地聊天，也从不提过去，这是组织的原则，也是铁打的纪律。不该说的不说，不该问的不问，这些钢铁般的纪律早已经融进了他们的骨子里。偶尔有避不开的话题，也都会小心含混地绕过细节，再巧妙地把话题岔开。

退休后持续了一段时间，他们才有意识地让自己的生活松弛下来。可多年养成的生物钟，还是到点儿会醒来，醒来之后就再也躺不住了，还是按照以前的节奏，吃完饭后他去了书房，她仍占据着餐桌。他在书房里看书，他喜欢看那些回忆录、历史名人传记。年轻时就喜欢看书，只不过因为上班时没有更多的时间，才把这一爱好留给了退休生活。她上了老年大学学习绘画，画那些花鸟鱼虫，现在已经画得有模有样了。

许多上了年纪的人都喜欢念旧，对当下发生的事记忆模糊，却对过去的经历记忆犹新。他们也会经常发呆，想着各自不同的经历，沉浸在往昔的时光里。不知过了多久，他们的目光会碰到一起。彼此知道他们都在回忆着自己的往事，但他们从来不就这个话题交流。

虽然他们的机密工作，已经过去很久远了。但在他们的心里，那些仍然是机密。这份机密不仅属于他们自己，更是属于组织。多年养成的观念，凡是属于组织的就没有小事儿。宁可把各自的秘密烂在肚子里，也不会向外人言说。这是当年王特派员特意强调过的纪律。

退休以后，他们坚持着早睡早起的习惯。即便是各自发呆时，也尽量控制着自己的思绪，把生命当中最隐秘的那一段跳过去。他们想着各自青春年少时的往事，一想起少年时代，脸上就会不由自主地流露出留恋的神情。年少的往事常常让他们开怀得仿佛自己也年轻了许多，时光如一架精密的时光雕刻机，早已悄悄地让他们变了模样。回忆将他们一次次带回到过去，一旦追忆到对方深入到敌人内部的那段时光，思绪就卡壳了，似乎人生也断了片儿。

习惯的养成是很难被打破的，他们相互尊重各自的习惯。有时他们也好奇对方以前的经历中的某一时刻，当他们探寻着把目光望向对方时，才惊诧着清醒过来，把刚才想探究彼此秘密的冲动压了下去。心理素质是先天的，也是后天养成的，他们坚信当时如果没有强大的抗压能力，是不会囫囵个儿地活到现在的，这一点他们比谁都清楚。

想起当年那段往事，他们就会沉寂下来，互不打扰，让各自的情绪在无边的往事里沉浮。虽然他们是一家人，生活在一起有几十年了，生活上的各种磨合早就圆滑顺畅了，但关于组织的秘密和彼此曾惊心动魄的经历，他们仍然把它当成绝密烂在自己的心里。

1

客轮停稳后，王特派员和苏北走出客舱。

按着事前王特派员的安排，接下来就只能靠他苏北一个人了。王特派员在走出客舱前的那一刻，紧紧拉住他的手，用力地握了一下，又握了一下，语重心长地说：从现在起，你就是苏南了。王特派员的目光和握着他的手一样，沉甸甸地，让他感受到了肩上的重量。

王特派员说完，先他一步跨出客舱门，拿出船票，撕了一半，又撕了一半，直到那枚小小的船票在王特派员的手里变成了碎片，一扬手，撒到了江里。

王特派员走进了下船的客流里。

苏北被下船的乘客裹挟着向外走，王特派员早就在他眼里消失不见了。他知道作为苏南的他，此时对朝天门码头应该是熟悉的。苏南从浙江特训队坐船来到这里，又从这儿坐船迁回到了南京。他觉得此时的自己有着两双眼睛，一双是苏南的，眼里的一切都轻车熟路，指引着他随着人流自信地向前走着。另一双眼睛则是他自己，他盯着眼前的苏南稳重、沉着地向前走去。

他知道会有人来接他，他现在的身份是保密局重庆站的副站长，无论如何重庆站都会派人来接他。苏南在重庆国防部二厅时，和重庆站的吕站长就打过交道，说不上有多少交情，见面点头之交是有的。作为刚赴任的副站长，总不能怠慢得都不来接一下吧。

他提着手里的包，在走上最后一个台阶时，不小心抻到了腹部的伤口，一丝隐疼传遍了他半个身子。这时的他一下子想到了哥哥苏南，疼痛似乎瞬时传遍了他的整个身体。还在恍惚时，一只手拍在了他的肩膀上，就听到一个男人大声地说：苏大副站长，想什么呢？连我都不认识了，你这是一升官儿就眼睛朝上看了。

他回了一下头，见到一个比他高半头的黑脸男人站在他面前。他马上露出笑容，张开双手，和对方热烈地狠狠地拥抱了一下。直到这时，他仍然不知道对方是什么人，那人和他坚硬地拥抱了两下，把他推开，盯着他的眼睛说：才分手一年，你小子好像又长个儿了。他咧着嘴微笑着，心想着对方到底是那个二处副处长朱先海，还是苏南的同学张大召？毕竟只有熟人才会和他这样打招呼。对方说：在船上没吃好吧？我和吕站长打过招呼了，他们站里本来要接你，我说我要先给你接风，毕竟咱们都是二厅的人，他们重庆站就靠后站吧。说完，一挥手，一个穿着便衣的小伙子，走过来接过他手里提着的东西。这时他才想起，这人的照片在船上王特派员给他看过，看来他就是朱先海了——国防部二厅驻重庆行辕二处的副处长，只不过那张照片过于模糊，和眼前的人差距有点儿大。认定之后，他的心里就踏实了一半儿。朱先海和他拉拉扯扯着向前走去。

他没想到朱先海会来接他。听朱先海这么说，他心里就有了数，便说笑着：朱兄啊，你何时回南京呀？南京的兄弟们都让我给你带好，都说想你了。

朱先海大大咧咧地说：操，国防部把我们丢到了重庆，我们这些人都是后娘养的，南京的那些人都忙着升官发财，谁还能顾得上我们？朱先海一路抱怨着，又向前走了一段路，来到了停车场。那个穿便衣的小伙子显然是朱先海的司机，把他的随身用品麻利地放在了后备厢里，过来拉开车门。在谁先上车的问题上，他和朱先海好一顿推搡。拗不过朱先海的热情，待他上车后，朱先海坐在了他的身边。车启动后，他用余光向车外远处望了一眼，王特派员的身影在人群里闪了一下，就消失不见了。他心里清楚，这是王特派员在送他最后一程。想到这儿,心里不免空落落的。

晚宴安排在解放西路一家重庆菜馆。

这里离重庆行辕不远。以前做陪都时军事委员会的办公旧址,在国民政府迁回南京后,便成了行辕的办公地点,大大小小地聚集了许多军政共同办公的场所。

酒是少不了的,朱先海叫了几个二处的同事陪同。他们一下班就来到这里,有的连军服都没来得及换,一起吵吵嚷嚷地向他敬酒。都是苏南半生不熟的同事,分别一年多,又一次踏上重庆的土地,他今天晚上的酒一定不能不喝,但一定不能喝多,接下来还有重庆站那帮人要应付,稍有不慎就会出差错。潜意识告诉他,自己时刻都要保持着清醒。这时,他索性站了起来,掀开了衣服,露出了肚子上的伤口。

在船舱时,他用水果刀不轻不重地扎向自己的腹部,为的就是让自己成为真正的苏南而不留一丝纰漏。他冲众人说:实在是抱歉,我临来重庆前的那天晚上,不小心给伤着了。

朱先海就严肃起来,上上下下又把他打量了一遍,口气凝重地大声喊:谁干的?

他知道这一切一定逃不过老牌特务朱先海的眼睛,朱先海混迹国防部二厅,从南京到重庆,早已经是老油条了,一点就破。他整理好衣服,坐下来,若无其事地摇摇头:那天通讯处的同事为我送行,回家晚了点儿,路上遇到个小混混,就挨了这一刀。他说得轻描淡写,仿佛在讲别人的事。他这么做有两层意思,以伤拒酒,尤其是初来重庆的第一天,人生地不熟,放在过去,面前的人可都是他的敌人,双方正在战场上你死我活地交锋,怎么可能在一起喝酒?现在不同了,他的身份是苏南,而不是以前的苏北了。这第二层就有了更多的含义，如果是内部的人对苏南下手，动手的这人说不定在重庆就有眼线，指不定就会把话传过来了。他现在的身份是苏南，既然是扮演苏南就要做到滴水不漏，让所有人都认为自己就是苏南。只有这样，他才能完成组织交给他的后续的任务。在船上时就是想到了这一层，他才用水果刀刺伤了自己。

朱先海听到儿，猛地把杯子蹾在桌子上，骂着国防部的那些人，天天算计身边人，还骂那些吃饭不干活，天天想着贪腐的大员们。他在一旁听着、附和着。他现在的身份不适合多说话，多说无益，他要尽快地进入自己的角色，只能支起耳朵打探着八方信息，恨不能把所有有用的和没用的信息都记在自己的脑子里。熟悉环境之初就要从收集这些信息开始。

那天的晚宴，朱先海没有再逼他喝酒，其他人也就不好意思劝他，都象征性地举杯和他碰了一下，喝多喝少随他。饭吃到一半，朱先海想起了什么似的说：徐处长让我给你问好，他今晚有公务在身，就不能亲自来看你了。我替他敬你。说完，举起杯子和他轻碰了一下。

朱先海所说的徐处长，叫徐远举，在国防部二厅也算是个老牌特务。许多人都知道他，为人心狠手辣，毫不留情，深得上峰的信任。朱先海虽然是他的副职，但资历和阅历以及地位和徐远举相差甚远。

酒宴结束后，还是到码头接他的那个司机，把他送到了重庆站。

2

重庆渝中区中山路174号门前，灯火辉煌，几个人影站在灯影下，每个人都翘首以盼的样子。

车一离开宴会现场，驶入半明半暗的街道，苏北的每一个毛孔都立刻灵醒起来。朱先海的接风宴，他以静制动总算是过来了。王特派员介绍的情况一点也不假，朱先海和苏南只是国防部的同事，苏南从浙江特训队来到重庆半年后就毕业了。那时的国防部正是缺人之际，恰好特训队又是电讯专业。苏南刚到国防部先是在外勤干了一阵子，就被分配到电讯研究所，对外说是研究所，其实是研究情报机构，破译捕获日本人的电台密码。

国民政府从南京迁到重庆，东北、华东、华中和华南大部分都已落入日本人手里，日本人的飞机又隔三岔五对重庆实施大轰炸。电讯研究所发现，每次日军轰炸前都会从重庆发出一串电码，却怎么也破译不出这串电码和日机轰炸有何关联。重庆的各种电台多如牛毛，有各国驻华机构，也有许多企业的私人电台频繁与外界取得联系。后来，请来了美国情报专家雅德利，他是《美国黑客》的作者，前半生把精力都投入到了研究情报上。雅德利在众多情报中找到了一个有规律的电台，发现这个电台发出的电文很多都与日本人轰炸重庆有关。电讯研究所抽调了不少人来配合雅德利分析情报，苏南也在其中。他们在雅德利指挥下，寻找着有规律的电报。电报截获了，却无法破译。

一日，苦闷的雅德利来到图书馆，一眼就看到了赛珍珠的小说《大地》。在那个年代，小说《大地》在中国非常流行，到处都能买到，这是赛珍珠写的关于中国的一本小说。雅德利从图书馆把这本小说借回去，没事儿就翻看几页。灵感往往来源于一瞬间，雅德利在这本小说里找到了某种规律，他拿出截获的电文，试着用这本书当译电本翻译起来。他惊讶地发现，这本名叫《大地》的小说，正是重庆某神秘电台和上海某电台的译电本，发送出去的电码都是重庆第二天的天气预报。而日军正是依据重庆的天气，决定是否启动飞机轰炸重庆。这一发现让他们如获至宝，然后又顺藤摸瓜，找到了重庆的这个电台和外号叫"独臂侠"的人。这才发现，这个"独臂侠"就潜伏在防空部队里，充当日本人的耳目。

这一次情报战的胜利，让美国情报专家雅德利凯旋。配合他获此大捷的电讯人员，也都得到了一枚青天白日奖章。苏南就是在那一次立功受奖后破格升了一级军衔，然后调入国防部二厅电讯处，仍然研究他的情报。当时朱先海在二厅综合处，属于行政人员，两人打交道并不多，说不熟悉也不过分。1946年国民政府从重庆迁往南京前夕，朱先海留在重庆行辕，被提拔为国防部二厅驻扎在行辕的二处副处长。

苏北知道，应付半生不熟的朱先海容易，可面对重庆站的总务长张大召就不会这般轻松了。两人一起在浙江特训学校上学，不久又同坐一条船来到重庆。毕业后，苏南去了国防部的电讯研究所，张大召从外勤又到了保密局重庆站，那时叫军统。两人都在重庆，隔三岔五地就能见面。

张大召到重庆站不久，刚入军统干的也是执行队的外勤，属于别人都看不上眼儿的糙活。一次，在抓捕一名军火贩子时，被抓捕的是军方人士，见过生生死死的大场面，竟然一下子拉响了手榴弹，想和军统的人同归于尽。就是在那一次执行任务中，张大召侥幸活了下来，但耳朵被炸聋了，经过多方医治，听力总算有所恢复，却留下了耳背的毛病，说话总是粗门儿大嗓。不再适合做外勤工作后，就被调到了后勤。前一阵子升任为重庆站的总务长，负责站里的吃喝拉撒。应该说，苏南和张大召的关系很近，来往也多。

当车停在灯影里，苏北还没下车，就看到人群中一个咋咋呼呼的身影，不停地冲车里叫着：苏南，你小子太不仗义，一下船就被二处的人接去了，你这是把重庆站当成啥了？

苏北曾在王特派员那里见过一张不太清晰的张大召的照片，有了先前和朱先海过招的经验，在灯影里，他很快就判断出此人就是张大召。他不急不慢地打开车门，脚还没落地，就被张大召一个熊抱扑住了。他借势搂过张大召，用力地拍了几下他的后背。

张大召把他推开，盯着他的脸研究着：你小子在南京这是咋混的？黑了，还瘦了，是不是国防部的饭吃不饱，还是有人虐待你了？走，我带你吃宵夜去。

苏北犹豫了一下，张大召就大着嗓门儿说：接风的饭站里没请上，宵夜你总不能不去吧？明天你就是副站长了，以后你的饭怕是我们没资格请了。

张大召说完，又把众人向他一一作了介绍，有办公室季主任，还有保密室的人，有六七个。张大召的热情让他无话可说，只能是客随主便，随张大召一行向餐馆走去。走在身边的张大召，突然盯着他"咦"了一声，打量着他说：苏南，我发现这才一年没见，你又长个了，是南京的水好还是妹子漂亮，看把你小子侍弄的。

参军前，他的个子只比哥哥苏南矮一点。小时候，苏南的个子总是压着他长，苏南到特训队上学前兄弟俩见过一面。也就是这最后一面，他竟发现自己的个子已经比哥哥高了。

听张大召咋咋呼呼地这么说，他只是笑一笑，知道这种场合自己还是不能多话，言多必失，只能是以静制动。走进餐馆，饭菜早已订好了，酒和酒杯放在明显的地方。入座时，张大召把他引到上座，他客气着怎么也不肯，张大召就怪异地看了他一眼，郑重地说：今天可不是老同学聚会，你是副站长，我们都是下属，今天的夜宵是给你接风。

他听了这话，默默地坐到上手的位置上，接下来就是端茶敬酒。张大召似乎很高兴，话也变得稠密起来。办公室和保密室的几个人，不时地接过张大召的话头，恰到好处地溜着缝。他们不失时机地又一次向他敬酒，每轮到一个人敬酒，就郑重地把自己介绍一遍，然后说一句：站长你随意，我干了。不知何时，这些人把他称谓前面的副字去掉，直接称呼他站长了。他想，也许这就是国民党的官场吧。想起自己在新四军部队时，自己和战友们偶尔也会打牙祭。不论职位高低地大呼小叫，因为他们是战友，而这里却处处透着人性的狡诈。

宵夜吃到很晚才结束，一行人又把他送到住处——重庆站办公区后面两层小楼的二层。其他人在楼下立住脚，目送着张大召把他送上去。这是一处套间，外面是客厅，里面是卧室。张大召把他按在沙发上，从茶几上拿了两只杯子倒好茶，欠着半个身子坐下来，目光虚虚地望着他说：苏副站长，还是你行呀。从重庆回到南京，这才一年时间，你一转身就是我们的长官了。张大召的样子让苏北有些吃惊，他完全没有了在酒桌上的那种亲近感，一下子把自己摆到了下级的位置上。张大召检讨着：今天见了你有点儿激动，话就多了一些，你别见怪啊。

他见张大召和自己拉开了距离，就亲切地说：咱们是老同学，没有那么多礼数。还和以前一样，你想说啥就说啥。

张大召听了这话很受用的样子，咧开嘴，仍然谦卑地笑着：副站长，我可不能和你比，你是政府里有靠山的人。

他望着张大召，一副不解的样子。

张大召就说：你人还没到，我们这里就传开了，你的靠山是政府的朱秘书长。没想到这一年时间，你一下子就手眼通天了。说到这儿，他停了停又说：我现在就是站里的一个小小总务长，是伺候人的差事，有什么事你尽管吩咐。说到这儿，又想起了什么似的：吕站长说自己有事，今晚就没来见你。咱们是老同学，我不能瞒着你。其实他就在站里，他这是在装样子，想杀你一个下马威。这老东西狡猾得很,你以后就知道了。

说完,张大召站了起来:副站长,今天不早了,你舟车劳顿,早点儿休息。又环视了一下房间,说:副站长,你看看屋里还缺啥?明天告诉我,我马上给你补上。

苏北打量了一下房间,客气地说:挺好的,缺啥我再麻烦你。

张大召退到门口,又回过身来,真诚地说:你能来,我真的高兴,没想到你能来给我们当副站长。然后就把两只手在裤子上擦了擦,又一次热烈地和他握了一下手,长吁了一口气:以后站里也有人替我说话了。

张大召离开后,苏北如释重负地坐在沙发上,盘点着自己下船后的一言一行,发现并没有露出什么破绽,万里长征算是迈出了第一步。以后还不知道有多少危险和困境在等待着他。他端起桌上的茶杯,喝了一口。一晚上,他的味觉似乎直到这时才恢复正常。

3

吕站长年近五十的样子,三角眼,头发稀疏,总是喜欢用五个手指梳理着头发。

早饭后,张大召把苏北带到了站里。重庆站是个小院子,正楼和东西配楼,正楼为三层,东西配楼二层。吕站长的办公楼在正楼的顶层把角的位置,同楼层还设有保密室几个办公科室。到了三层,路过一间办公室,门窗敞开着,窗明几净的样子,办公桌的一角还摆着两盆绿植,门口的显眼处挂着一块牌子,上面写着副站长办公室。

张大召就说:苏副站长,你就在这里办公。因为是办公时间,张大召穿着少校军服,对他的称呼也正式起来,迈着公事公办的步伐,走在苏北的前面引着路。来到站长办公室门前时,张大召立住脚步,响亮地喊了一声:报告。吕站长在里面应了一声,苏北离门口远,没有听清。张大召就推开门,堆着一脸的笑:站长,苏副站长来报到了。

吕站长穿着中山装,从桌后站起身,几步跨过来,把他的手握住,忙不迭地说:怪我,怪我,昨晚公务在身没能亲自迎接你。说完,把他拉到沙发上坐下,苏北这才发现门已经被带上了,张大召也消失得无影无踪了。

吕站长重新坐到他的对面,扬了扬眉头说:老弟,昨晚休息得怎么样?说完,把茶几上的电炉打开,上面烧了水。水在热力的作用下,发出嗞嗞的响声。他挺直身子,一脸认真地回答:站长,挺好的。吕站长笑一笑,抬起目光打量着他,偏过头说:苏副站长越长越年轻了。今年有二十几了?他答:二十八,马上而立之年,也不年轻了。他报的是苏南的年龄,他比苏南小一岁半。

年轻有为啊,我在你这个年纪还到处搜集情报,给人打下手呢,看你三十还不到就已经是副站长了。后生可畏呀!吕站长说完,把烧开的水壶拿起来,在茶几上烫着杯子。一边泡茶,又一边说:咱们站副站长空缺有一阵子了,我给毛局长打过几次报告,向国防部也反映过,可他们迟迟不给我配助手,全站就我一个人顶着,晚上睡觉都睁只眼闭只眼的。干咱们这一行的时间久了你就知道了,压力太大。说到这儿,把一只烫好的茶杯放到了他的面前。吕站长把身子靠在沙发背上,夸张地打着哈欠说:这不昨晚,抓了一个共产党,审了一晚上,天快亮时,执行队的人说招了。

他听着吕站长的话,心里一抖,端着杯子里的水差点儿泼了出来。他下意识地问了一句:到底是什么人呀?

吕站长一边喝着茶,一边心不在焉道:他自己说是中共重庆区委的什么区长,身份咱们还得核实,他只是这么一说。说到这儿,吕站长放下杯子，站起身来：苏副站长，你初来乍到，我领你在站里转一转，先熟悉熟悉情况。

接下来，他就随着吕站长，楼上楼下办公室里走了一圈儿，无非是介绍各个办公室的人头，握手寒暄。来到执行队时，这里只有两个人值班，队长和副队长都不在。看来吕站长说的话是真的，执行队昨晚忙活了一夜。

吕站长把他带到副站长办公室，打着哈哈：苏副站长，这就是你办公室了，一会儿我让保密室拿几份文件给你，你先熟悉熟悉情况。吕站长说完就走了。几分钟后保密室主任把一摞文件送到他的面前，对他谦恭地说：副站长，站长说了，让你先熟悉熟悉这些文件，有什么事你就给我打电话，或者喊我一声，我就在你斜对面的办公室，有事随时吩咐。说完退着身子向后走，出门后，为他轻轻带上了门。

屋里安静下来，苏北再也坐不住了，想着昨天被捕的那个区长，不知道王特派员那边有没有获知这个消息。听吕站长说，这位被捕的区长已经招了，招了什么还不清楚。但他知道自己的队伍里如果出现叛徒，给组织带来的损失不可估量，后果是严重的。他在办公桌前不断地踱着步，恨不能立刻见到王特派员把消息传递出去。事前王特派员和他说好了，把他送到重庆后，与联络人搭上线，王特派员就会离开重庆。他和王特派员下船前约好——如果当天晚上不出意外，第二天晚上他就要和王特派员在江边碰头，王特派员会把联络方式介绍给他。

从这时开始，他一直望着窗外，希望天能快点儿黑下来。终于熬到了下班时间，外面的天色也渐渐暗了下来，他走出办公楼。张大召在配楼办公，此时已经站到主楼的台阶下，热络地和他打着招呼：苏副站长，本来今晚站长要专门宴请你的，他临时有公务在身。我陪你去食堂。此时的他已经没有心思吃饭了，冲张大召说：我晚上要去看个熟人，就不在站里吃饭了。他这么说是经过深思熟虑的，苏南在重庆待了六年，见个熟人朋友也再正常不过。张大召一听，马上说：来了是该会会朋友，我马上给你派车。他制止了张大召：就约在附近，我走过去就好了，顺便看看风景。张大召听他这么说，就征求地问：用不用带上两个人？外面乱。他连忙摆手：我一个大活人，不怕。说完，匆匆地回到宿舍，换上了便装。

他来到和王特派员约定的江边公园，出了一身透汗，不是因为热，而是心里急得冒火。王特派员并没有出现在他的视线里，他在原地踱着步。不知过了多久，一只手轻轻地搭在了他的肩膀上。不用回头，他就知道一定是王特派员。两个人并肩在甬路上向前走着，他低声说：有个区长被捕了。王特派员用更低的声音说：我一早就听重庆的同志说了。

他说：我听吕站长说，他招了。

王特派员听了他的话，突然停下脚步，有些紧张地望着他：你确定？

听说昨晚审了一夜，今天早晨招的。

王特派员吸了一口冷气：被捕的区长姓李，他被捕后，他这条线上的同志们昨天半夜已经转移了。

听了王特派员的话，他心里松了一口气。

王特派员盯着他的眼睛，又接着说：原计划就是他负责安排人和你单线联系，你来重庆的情况他知道一些，如果他真的招了，你就不安全了。

他钉子一样钉在原地，没想到自己李代桃僵，替代苏南刚来到重庆就出现了这样的事情，他紧张地望着王特派员。

王特派员稳着声音说：按地下组织的原则，你这条线有人被捕，你也就需要撤离了。

他不可置信地望着王特派员。自己刚到重庆还没有站稳脚跟，为此哥哥也牺牲了生命，自己怎么能轻易就撤出了？如果自己就此离开重庆，之前所有的一切努力都将前功尽弃。

想到这儿，他下意识地摇了摇头，他刚刚到重庆赴职，这个时候让他撤，对组织来说损失也太大了。接下来，他和王特派员坐在一块石头上，两个人分析着他当前的局面。他坚持自己的观点，不能轻易就这么撤出去，他希望组织给他三天时间，摸清楚李区长是否变节，具体又招了些什么。虽然李区长知道有人从南京过来，但并不知道那人就是他，无论如何他暂时还是安全的。

王特派员沉思良久，点头同意了他的计划。分手时，王特派员伸出手重重地按在他的肩上，小声交代：如果那个姓李的真的招了，你在安全的情况下……王特派员说到这儿，抬起手，做了一个抹脖子的动作。他在黑暗中，使劲地向王特派员点了点头。

危险将至，不论在何种战场上，叛徒的破坏力总是超出想象。对付叛徒的最好办法就是在肉体和精神上将其消灭，让危害降低到最小。如果苏南还活着，也一定会义不容辞地去这么做。他又一次想到了哥哥苏南，再一次提醒自己，现在的自己已经是真正的苏南了。

苏北回到重庆站，总觉得有一双目光在暗处盯着自己。他在暗处努力地去寻找，却什么也没有看到。

4

夜晚的重庆站办公区安静得有些骇人，只有几盏廊灯昏黄地亮着，点缀出重庆站的轮廓。

重庆站有一个月亮门是通往后院的，他报到后，吕站长带他挨个办公室转时，路过这个月亮门，并没有进去。他看见这是一个后院，院子很宽敞，有一排平房，每间房子的门都是铁门，窗子又被铁栏杆死死地围上了。吕站长站在月亮门旁，口气轻松地说：这是执行队审问犯人的地方，干的都是打打杀杀的一些粗活，就不细看了。当时的吕站长手只是那么一挥，就轻描淡写地过去了。

他来到重庆站这一天多，只听说抓到了共产党地下组织的一个大人物，而且还是从王特派员那里才知道这个被捕的李区长竟然是他的上线，此时却成了一名叛徒。叛徒不仅危害着整个重庆的地下组织，更威胁着他的安全。从南京来的一位地下党潜入重庆的这个消息就是叛徒李区长供出来的，而叛徒又还知道些什么目前不得而知。王特派员曾经对他说过，这位李区长，只知道从南京来了一位新的同志，具体职务甚至姓甚名谁，他并不清楚。苏北知道此时的自己暂时还是安全的，但自己毕竟刚从南京到重庆，此时的身份很难不引起敌人的怀疑。身在重庆的他，觉得自己就如同一只四处漏风的小船，正行驶在波涛汹涌的海面上。

他现在的任务是要灭了叛徒的口，可叛徒的关押地还不知道，他当下能想到的就是那个后院——吕站长介绍那是执行队的地盘。这么想着，他向后院走去，可又总觉得有人在跟着自己。回了几次头，黑洞洞的却什么也没看见。向后院走时竟有了做贼的心理，在新四军时他执行过侦察任务，知道如何化装和声东击西。正当他想施展自己侦察的绝技，一脚踏进月亮门时，恍然间醒悟过来，自己的身份是重庆站的副站长，想到这里，人一下子就镇静下来。再往前走，就从容不迫起来。

果然，这后院有一个房间里的灯亮着，房间里还有晃动的人影。暗处突然有两个人朝他走过来，伸出手把他拦住。他一怔，刚想要解释。其中一个拦住他的便衣冲他敬个礼,恭敬地说:苏副站长,这里是关押犯人的重地,没有吕站长的指示,谁也不能靠近一步。显然这里的人认识他,但他却没有办法进去。正犹豫间,张大召在身后走了过来,热络地说:苏副站长,怎么跑这儿来了,这么快就见完朋友了?他支吾着,执行队的人不让他靠近,想必叛徒就关押在此了。

他随张大召离开执行队时,张大召说:苏副站长不嫌弃,就到我那里坐坐,这么久不见,老同学有一肚子话要对你说。苏北心想,想要真正了解重庆站,还真得有张大召这样的人。

让他没想到的是,张大召就住在他的楼下。楼下的结构和楼上不一样,楼下类似筒子楼的结构,水房和厨房都是共用。这里住着好几个重庆站的人,有保密室的,也有办公室的人,还住着其他几个单身汉。

张大召刚结婚不久,门上的喜字还新鲜着。看来他要了解的重庆站才刚刚开始,他警惕起来,提醒着自己,一定少言多看。进屋后,果然看见了新娘子,一位面容姣好的女子,在床旁的一张桌子上写写画画着什么。见他进门,站起来,响亮地叫了声:苏副站长好。张大召就说:我婆娘,小学老师。还没等他应声,张大召就冲女子说:快去,准备点下酒菜,我和苏副站长今天要好好聊一聊。

女子就笑盈盈地出去了,张大召把那张桌子扒拉开,从桌子下抽出两个凳子,招呼着他坐下。还没等开口,张大召就说:咱们办公区那个后院没想到连你也不让进!我们这些站里的老人平时也难得去一趟,那可是吕站长的私人后花园,只有他和执行队的人才能够自由出入。

他佯装不解地问:是为了保密吗?

张大召就仰着头:保密是个幌子,谁都知道是为了这个……张大召说到这儿,在桌子底下做出了一个数钱的动作。

他不解地望着张大召。

张大召就把头凑近一些，压低声音说：执行队经常抓人回来，什么人都有，要放人得用这个。张大召说着又做出了一个数钱的动作。

他马上问：听说抓了个共产党，是不是也关在这里？

张大召做出了一个肯定的表情，犹豫了一下又说：听说这次抓到的是个大人物，不过谁能吃下这个大人物还真不好说。

他疑惑地望着张大召：难道这个大人物也能用钱赎出去？

张大召头摇得拨浪鼓似的：副站长，你可真是在南京待得太干净了。这么大的人物可不是钱的事儿，弄好了就能高升了。副站长你想啊，抓住这么大的人物，肯定会有大秘密，拿下了共产党的大秘密，是不是就得立功受奖，说不定就借机会高升了。

两个人正说话间，女子已经把两个下酒菜端上了桌，还把一瓶酒打开放到了两人面前。张大召从兜里拿出一串钥匙，丢给女子：去我办公室批改作业吧，我不叫你可千万别回来，今晚我要和我的老同学好好聊聊。女子接过钥匙，笑着离开。看来女子经常去张大召的办公室里加班，一副轻车熟路的样子。

女子一走，苏北就说：大召，咱们是老同学，以后就不要叫我官职，叫我名字就行。

张大召听了这话怔了一下，样子似乎有些感动，把酒倒好端到他的面前：苏南，谢谢你还没把老同学的情谊忘了，不过，工作的时候不能这样，要树立你的威信，以后在重庆站我可就指望你了，谁让咱们是老同学呢。苏南你有所不知啊，我这个总务长就是个打杂的，全站的人吃喝拉撒，这里漏水那里断电，都归我管。咋咋呼呼的看似很有权力，其实就是个大跑堂的。手里啥权都没有，和执行队的人没法比，就连办公室的人都不如。你也看到了，我这个总务长还住在一个筒子楼里。这待遇，啥也不说了。哎，老同学，咱们先喝酒。我这有一肚子话要对你说,今天咱们好好聊聊。

和第一天刚到重庆时相比,苏北的心情完全不一样了,紧张、焦虑,还有那绷紧的神经,现在已经放松了许多。他要尽快进入角色,融入到重庆站,眼前的张大召是不可缺少的人物。

5

第二天一早,苏北刚走进办公室,院子里就乱了。

一辆军用吉普车,后面跟着一辆卡车,气势汹汹地驶进重庆站的院子。吉普车里下来两个军官,一个是中校,另一个是少校,臂章上写着"宪兵"字样。他们下了车,抬头望了眼吕站长办公室的方向,中校冲卡车上的士兵挥了一下手,十几个宪兵跳下卡车,手里一律端着卡宾枪,训练有素地站在了车旁,枪口对准四面八方警戒着。

中校小幅度地挥了下手,带着少校往楼梯口走来。眼前的场景是苏北透过办公室的窗口看到的。

片刻过后,脚步声由远而近。厚重的皮鞋不管不顾地踩踏着木质地板,最后消失在吕站长的办公室门前。苏北先是听到吕站长的一通咆哮:太过分了,你们这不是协商,是在抢人,我们保密局重庆站在你们警备区眼里算什么了?我要给你们的司令长官打电话,你们要是识相点儿,就给我回去。

另一个人也大声说着:吕站长,我是奉命令行事,不把人带走,也没法回去交差。我们是不会轻易离开的。

然后就是摔茶杯和摇动电话的声音,听不清吕站长在电话里说了什么,总之仍然是激动的口气。紧接着,又是摔电话的声音。吕站长冲出办公室,冲着走廊和楼上楼下大声地喊叫着:执行队,还有重庆站所有喘气的,都抄上家伙给我出来!警备区的人都欺负到咱门口了,你们真能沉得住气?!

苏北在办公室里就听见了哨子声,还有杂沓混乱的脚步声,一楼、二楼包括配楼里的房间窗子全打开了,从里面伸出了黑洞洞的枪口。那些站在车旁的宪兵见势不好,哗哗啦啦地把子弹顶上了枪膛。看眼前的阵势,一场枪战一触即发。苏北下意识地把自己的配枪从抽屉里拿出来,别在了腰间。他早就听过,国民党之间派系林立,内斗严重,没想到今天竟让他亲眼见识到了。

苏北打开办公室的门来到走廊时,吕站长和那两个宪兵队的军官已经不见了。保密室主任拿了一把手枪气哼哼地站在自己的办公室门前,一遍遍地说:太欺负人了,太猖狂了。见到了苏北忙说:苏副站长,你下楼去看看,别让吕站长吃亏,我这里离不开人。

苏北来到院子里时,见到吕站长叉着腰,青筋都从脖颈里跳了出来,大声嚷嚷着:人是我们抓的,怎么也得讲点理吧?你们警备区的人想邀功请赏也太心急了。我和你们司令已经说好了,我们把人审完,就会交给你们,但你们这么不依不饶,我要告到南京去。实话跟你们说,我们保密局也不是软柿子,就是我同意,我们毛局长还不会答应呢。

两个宪兵队的军官,这时也没有退缩的意思,他们把手按在枪套上。那个中校梗着脖子说:吕站长,你也别动气,我就是一个军人,一切以服从命令为天职。上级让我来提人,见不到人我就没法回去交差。你也别难为我。说到这儿,一双眼睛环顾着四周。

楼上楼下的每扇窗里都探出了几只枪口,黑洞洞地对着院子里的人。中校军官就冷笑一声:看来你们重庆站还没有那个胆儿,有本事的就开枪。看看你们谁敢?

吕站长也冷笑一声,和这些宪兵对峙着。

苏北基本上明白了眼前的突发状况，一定是为了那个被捕的李区长，看来李区长在他们双方的眼里都是个重头戏。他意识到，那个李区长一定还有秘密没有交代，否则不会这么剑拔弩张地抢人。警备区的人和保密局的人都在抢这份儿头功。他向吕站长身边走去，冲余怒未消的吕站长说：站长，你回去，这里我盯着。

吕站长有些感激地望了他一眼，还拍了拍他的肩头，然后扭过头，冲院子里所有的人大喊着：重庆站的人都给我听好了，我们不开第一枪，但也绝不允许警备区的人有打第二枪的机会。只要他们敢开第一枪，全部给我撂倒，天塌下来有我吕某人顶着。

吕站长喊完，便向主楼走去。

一直阴沉的天空，太阳不知何时冒出了头。正值七八月的暑日，不一会儿站在院子里的士兵，不知道是因为热还是因为紧张，额头上就流下了汗水。苏北已经撤到了一角，他预感到表面上这一触即发的冲突，是不会发生实质性进展的。毕竟谁也没有开第一枪的胆量。过了一阵，又是一阵，约摸有三四十分钟的样子，重庆站外面的马路上响起了汽车的声音，车声由远及近，一辆华沙牌轿车猛然停在了院子里。

朱先海从车上下来，看到眼前的阵势忍不住笑了笑。一抬头，看到了站在角落里的苏北，招了一下手道：苏副站长。前两天他们刚见过面，苏北和朱先海自然不陌生，他故作惊讶地说：朱副处长，怎么把你惊动来了。朱先海没有说话，摇了摇头，又走到了那两个宪兵军官的面前，低声地说：让你们的士兵把枪收了，这样子太不像话。

宪兵中校梗着的脖子慢慢松弛下来，冲士兵们挥了一下手，士兵们见长官示意，把枪收了起来，枪口朝上。

朱先海又冲楼上喊：吕站长，劳您大驾，麻烦下来一趟。

不一会儿，吕站长就从楼上走了下来，离很远就伸出了双手，一直走到近前，然后握住朱副处长的手：可来了主事的人啦，你们重庆行辕二处代表的可是南京国防部。朱副处长你来得正好，你要是再晚来一会儿，我这里可就血流成河了。保密局重庆站的庙小，可我们的方丈却不软，想虎口拔牙，门儿都没有。说完，瞪了一眼宪兵中校。

朱副处长眼见大局在握，人也就松弛下来，打着哈哈说：警备司令部、保密局都在为党国效力，你们为了一个被俘的共产党就如此同室操戈，实在有失风度。刚才我跟警备区司令长官通了电话，也和南京的毛局长作了汇报。咱们双方都可以退一步，人是你们重庆站抓来的，那就你们先审，只是要有个期限，两天后务必把人交到警备区司令部。你们要是不同意，我现在就代表重庆行辕二处把人带走。

吕站长的脸上发生了微妙的变化，他先是很不满意，听了副处长的话，又把表情缓和下来，借坡下驴地说：朱副处长，你代表的可是我们重庆行辕特别公署，背靠的是南京国民政府，你的话我一定得信！那行，两天后我就交人。

两个人把脚下的球那么一拐带，皮球就又踢给了警备区宪兵中校，他来重庆站本来就是个执行任务的，见朱副处长代表特别公署，把话也说到这个份儿上了，只得胡乱地挥了下手，灰溜溜地钻进车里。大批人马再次扬起尘土，却完全没了来时的气势。

朱副处长和吕站长打了一会儿哈哈，就拉过苏北的手，冲吕站长说：苏南可是我的好兄弟，以后还得请吕兄多多关照。

两个人又客套了一番，都送了一个对方的顺水人情，就在院子里分手了。

有了刚才这一出，吕站长显然对苏北有了亲切感，回到楼上还拉着苏北的手来到自己的办公室。直到此时，苏北才明白吕站长的真实用意，共产党的人是保密局抓到的，可重庆的治安和武装保卫却归警备区管。他们都想得到共产党这个大号人物，如果被捕者口风没有松动,他们是不会这么急于邀功请赏的。双方都知道,这是一块到嘴边儿的肥肉,都想将功劳据为己有。

苏北从吕站长的口风里也掌握了一个事实,那个李区长虽然表态可以和他们合作,但只招供了一些无关紧要的细节。真正的干货他并没有透露,他在和吕站长做交易,要求把自己押解到南京,他才答应开口。看来那个李区长知道,如果自己一股脑地把秘密交代出来,自己就没有价值了,弄不好连个全尸都保不住。要是去了南京见到大人物,结果也许完全不一样。在这个节骨眼儿上,为自己能去南京正在和重庆站讨价还价。

看来,锄掉叛徒李区长,成了眼下苏北的当务之急。

6

苏北有机会走进执行队审讯室,是第二天的午后了。

吕站长被执行队李福队长叫到审讯室一趟,回来后脸就一直阴沉着。距离答应交人的时间只有一天多了,看样子李区长仍没有交代出重要东西。吕站长回到办公室不久,李队长又一次出现在吕站长办公室,这一次传来吕站长的大骂声:你真是头猪哇,就不能想想别的办法,你要动动脑子。吕站长骂了半晌李队长,李队长一声不吭,半晌之后,李队长又走出吕站长的办公室。路过苏北办公室门前时,李队长歪着头看了一眼苏北,目光中有些复杂,苏北能感受到李队长对他的戒备。

他在食堂见过一次李队长,李队长年龄不小了,四十开外的样子,脸上长满了胡子,于是人就显得有些冷漠。张大召为他们相互作过介绍,李队长面上不挂一丝笑模样,只抱起拳来,冲他拱了拱。张大召说这位李队一路跟着吕站长风雨中走来，已然等同于左膀右臂。之前重庆站缺副站长时，吕站长就给上面打过报告，想推荐李队长接替副站长的职位，只是没有成功。因有这一茬，李队长对苏北的态度就不令人意外了。

在苏北眼里李队长就是个粗人，到重庆站这些天，从没有见李队长穿过制服，穿着一条军裤，配一件圆领背心儿就是他的全部搭配了，手里再多根棍子就活脱脱是街上的棒棒。他指挥着执行队的人风风火火地出去，又风风火火地回来。有几次他和苏北打了照面儿，众目睽睽下却偏过头去，只当是没看见一样。

经过这两天的观察，苏北大概明白了吕站长用李队的原因，只因他没心机，更没脑子，作为一根厉棍简直是太趁手了。苏北知道，对付这种头脑简单的人很容易，李队长的脑子就是长在吕站长的身上，而今吕站长对他自己的态度，纵使李队有再多的情绪，也翻不出个花儿来，实在是不必在意。

李队长走后，吕站长把苏北叫到办公室。吕站长仍是一脸愁苦，拧着眉头冲他说：苏副站长，还有不足二十四个小时的工夫，咱们就得把前两天抓到的李区长交出去了。这个李区长可是共产党的人物，他肚子里的秘密多得是。可那个李区长只说些不值钱的情报，我们是一点东西都没捞着。他还要求把他送到南京去，这个李区长是在讨价还价呀！他瞧不上我们，觉得我们给他的承诺不能让他放心，非得要见南京的人。

苏北的心怦怦地跳了起来，他不知道吕站长跟他说这些话的用意。但他明白吕站长现在是遇到了难题，心里很急，急到肯在他面前显露出来——想在有限的时间里让李区长招供，这样，功劳才能结结实实地扣在他头上。要是李区长死不招供，一宿觉的工夫，他可就要眼睁睁地看着煮熟的鸭子被人叼走了。人被警备区带走，要是李区长在警备区招了，吕站长可就被打了大脸了。不仅功劳没有捞到，还折了胡须，得罪了大人物。毛局长怎么看他？国防部的人又怎么看他？现在的吕站长自是骑虎难下。

正想着，吕站长又咂起嘴来：苏副站长，你是从南京来的，见多识广。审问嘛，总得用些计谋。说到这儿，站了起来，认真地盯着苏北：我想让你扮演从南京来的特派员，代表南京来审他。这个李区长，既然一门心思只想见到南京的人，那我们就给他这个机会。

苏北出现在审讯室时，吕站长就陪在他身边。他现在的身份是南京来的特派员，吕站长又安排在审讯室的门口加了双岗，声势是够了。

李区长坐在一把椅子上，双臂被捆绑着。有两盏灯在审讯室里不阴不明地亮着，墙的角落里放着十八般刑具，现场血腥味十足。苏北看到李区长并没有受到太多的刑罚，白衬衣上沾了些血，脸上也有几道子鞭痕，头耷拉着，头发把半张脸都遮住了。

苏北和吕站长出现在他面前的时候，李区长连头都没有抬一下，还是保持着垂头耷脸的姿势。吕站长清了清嗓子，一本正经地说：李区长，你不是要见南京的人吗？眼前这位就是南京派来的特派员，此行专门为你而来。

李区长缓缓抬了一下头，目光落在苏北的脸上。苏北看着眼前的叛徒，内心百感交集，表面上却不能表露出来，他一脸严肃地望着面前的李区长。

李区长突然哑着声音问：你是南京的什么人，代表谁？

苏北现在扮演的身份是吕站长给安排的国防部的特派员。

李区长听到苏北自报家门，眼睛里闪过一丝失望，甚至是有些恐惧，就把头扭到一边，暗自思忖着什么。

吕站长见时机已到，在一旁添油加醋地说：李区长，我把你的身份和情况向南京作了汇报，南京也表达了诚意，专门派了特派员来见你。如果你招供的真的有价值，特派员会把你带到南京去。但你一点儿也不招供就想去南京，我们可不会上你的当。你说要见南京的人，我这里没有食言，希望你也要信守承诺。

李区长这时把头转了过来，上上下下又把苏北打量了一遍，目光落在苏北的脸上：我要单独和你谈。

苏北下意识地瞥了一眼站在身旁的吕站长，吕站长当即做出反应，冲站在一旁的执行队的人挥了一下手：你们都撤下去。

几个执行队的打手鱼贯走出审讯室。吕站长是最后离开的，离开前，他深深地望了一眼苏北。作为回应，苏北冲他微微地点了一下头。

所有人都走了，整个空空荡荡的审讯室只有苏北和李区长两个人，他把目光再次投向了李区长，此刻的他，真想扑过去一把掐住他的脖颈，结束叛徒的狗命。但他知道那不是最好的办法，他要寻找合适的机会置叛徒于死地。他拉过一把椅子，坐在李区长对面，再一次盯着李区长：你不是有话对我说吗？现在这里没有其他人，你可以说了。

李区长把上身朝他这边探了一探，压低声音说：你真的能代表南京？我说了，你能保证我的安全吗？

苏北的心头瞬间燃起一股怒火，但努力控制住情绪，故意卖了一个关子：那要看你的情报值不值这个价了，也不是什么人都能够随便被送到南京去的。

李区长更加努力地把身子探向他：我有重要情报，你们国防部里有共产党，而且已经派到了重庆，接头人就是我。

苏北听了他的话，一股血涌上头顶，幸亏这个叛徒早被捕了一天，要是晚上一天，他就会跟眼前这个家伙接头，那后果不堪设想，所有的努力都将前功尽弃，苏南更是白白地牺牲了自己。就在他思绪游离的一瞬间，李区长又恢复到了原来的坐姿，摆出一副谈条件的样子：特派员，你说我的情报重要不重要？我提出去南京面见你们的长官，这条件不算苛刻吧？我刚才说的还只是冰山一角，只要到了南京，见了你们的大人物，能确保我的安全，我会把我知道的一字不漏地告诉你们。

那你知道南京派到重庆是什么人，又派到了哪里？

李区长的嘴角挂起一抹微笑，闭上眼睛，不再说话。

苏北下意识地摸到了腰间的枪，只想把枪掏出来，一枪结果了眼前的叛徒。他知道此刻的自己要保持冷静，不能过早暴露自己，他还有组织交给的重要任务没有完成。

他把身体慢慢靠向李区长，主意也就是在这一瞬间想好的。他把手伸过去，几乎是抱住了李区长，做出一副跟李区长耳语交谈的样子。他知道，虽然吕站长离开了审讯室，但四面八方的眼睛时刻在盯着他们。他偷偷地解开了系在李区长身后的绳结，嘴里说着：你这个叛徒。然后，一口咬向他的耳朵。苏北嘴里叛徒这两字出口时，李区长猛地一惊，身子本能地挣扎起来，瞪大眼睛望着苏北。他的身体却被苏北死死搂住，耳朵也被苏北一口咬住，剧烈的疼痛，让他条件反射般地从椅子上跳了起来，哇哇大叫着。苏北趁势把他搂抱到地上，在他耳边又补充了一句：去死吧你——

李区长惊恐地乱舞着手臂，苏北趁势倒下，让他的身体仍压在了自己身上。李区长胡言乱语着：共产党，共产党……

他的话还没有喊完，苏北的枪就响了。

吕站长带着执行队的人再一次冲进来时，苏北和李区长都躺在了地上。苏北的子弹正击中李区长的心脏，胸前喷射出来的血溅了他一脸。他满脸是血地站了起来，冲吕站长说：执行队的人怎么就没把他绑死，为了审这家伙，我差点儿就丢了性命。

吕站长和执行队的人在外面看到，是李区长袭击了苏副站长，苏副站长才下意识地开枪自卫。

吕站长从兜里掏出手帕，亲手帮苏北擦掉脸上的血迹，回过身来，踢了一脚李区长的尸体：这个共党死硬分子，死到临头还想拉上个垫背的。

苏北和吕站长走出审讯室的时候，他长长地吸了一口气，此时竟感到口渴得要命。

第三章

○

上世纪七十年代初的一个春节，苏怀南从插队的农村回到了南京，给父母带来喜忧参半的消息——她要结婚了。

喜的是，老大不小的女儿苏怀南终于要结婚了。结婚对象是她插队的公社里的一名复员军人，对方根红苗正，条件在当时的社会背景下没的说。唯一让他们担心的是，怀南如果在农村结婚，依据当时插队的政策就要在农村扎根一辈子了。

怀南这个名字是全国解放后，苏北提议改的，怀南就是怀念苏南的意思。苏南牺牲在黎明前的暗夜里，如果苏南没有牺牲，全家人的命运就将重新被改写。

怀南从小最大的愿望就是有朝一日参军，继承亲生父亲苏南的遗志。高中毕业那一年，她终于报名参军了。先是体检，一切顺利，接下来是政审。武装部的领导带着部队的人来到家里，看着眼前的怀南明显流露出的是欣赏。怀南不但会唱歌跳舞，还一直是学校文艺宣传队的骨干。部队的领导决定把她招到部队的文艺宣传队，再进一步政审时，得知苏北和梦瑶的经历后就变得谨慎起来。后来又先后到二人的单位了解情况，并调出了他们的档案。他们知道武装部和部队的领导都很负责任，只有这样的严格把关，才能确保送到部队的每一位战士在政治上是最可靠的。再过些日子，等部队下发入伍通知书时却没有了怀南的名字。

他们带着怀南找到了武装部，武装部的领导谨慎地答复他们，怀南很优秀，只因为他们新中国成立前从事的特殊工作，在档案上并没有体现得很清楚。毕竟是特殊的地下工作，又还没有到解密期，所以对待他们的子女也就会更加谨慎小心。部队是保家卫国的特殊职业，在选人用人的问题上自然不能有半点儿马虎。武装部的领导也承认，他们新中国成立前的工作光荣而高尚，而目前怀南不能入伍也就是因为保密原则的问题。

那天，怀南是哭着离开武装部的。

怀南高中毕业那一年，正是知识青年下乡插队的高潮期，怀南只能响应党的号召下乡插队了。

弟弟苏忆北那一年刚上初中，他目送着姐姐戴着大红花，被敲锣打鼓的街道人员送到了长途汽车站，那里聚集了大批的下乡知青。此时的怀南已从参军未遂的阴影中走了出来。

她从懂事起就知道，自己的家庭很特殊。父母当年曾做过地下工作，这份工作是高尚的也是悲壮的。现在，为了组织的保密原则，牺牲自己也责无旁贷，她又有什么理由去抱怨呢？她兴高采烈地登上了下乡的长途汽车，送行的情景是那么地感人，红旗飘扬，锣鼓喧天。胸前的红花映照着一张张年轻的脸庞，是那么地青春洋溢。每一个下乡插队的学生，内心里也都洋溢着自豪和骄傲——为了祖国的建设，接受贫下中农的再教育，听从党的安排，这就是他们这一代人的单纯理想。

怀南下乡，一晃就是一年。在这一年期间，只有春节她才回到家里住上几天。经过插队的历练，怀南的样子变了，人又黑又瘦，已经完全是农村姑娘的模样。

每次怀南回家，梦瑶都会捧起女儿的脸看了又看，眼泪在眼圈里打转，苏北的心里也不是滋味儿，坐在一旁不知说什么好，只能一遍遍唏嘘感叹着：怀南受苦了，不容易啊。

怀南已经完全没有了刚下乡时的激情，把头偎在母亲的怀里，眼泪悄悄地落下来。所有城里的孩子都是这样，他们又能抱怨什么呢？春节在家里休息了几天的怀南，就又一次依依不舍地告别了故乡和父母，回到了她插队的地方。

一年又一年过去了，他们似乎习惯了这样的团聚和分离。怀南也在这种岁月里发生了变化，她变得刚强了，身体也比以前强壮了。她的样子在一家人眼里就是一个农村姑娘，说话嗓门儿又粗又大，走起路来带着风。只要她一回来，整个楼道都回响着她咚咚的脚步声。

再后来，和怀南一起下乡的知青开始陆陆续续回到了城里，有人接了父母的班，有的被分配了工作，就又成了城里人。苏北也听过下乡知青返城的条件——除了接受贫下中农再教育表现优秀之外，还是需要有名额，比如父母即将退休，孩子就可以顶着名额从农村返城，或者身体不好、不适合在农村生活的，等等，当然还有另外有条件的人，找接收单位的人批条子，做知青办的工作。总之，为了孩子回城，做父母的各显神通，条条大路通罗马。

怀南下乡的这几年时间里，苏忆北高中毕业，有了工作。他能留在城里工作，也是因为家里已经有一个在下乡了。根据当时的下乡政策，家里是可以留一个孩子在城里的，苏忆北于是很幸运地留在了城里。

怀南一直没能回城，后来的怀南就很少回城了。一连几个春节也没有回来，他们理解怀南，她要更好地表现自己，只有成为优秀的知青才有可能被选调回城。梦瑶也曾和苏北商量，琢磨着找个领导给怀南也批个条子，让她回到城里。苏北不以为然，觉得怀南是响应党的号召下乡插队的，既然是组织的安排，组织是不会忘记怀南的。苏北的想法让梦瑶彻底放弃了走后门的想法。他们曾经是地下党员，知道一切都得按照程序来。他们相信组织，做地下工作这么多年，深知组织的纪律性。他们只能相互安慰着，默默地等待。

怀南终于从下乡插队时的少女变成了大龄女青年，转眼，她就要三十岁了。他们开始为怀南的婚姻大事焦虑起来，城里的适龄青年是不会和怀南谈恋爱、结婚的。他们再着急上火也是干着急而已。怀南偶尔回来，父母望着老大不小的怀南长吁短叹，怀南却不以为然，笑嘻嘻地劝慰着他们：面包会有的，牛奶也会有的。

这一年春节，怀南从农村回来，告诉他们她即将结婚的喜讯，他们一时竟不知道是该忧还是该喜了。女儿的婚事自己做主，新社会新做派，做父母的不能干预，也无法干预。

怀南的婚礼安排在春天。女儿的大事，他们一定要亲自到场。这是他们第一次来到女儿插队的地方。到处是水田，农忙的人们在水田里插秧播种，乡下的道路坑坑洼洼，有的地方甚至泛起了泥浆，鸡屎和猪粪到处都是。女儿的婚房在村头的一家住户里，女婿是大队的民兵连长，穿着洗得发白的旧军装，见到他们腼腆地敬了一个标准的军礼，然后就亲热地叫了声：爸，妈——

女儿的婚礼简单又淳朴，简单淳朴得他们都想流泪。床头上摆了两床红色的被子，一只半新不旧的收音机里正在播放着样板戏选段。亲戚们帮忙在院子里放了一挂鞭，有几个好心的知青，帮着把怀南知青点里的破东烂西搬了过来，几个知青又一起凑钱，给怀南买了一对儿暖水瓶，两个洗脸盆，为怀南的新房增添了一些喜色。

忆北看到姐姐如此简陋的婚礼和破败的新房，当即蹲在一旁号啕大哭。怀南倒是没事儿人似的过来劝慰着弟弟：哭啥？姐这样不是挺好的吗？姐比其他农村人可是强多了。

怀南早已把自己当成了一个农村人。从她的眼里看不到一丝忧虑和不安，却充满了对新生活的美好渴望。

后来，他们还问过怀南：为什么不再坚持一下想办法回城，而是要嫁给一个复员的军人？怀南说：虽然他是复员军人，但他曾经也是军人啊。梦瑶和苏北就不知说什么好了，他们知道女儿的心里始终都装着成为军人的梦想。

只因他们曾经的特殊工作，让女儿梦想的翅膀夭折了，想着女儿的命运，他们心里一时间五味杂陈。

1

身为重庆站的一站之长，吕站长曾经也是有过美好追求的。只是天不逢时，让自己站错了队，跟错了人。

沈醉在军统时，吕站长就跟着沈醉。当时的沈醉可是军统的红人，历任过稽查队长、总务长等职务，与陈恭澍、赵理君、王天木并称军统的四大金刚，与周养浩、徐远举被称为军统三剑客，深得戴笠的信任器重。当时许多人都认为，沈醉成为军统的副局长，甚至接戴笠的班也只是时间的问题。但时局的变化让人猝不及防，戴笠摔死后，风云突变，不仅军统局变成了保密局，毛人凤借机也一步登天。一朝天子一朝臣，沈醉不仅被甩出了保密局的核心圈，还被派到了不毛之地云南，成了不起眼的云南站的中将站长。

自己的靠山一夜失宠，这是吕站长没有料到的，他跟随沈醉这么多年，把所有的宝都押在了他的身上，没料到却是这么一个结局。眼见着进步的阶梯被人堵上了，近五旬的年纪，无论如何在保密局系统都占不到任何的优势。他是想搏上一把的，比如在业绩上压人一头，让保密局和国防部的那些大员们正眼看上自己一回，在即将退休前，能有机会到南京谋个职位也算是自己的造化了。人算不如天算，本想着在李区长这里打开个缺口，成为自己最后翻盘的救命稻草，没想到却被苏北打乱了计划。

他又能说什么好呢？让苏北扮作南京特派员是他的主意，苏北审问李区长时他在外面的小窗口看得真切，是李区长先袭击了苏北，苏北也是被迫自卫。在他看来，一切都是那么地严丝合缝，顺理成章，要怪也只能怪时运不济。

想到重庆警备区的那些人，何尝不是与自己的心情一样，想在南京那里买好邀功。这么想过了，心里就平衡了，反正人已经死了，他得不到好处，别人也休想得到。起心动念之间，吕站长的心里就平和了许多。把眼前的烂摊子交给执行队的李福后就和苏北回了办公楼。走到苏北办公室前，他跟着苏北走了进来，打着哈哈：苏副站长，你看你都来几天了，我才第一次到你这儿来坐一坐。说着，坐到了沙发上，头疼似的用手指敲了几下脑袋：苏副站长，你虽然来站里的时间短，但站里这一套乱糟糟的工作你也看到了，我真的是很累呀！真想自己早点儿解甲归田，陪着老婆孩子过热炕头的日子去。说完，一脸苦笑着。

苏北为吕站长沏了杯茶，也坐在了吕站长对面的沙发上，说：对不起站长，刚才的事情让你失望了。

苏北见吕站长绝口不提刚才发生的事，但想着自己不能不提，他想试探一下吕站长的反应。吕站长就挥了挥手：你做得没错，要是那个死硬的共产党这么对我，我也会是你这样的反应，只是没想到苏副站长身手这么快，完全不像是在国防部机关出来的人。

苏北就故作谦逊地说：我从特训队毕业后，虽然天天和电讯情报打交道，但这么多年下来，防身的手艺还是学了点儿。

吕站长不住地点头做微笑状，突然想起了什么似的：你和朱家骅秘书长很熟吗？

苏北知道吕站长这是在套他的话。到重庆站几天后，他就从张大召嘴里知道，背后猜测议论他的人很多。站里的人都知道，为了这个副站长的位子，各方的权谋和利益已经决斗了很久，却迟迟没有定下来，却半路杀出来了苏南。放在任何地方，他的背景都会被人猜测和揣度，人人都想知道他背后的靠山究竟是谁。现如今能在道上混的人谁还没有个靠山呢？在重庆站人的眼里，苏南这么年轻，还不到三十岁，没有靠山是万万不能混到眼前这个位置的。

苏北料到迟早有一天吕站长是会这么问的，他知道自己来到人生地不熟的重庆，朱家骅秘书长的这张明牌是没有必要隐瞒的。自己早点儿亮出来和朱家骅的关系，对自己的身份和安全也会有几分帮助。但也不能把话说过头儿，要半遮半掩，剩下的让他们自己去慢慢琢磨吧。

见吕站长这么问，他就低下头，笑一笑说：我哪里和朱秘书长有什么私人关系？我结婚时，朱秘书长作为我们的证婚人，只因夫人在他手下的保密室工作，完全是工作关系。要硬说私人关系，那就是我们都是浙江慈溪同乡而已。

吕站长似不经意地又追问了一句：这么说，你能来到重庆站完全是走夫人路线喽。

苏北不再说话，举起茶杯示意吕站长和他一同品茶。吕站长端起茶杯，想起了什么似的：你来重庆几天了，给夫人报个平安吧？

苏北听了这话，一时怔住了。哥哥苏南和梦瑶结婚，他和父母都没有参加。还是哥哥结婚后带着嫂子回了一趟老家，他也是从父母的只言片语里得知一些嫂子的近况。哥哥和嫂子给父母留下了一张合影照，照片上的嫂子很文静。关于嫂子的一些情况，还是在船上听王特派员介绍的，自己李代桃僵成为苏南后，了解哥哥家里的近况是必不可少的。

哥哥牺牲得突然，嫂子不仅不能声张，还要装作没事人一样，上班下班照顾孩子，只有把这一切隐瞒得滴水不漏，他才是安全的。想到嫂子的忍辱负重，他的心里就隐隐地掠过一阵剧痛。从接到命令到南京，然后上船，来到了陌生的重庆，回想这几天来，他应付每一个人都要提起十二分的小心，唯恐哪一句话说错了。他的每一根神经都绷得紧紧的，只为了把眼前的一切表演得更加逼真。

吕站长这么一提，他觉得无论如何也要给嫂子打上一个电话了。想起嫂子，既为嫂子感到难过，又为哥哥感到伤心，一股说不清的滋味在心里弥漫开来。

吕站长就说：咱们站里的电话可以接通南京，你一个人在外，夫人又怎么能不担心？有空就多打几个电话。虽然站里有纪律，一般私事尽量少用公家电话，但报个平安，也没人会说三道四。

吕站长这时站起身来，又客气地对他说：你来重庆几天了，我还没有给你接风洗尘，择日不如撞日，今天晚上怎么样？

苏北只能借坡下驴：那让站长费心了。

吕站长走到门口又折回身来，指着办公桌上的电话：你这里就可以打电话到南京，军线电话保密程度很高，不过你和夫人聊天也用不着保密。说完，打着哈哈就走了。

吕站长走后，他呆呆地盯着办公桌上的电话，几次把电话听筒拿起来，又一次次地放下。为了把戏做得逼真，以后给南京家里打电话定是少不了的，面对陌生的嫂子，他又该说些什么呢？安慰的话不能说，关于他的身份更不能暴露，只能聊点家长里短，各自问好。想起此刻孤苦伶仃的嫂子，他真想痛哭上一回，为了哥哥，也为了嫂子。

他想象不出嫂子需要多么强大的意志力，才能若无其事地配合组织把戏演下去。这么想过，他真的有些心疼和佩服嫂子了。想来想去，他还是不知道这电话打过去自己该说点什么，犹豫迟疑间，时间就过去了。

眼见着晚上就要下班了，他早早换好便服。刚才吕站长打电话，让他下班后就在院子里等着，有车接他们去吃饭的地方。他刚走到门口，办公桌上的电话铃响了起来，回身去接，电话里却没有动静。他冲听筒又喂了一声，电话里传来一个陌生女人的声音：是苏南吗？我是梦瑶。瞬间，他浑身跟触电一样，这就是从未谋面的嫂子啊！他拿着听筒的手在颤抖，嗓子眼儿里突然间被一种什么东西卡住了，眼眶也突然热了起来。电话里的嫂子说：我和孩子都挺好的，你在重庆一个人，一定要好好照顾自己。

嫂子这是在向他报平安，也是在配合他一起演戏。这时的他，整个身子都热了起来，他意识到在敌人的大后方，自己并不是一个人在战斗，有无数双同志的眼睛在默默地注视着自己。想到这儿，他清清嗓子，冲电话那端说：我挺好的，你也要照顾好自己和孩子。这时听筒里传出来一丝杂音，他又喂了几声。电话线那端却没了声音，他知道这是线路不畅，随即挂断了电话，望着电话却意犹未尽的样子。他突然想掩面而泣，为了这次任务，还有这么多的同志与他一起负重前行而唏嘘不已。

这时，房门被敲响了，他知道这是吕站长在招呼他下楼了。他应了一声，把自己的眼角擦干。王特派员说过，搞地下工作的人，最忌讳的就是情感战胜不了理智。他知道，现在的自己还不是一个合格的地下工作者。待平稳了情绪，他迈着坚定的步伐走了出去。

2

他每天都在傍晚时分到江边公园里走一走,那是他和王特派员碰面接头的地方。上次和王特派员分手时,并没有确定下次见面的时间。刚来到重庆,上线就被敌人摧毁了,王特派员本来是计划把他交给重庆的地下组织后就离开重庆的,但没想到出现了这样的变故。王特派员只能打破原来的计划,让自己暂时充当他的上线和接头人。清除叛徒的任务他已完成,想必上级也了解了这个情况。因不知道上级下一步又是怎么安排的,他只能等待王特派员的指示,可这一连几天王特派员就像失踪了一样。每次从江边公园回来,他的一颗心就像是被吊了起来,脑子里不免胡思乱想起来。想到王特派员身经百战,他那颗不安的心才又慢慢踏实下来。

两天后,吕站长突然找到了他。这次,吕站长是直接来到了他的住处。他刚从江边公园回来不久,洗完澡泡了杯茶,正思念着王特派员,门就被吕站长敲响了。

他没想到吕站长会在这个时间来到他的住处。他知道,吕站长住在院外的山坡上。那里有一栋小楼,楼上住着吕站长,楼下住着李福,还有站里的两个司机。来到重庆站后,他才弄清吕站长在重庆过着单身生活。吕站长的夫人一直住在南京,两个人是在南京结的婚。夫人家里以前是做珠宝生意的。1937年,日本人占领了南京,当时的国民政府都已经撤退到了重庆。吕夫人的父母还有弟弟,却不肯走,说自己是生意人,不论什么社会、什么政府,生意还是要做的。吕站长好说歹说,一家人就是不肯走。他只能带着夫人和孩子离开了南京,从此便和家人失去了联系。直到日本人投降,国民政府从陪都重庆又迁回南京，此时的吕站长被任命为保密局重庆站的站长。别人都回南京了，名义上是被任命为站长，其实他很清楚自己是被人丢弃了，从军统到保密局，从戴笠到郑介民又到毛人凤，中间经历了太多的事，在国民政府迁回南京之前，他被留在了重庆，显然又是一次新的洗牌。

日本投降后，夫人带着孩子迫不及待地回了一次南京，整整九年时间，他们不知道给家里写了多少封信，父母没有回信，弟弟也没有回信。从南京到敌占区，邮路早就断了，信件有时要经过香港辗转着才能寄到南京。他们这些从南京来的人，在南京或多或少的都还有着他们的亲戚朋友。在这九年的时间里，却很少有人接到南京方面的回信。

夫人带着孩子回到南京后，自家的珠宝店早就不见了，被改成了一个日本人的株式会社。夫人带着孩子找了许久，终于找到了一位幸存的老邻居，才知道在他们撤退到重庆不久，南京就沦陷了。父母和她弟弟带着能带的东西向运河的码头跑去，那里聚集了很多逃难的人，想逃往上海或苏北。沦陷的南京城，到处都是尸体发霉发臭的气味，许多街道上的楼房都被日本的炮弹炸塌了，没有倒的房屋也挨了许多枪子儿，到处都是逃难的人群。南京政府早早就撤退了，留下手无寸铁的市民呼天天不应，叫地地不灵。城市的角落里，还有零散的一些没有来得及撤退出去的士兵，冷枪冷炮地抵抗着。父母和弟弟腰里缠着金条，身上背着珠宝，夹杂在逃难的人群中，后悔没有听劝早早地离开南京。他们被一队日本人追上，码头上架了机关枪，一顿扫射，逃难的人群纷纷倒在了岸边和水中，她的父母和弟弟也无一例外。越来越多的南京市民被枪杀在运河两岸，他们的尸体被摞在一起，分不出彼此。南京大屠杀后，日本人在这些尸体上倒上汽油，幸存下来的南京市民至今还记得，焚烧尸体的大火整整烧了三天三夜，烧焦的人肉气味和烟尘经久不散。

吕夫人得知消息后,一下子昏死在老宅前。从那以后,夫人性情大变,经常变得痴痴呆呆,不停地喃喃自语说再也不回重庆了。她说自己要在老宅里陪伴她的家人,不论吕站长用什么样的手段和花言巧语,都不能让夫人改变主意。

他是重庆站的站长,只能回到重庆去,从此吕站长就变成了一个单身汉。虽然他人在重庆,却始终放不下南京的夫人和孩子,总要找机会回南京。重庆站的人也都知道,吕站长现在最大的梦想就是有朝一日调到南京去和老婆孩子团聚。这一年多来,吕站长奔波在重庆和南京之间,每次回南京小住也总要找一些老关系,和这些人吃吃饭,喝喝茶,打听着调回南京的机会。吕站长和南京还是有些关系的,都是以前国防部和军统的一些老人,可这些人在吕站长的眼里都是被遗弃的闲冷子,自身难保,想要为他牵线搭桥,把他调回南京去,那就是痴人说梦了。渐渐地,吕站长对这些老友也不再指望了,他在寻找着新的机会。

果然,他在苏北这里坐下,说了几句闲话后便单刀直入地说:苏老弟,想必我家里的情况你也有所了解。我这几天就要去南京,这次是公务,咱们这里的人都知道你夫人和朱秘书长的关系,这次我回南京,能不能让你夫人搭个线,让我认识一下这个朱秘书长?

前几天的晚宴上,吕站长与苏北已经是称兄道弟了。苏北这才明白,那次晚宴只是个铺垫,今天才算进入了正题。吕站长这么求他,苏北也只能顺着他的话说:站长,你是国防部的老人,也算是三朝老臣,南京政府的事你是了解的,我夫人就是一个小小的打字员,我是借了和朱秘书长同乡的关系才有了今天。这个忙我是能帮,就怕夫人人微言轻啊。吕站长放下茶杯,用一只手掌拍了拍苏北的大腿:老弟呀,你这是谦虚了,夫人能够牵线搭桥,你们的恩情我会记住的。剩下的事情你们不用操心，一切都是事在人为嘛。我要是能调回南京去，重庆站站长的位置不就空了，我会首先推荐你做我的接班人选，再加上你和朱秘书长的关系，我敢说八九不离十。没想到，吕站长背着一个还想抱着一个，求人也变得从容不迫，驾轻就熟。

苏北早就对国民政府大小官员的腐败有些了解，没想到一切都是这么地明火执仗，这些本来见不得人的勾当，好像又是天经地义地那般轻松平常。他来到重庆站虽然只有短短几天时间，却让他领略到小政府大舞台的钩心斗角。所有的人都做着升官发财的美梦，这样的政府不垮台简直是天理难容。想到这里，苏北的嘴角露出了一抹微笑。

吕站长让他给夫人写个条子，自己要带在身上。苏北来到了书桌前打开了台灯，拿出纸笔却踌躇起来。想到既陌生又熟悉的嫂子他竟有了一些不自在。两天前嫂子给他打来的电话让他吃惊又紧张，他知道这是嫂子的良苦用心，这让他感到汗颜。和嫂子相比，自己作为地下工作者还不够老练。想到这里，他努力让心沉静下来，很快就在便笺上写下了几行字：梦瑶，来重庆有些时日了，我一切都好，在这里就不啰嗦了，以后会打电话详聊。今有一事相托，吕站长去南京公务，想结识一下政府的朱秘书长，请你在方便的时候引荐。落款苏南。

苏北把这张便条递给吕站长时，吕站长看了一眼就郑重地放进上衣兜里，拍了一下苏北的肩膀：老弟够意思，等我回来，咱哥俩好好喝上一壶。

吕站长带着希望走了。坐在灯下的苏北想着一连几天没有出现的王特派员，心里就又一次忐忑起来。

在吕站长去南京后的一天晚上，苏北和往常一样，又一次来到了江边公园。

这次他刚出现不久，就看见前方不远处的长椅上端坐着王特派员。王特派员的样子似乎是在看风景。他的出现让苏北一下子激动起来，见四下无人，苏北走过去，不经意地也坐在长排椅的另一端。王特派员小声地说：祝贺你苏北同志，你锄掉叛徒的工作干净利索，上级让我口头转达对你的表扬。你的实习期已结束，我也该离开重庆了。为了你以后的工作安全，组织决定不再派人和你联系，只有接头地点。

王特派员说完就站了起来，又留下一句：保重。

王特派员离开时，苏北发现椅子上留下了一张纸条。他把纸条攥在手里，目送着王特派员的身影在视线里消失。

他离开长椅，观察一下四周后才打开那张纸条，上面写着情报点的地址。地址有两个，一个是他送情报的地址，还有一个是他取情报的位置。纸条上还画了两张位置草图。

王特派员离开了，至于他们何时能再见谁也不知道。这就是地下工作者的纪律，为了保护自己，也是为了保护组织。不该问的不问，不该听的不听，这些纪律都是王特派员教给他的。此时的他才意识到，以后在重庆就要靠自己孤军奋战了。以前一直觉得还有个王特派员陪着他，自己并不孤单，而现在却不一样了。一种孤独感，无边无际地向他袭来。

他把两个接头地址狠狠地记在了心里，又把那张纸条撕得粉碎，蹲到了江边，借洗手的时机，把纸片丢到江水里，那些破碎的纸片很快便被江水带走了。

他再次站起身来时，突然觉得肩上的担子很重，他深吸了一口气，望一眼铺满落日余晖的天空，不再犹豫，步子坚定地向重庆站方向走去。

3

吕站长去南京开会期间，有一天快下班了，总务长张大召突然找到苏北，告诉他一个惊人的消息——执行队的李福被宪兵抓走了。

带来这一消息的不是执行队的人却是张大召，苏北惊愕片刻，很快便镇定下来。前几天警备区的宪兵来要人，是吕站长没有给人面子，硬生生地把叛徒李区长扣押在自己的手里。苏北的第一反应是，这是警备区的人在报复重庆站。虽然他才到重庆几天，已经看惯了军方相互之间的尔虞我诈。当他想问清原因的时候，张大召却欲言又止，摇了摇头说自己并不清楚。他知道张大召说半句留半句的用意，虽然自己和张大召是同学关系，张大召也表现出对他不同寻常的关注和热情，但错综复杂的人际关系，让所有人都和他有了距离。来到重庆站才知道，这个重庆站姓吕，吕站长在重庆站说一不二。他是一个外人又是新来的，从别人的眼神都能感觉到，别人都在对他观望着。站队历来是吃瓜群众的传统，这也是底层的生存逻辑。他没来重庆站之前，这里只有一个吕站长、一个声音，不论人们是否喜欢吕站长，也都只能被动地接受。在吕站长眼里，这些下级自然有远近亲疏，受待见的一拨儿，自然是春风得意。那些被冷落了的，平日里也只能逆来顺受，只能私下里发泄个不满而已。但这些不满却始终无法改变现实，只能是默默忍受着。

苏北空降到重庆站，不论是大道通知还是小道消息，所有人都知道苏北是有背景的人，他来到重庆如何和吕站长掰手腕，在吕站长的手里分一杯羹，这都是人们希望看到的局面。尤其是被吕站长冷落的那些人，都希望他的到来能改变重庆站的现有状态，让一部分人看到希望。张大召属于中间派，既希望苏北能够得权得势，却又不敢把宝都押在苏北一个人身上。从官场的游戏规则来看，苏北只是一个副站长，他的根基和履历与吕站长差得不是一星半点。张大召表面上对他这个老同学热情有加，却也和所有人一样在观望着他。

吕站长不在，苏北自然要行使重庆站的最高权力。他打电话把办公室季主任叫到了自己的办公室，季主任他是打过交道的，来到重庆站那一天，和张大召等人一起吃过欢迎饭。办公室主任和总务长两个部门是有分工的，办公室属于行政后勤，上传下达，确切地说他们的工作是围绕着两个站长展开的，只有为两个站长服好务，才能让整个重庆站更有规律、有秩序地运行。总务长负责的是整个重庆站的后勤保障，从级别上来说两个人是平级，但办公室主任和总务长受重视的程度又不可同日而语。

办公室季主任站到苏北面前时仍然是那么地谦卑，绽开一张笑脸说：苏副站长，你吩咐，有什么事需要我跑腿儿的？季主任在吕站长面前领受任务的样子，苏北是领教过的。季主任从来都是这个样子，总是毕恭毕敬，一脸严肃，一双小眼睛围着吕站长滴溜乱转。苏北在意识到自己的威信和吕站长的差别后，他要树立自己的威信了，要让自己在重庆站站稳脚跟。如果被这些人排挤走，那组织上交给的任务又如何完成？吕站长去南京开会，这正好给他留下了绝好的机会。他严肃着表情，盯着季主任的眼睛：执行队发生什么事了？季主任没有马上回答他，滴溜着一双眼睛乱转了一气，最后在眼眶里定住，一脸无辜地说：执行队一大早就外出执行任务了，他们怎么了？

苏北不想在这件事情上绕圈子，他命令道：备车，你和我一起去警备区。

季主任应了一声，没再犹豫，转身出了门。

苏北去警备区前，先来到执行队。执行队的那几个人已经收工了,不拘小节、乱七八糟地坐在那里,有人把腿跷在办公桌上,还有人一屁股坐在了办公桌上,几个人在抽烟,房间里乌烟瘴气的。

苏北推门走进来时,那几个横七竖八的人,先是把自己的动作收敛了,王副队长懒洋洋地站了起来,众人才歪七扭八地也随着站了起来。

在这之前,苏北几乎还没有和执行队的人打过交道。执行队的李福队长,每天一大早都会先敲响吕站长的门,在吕站长那里领受了任务,才带着众多兄弟出去执行,收工时要到吕站长那里作一个汇报。叛徒李区长就是执行队的人抓到的。刚上任那一天,吕站长带着他各个办公室里都走了一遍,走到执行队门前时,吕站长轻轻用手指敲了一下门就一掠而过。他解释说,执行队的人一般白天不着家,都在外面执行任务。

王副队长他还是在食堂里见过,张大召特意给两个人作了介绍。王副队长正拿着饭盆准备去打饭,没有苏北想象得那么热情,只是抱着饭盆隔空拱了拱手,就大大咧咧去打饭了,张大召在一旁有些尴尬:执行队的人都这样,干粗活的,王副队长人不坏。

执行队的人不知道为什么,总是有意无意地在躲着他,大有铁路警察管不到他们这一段儿的感觉。有一次,张大召还神秘地跟他说:执行队的任务特殊,历来是只听吕站长一个人的。

李福被警备区的宪兵抓去,却没有一个人向他报告,要不是张大召和他通风报信,自己还被蒙在鼓里。他盯着王副队长的脸,严肃地问:李福怎么回事?

王副队长把头耷拉在胸前,并没有想回答他的意思。苏北就提高声音又问了一次,王副队长才侧过脸,对他心不在焉地说:我已经打了长途电话向吕站长汇报了。

吕站长远在南京,执行队的人舍近求远,向南京的吕站长作汇报，却把他这个一直在办公室的副站长丢到了脑后。他想发火，给执行队这些狗眼看人低的一群人来个下马威。办公室的季主任已经来到了门口，准备接他出发。季主任换上了一身军装，笔挺地站在执行队的门口。

警备区的办公大楼可比他们重庆站气派多了，办公大楼有五六层那么高，大门口是双车道，有士兵站岗，门前还堆着沙袋，一副森严的作战气氛。

苏北的车行驶到大门前，士兵过来查看证件后放行。

在宪兵总队长的办公室里，上校总队长不冷不热地接待了苏北和季主任。关于李福的事他们并没有掖着藏着，只告诉苏北，人是他们抓的，具体犯了什么案子他们还在调查中。想把人领走，只能等案子查清。

苏北见宪兵队没有松口的意思，只能带着季主任先行离开。他不想就这么空手而归，于是让司机把车开到了重庆行辕的办公地，他要去见一下朱先海。既然宪兵总队的人不给他们保密局面子，行辕二处的面子总不能不给吧。行辕是代表中央国民政府驻重庆的办事机构，是钦差大臣。上次和朱先海分手，他还一直没有再见过他。正巧，朱先海还在办公室里加班，说具体一点是在重庆行辕的二处，负责的也是情报工作，归国防部二厅直管，保密局各地站点的业务也只对保密局负责。

苏北见到朱先海，就热络地说：朱处长，我是来还人情的。

晚上，苏北把朱先海约出来，在两人第一次见面的饭店里又喝了一些酒。这一次的苏北从容了许多，一直谈笑风生。席间，朱先海想起了什么似的说：老弟，你的伤怎么样了？

苏北就拍了拍肚子，笑着说：没事儿了。

他们的话题很快就转到了李福的身上，对于李福这个人，朱先海是听说过的,他想说点儿什么,目光却落在了苏北身边的季主任身上。苏北意识到了,就说:季主任是自己人。说完,还伸出手在季主任的肩膀上拍了拍,季主任不失时机地把微笑挂在脸上。朱先海这才抿了一口酒,低声地说:你们执行队可是吕站长的嫡系,要人这活儿应该是吕站长出面。

苏北明白朱先海这是话里有话在点拨他,他却装出一副公事公办的样子:吕站长去南京开会,站里的事儿自然由我来负责,出了这么大的事我能不管不问吗?

朱先海答应打电话过问一下此事。接下来,两个人就喝起了酒。酒局结束时,苏北要去买单,季主任小声地告诉他:账已经结完了。他和朱先海分手后,和季主任往车前走的时候,季主任在他的身后小声地说:苏副站长,你这是公事,站里都能报销。

苏北回头看了一眼季主任,似有所悟地点点头。季主任微笑着就上前一步:苏副站长,以后有什么不好处理的票据交给我就是了,我会处理好的。苏北抬起手,在季主任的肩膀上又轻拍了两下,季主任就说:为苏副站长服务是我应该做的。

第二天下午,朱先海就给苏北打来电话,他在电话里骂道:兄弟,你知道李福这个王八蛋犯了什么事儿吗?还没等他接茬儿,朱先海又说道:他在黑市上倒卖军火。

朱先海带来的消息让苏北大吃一惊,没想到堂堂的重庆站执行队长竟然干出这种勾当。朱先海告诉他有二处担保,现在可以到警备区领人,但事件还要调查,可以先把人领回来,有取保候审的意思。苏北在电话里对朱先海隆重地感谢了一番。

办公室季主任带着人马把李福领回来时,人已经很虚弱了,虽然看不见外伤,但一定在宪兵队吃了不少苦头。李福见到苏北,从车上爬下来,站立不稳就跪在苏北面前,嘴里一遍又一遍说着:副站长,你的大恩大德李福记下了。

苏北命人搀着李福去了医院。

吕站长不在家,苏副站长硬是把李福从宪兵队手里要了回来,重庆站的人再看苏北时的目光就别样起来。

4

半月后,吕站长从南京回到了站里。

吕站长这次南京之行似乎不是很顺利,阴沉着脸,提着公文包走进办公室,嘭地就把办公室的门给关上了。保密室主任孔祥生手里拿着一沓文件,站在吕站长的门口进也不是,退也不是,就那么尴尬地站着。保密室主任手里的文件,苏北已经都看过了,是吕站长不在期间,国防部还有保密局的一些电函,他在那些文件上已经签过字,有的工作也已经在落实了。按规矩,吕站长回来,这些文件还是要请他过目的。

孔主任站在吕站长的门前尴尬地徘徊了一阵,最后还是退了回来。路过苏北办公室门口时,门开着,苏北一抬头正好和孔主任的目光相遇。孔主任就停了下来,一脚门里一脚门外地小声说:不知站长是怎么了,进屋就把门关得死死的,里面一点动静也没有,我这也不好去打扰。

经过一段时间的相处,苏北和孔主任已经无话不说了,两个人门对门儿办公不说,吕站长不在期间,他们还出去喝了两次小酒。这一阵子,苏北和站里的人交往是来者不拒,他要尽快进入自己的角色,不论和什么人相聚都能得到一些有用的信息,比如这里的人际关系,谁和谁是一伙儿的,谁又和谁不对付,这些鸡毛蒜皮的小事儿看似没用,实际上是一张无形的网把这些人编织在一起,在这张网里每个人都有了固定的角色。了解这些后,苏北觉得这些人脉关系对于自己来说价值很大,而在别人的眼里,他自己也是这张关系网当中的一环。当他从另外一个视角跳脱出来,回头再看这些关系网时,就有了更多新的发现,他可以利用这些关系,再把这些人重新梳理一番。

苏北把手里的文件放下,走到沙发旁边,冲孔主任说:进来坐会儿吧,吕站长也许累了,晚一会儿你再把文件送过去。

孔主任坐在他对面的沙发上,苏北慢悠悠地泡着茶,他现在不仅学会了喝茶,还学会了泡茶。重庆人有喝茶的习惯,入乡随俗,保密站的这些人,不论老家哪里的,都学着和重庆人一样闲时喝喝茶,摆摆龙门阵。

孔主任喝着苏北递给他的茶水,面色忧虑地说:以前吕站长从南京回来总是有说有笑的,是不是家里出了什么变故?

苏北想起吕站长走的时候,和他说过要见朱秘书长的事儿。吕站长走了没几天,梦瑶给他来过一次电话,在电话里告诉他,在她的牵线搭桥下吕站长已经见过朱秘书长了。然后两个人又聊了聊各自的生活,她问他在重庆习不习惯,还没等他问家里的情况,她就在电话那一端说:孩子前几天发烧,已经看过医生了,烧也已经退了,让他不用担心。他知道嫂子这是在演戏,电话在经过几个插转台后不知道有多少耳朵在监听着。在这一点上嫂子比他成熟,也更加稳重老练。听着电话里嫂子的声音,他揣度着嫂子的模样和表情,确切地说,在他和嫂子的这段关系中,嫂子一直在引领着他,甚至是在手把手地教他成为一名合格的地下工作者。自从王特派员离开重庆后,即便在传送情报时,他也只和情报点有接触,当然这也是组织为了他的安全考虑。他对嫂子的话心领神会,在电话里让她好好保重自己,自己不在家,家里的一切就都要拜托给她了。他折服嫂子的地下工作经验,想着不久前牺牲的哥哥时,他的心疼了一下,又疼了一下。

正在苏北和孔主任有一搭无一搭聊天的时候,吕站长的门突然开了,脚步声也由远及近。吕站长手里端着茶杯,出现在苏北的办公室门口。

苏北和孔主任同时站了起来,孔主任抢着说:站长,我以为你累了。说完,把手里的保密文件举了举。吕站长说:办公室的门没锁,放到我办公桌上就是了。孔主任点点头,快步走出去。

吕站长走过来,慵懒地坐在刚才孔主任坐过的沙发上,放下茶杯道:这次去南京见到弟妹了,也多亏弟妹的引荐才见到了朱秘书长。

苏北就笑一笑,顺口说:南京之行还顺利吧?

吕站长叹了一口气,端起茶杯抿了一口:现在时局不对呀,共产党的队伍和国军在东北僵持着,不是你进就是我退,鹿死谁手还真不好说。现在共产党的队伍就像从地下冒出来一样,遍地都是。以前抗日的时候,也没觉得共党的队伍有这么多呀。要不是当年的西安事变,咱们的队伍早就把共产党围剿在陕北了。

苏北不好接吕站长的话茬儿,在没有接到来重庆的潜伏任务时,他所在的华东支队和其他部队也正在调动。内战全面爆发,各方势力也都在蓄积,从新四军改编成华东军区和华东野战军后,队伍壮大了几倍。那时的部队被派往四面八方,和国民党军队比拼着占据有利地形。如果不是接受这次代替哥哥来重庆执行潜伏任务,此时的他也许正随着部队南征北战。这么一想,他竟开始思念起自己的老部队了。不知自己的队伍目前正在何方,那些熟悉的首长和战友们的面容又一次闪现在他的眼前。

吕站长把杯子重重地放在茶几上的声响,彻底把苏北的思路切换回来,他想起了李福的事儿。虽然李福现在还在医院里养伤,但宪兵总队对他的案件并没有罢手。昨天朱先海还给他打来电话,向他透露宪兵队对李福的调查已经有了收获，说李福在黑市上倒卖的枪支，有一部分流入到了川东游击队的手中。朱先海说这些话时跟没事儿人似的，在电话里跟他说：兄弟，这事和你无关，你就当个热闹看就行了。李福被收监的那一天，你们的吕站长也逃不了干系。苏北知道，鹬蚌相争，渔翁得利。他也很想待李福事件水落石出后，看看吕站长这出戏该怎么演。

苏北想，凭着吕站长的人脉，想知道李福现在的处境并不困难，倒不如自己送上个顺水人情。于是，他就把李福的情况简单地和吕站长说了，话还没有说完，吕站长就把杯子摔到了地上，茶叶和水溅了一地。吕站长的手不停地敲击着沙发的扶手：这个李福简直是胆大包天，他现在人呢？

苏北说：人在医院，看样子警备区那些宪兵下手挺狠的，估计得在医院里住上一阵子。

吕站长站了起来，背着手在空地上踱着步，茶杯的碎片硌了他的脚，他抬起脚，就把那些碎片一脚踢飞，大着声音说：没想到李福胆子这么大，我这才离开几天呢，他竟然干出这种勾当。我要去医院，这小子不老实交代就送他去军事法庭！

吕站长说完，走到苏北办公桌前，接通了办公室季主任的电话，没好气地说：备车，去医院。

吕站长回来后，他的情绪把整个站里都影响了，所有的人大气都不敢出，暗地里交头接耳打探着各种情况。重庆警备区的人会同重庆行辕二处的人一起到站里来过几次，分别找了不同的人了解情况。人们纷纷相传，李福这次事儿闹大了，那些被他倒卖的枪支和共产党游击队有了牵连，性质可就发生了变化，是叛徒还是内奸看来一时还不好定性。人们心里惶惶不安，都把目光投向了吕站长，站里所有人都知道，一荣俱荣，一损俱损。

李福平时倚仗跟吕站长的关系，在站里从来都是仰着面孔走路，再加上他手里的权力，没人敢去招惹他。这次出了这种事，人们都抱着看热闹的心态。警备区的人来过站里几次后，又有消息传来，李福作案证据确凿，这两天就要给他收监了。收监就意味着李福将失去自由身，军事法庭的人将会介入调查，他倒卖枪支的动机和背后的指使人也将浮出水面。

　　可就在这时，站里突然传来了李福从医院逃跑的消息。

5

　　李福从医院神不知鬼不觉地跑了，看守李福的人有宪兵也有重庆站的人，能在众多看守的眼皮子底下跑掉，不能说不是种奇迹。二处的人和宪兵总队雷声大雨点小地调查了一阵子，也就不了了之了。也许，李福的失踪对各方来说都是最好的结局。

　　李福事件对吕站长的打击很大，他的左膀右臂没有了。毕竟这个事发生在重庆站，他是一站之长，总归是脱不了干系的。那一阵子，只要有人一提起李福，吕站长就要大发雷霆，骂李福不是个东西，忘恩负义，吃里爬外。总之，吕站长把世上最肮脏、恶毒的词汇都发泄到了李福的身上。

　　重庆站的人都在私下里盛传，李福的逃跑是吕站长亲手安排的。

　　有些东西该走的还是要走的，过了一阵子，李福事件引起的波澜渐渐地平息，吕站长的情绪似乎也稳定了不少，但还是经常显出很焦虑的样子。他总是隔三岔五地去保密室要文件，似乎更关心那些有关人事变动的文件。晋升一批，调走一茬，总部每次的人事调整，都会作为一般秘密等级的文件下发。那些日子，吕站长经常从保密室里拿着这样的文件回到办公室里去研究。站长的情绪极其不稳定，不是摔杯子，就是一脚将办公室的门踢上，把自己关在办公室里，愁眉苦脸地踱着步。

重庆站的人都知道，吕站长在这个节骨眼儿上，把所有的精力都用来关注自己的个人前途和命运了。

时间进入到1947年的下半年，内战早已全面爆发，各个方向的战场成胶着态势。大半个中国被牢牢地控制在国军手中，共产党的队伍只是星星点点地有所收获。党国正是用人之际，南京方面在人事上也没有闲着，党政军不断地调整着人事。眼下的吕站长，极度关注自己的前途和命运也在情理之中。他在一份又一份的人事变动的文件里，寻找着规律和蛛丝马迹，令他失望的是这些人事变动文件中一直就没有出现过自己的名字，吕站长很是焦虑，常常是茶不思饭不想地坐在办公室里发呆。

这天的吕站长背着手，又一次来到了苏北的办公室。

这一阵子他经常找苏北聊天，东一句，西一句的，也没有个主题，有时就是为了消磨时间和平息焦虑的情绪。他坐在沙发上，端起苏北给他倒的茶，放到嘴边又搁下，感叹着：老弟啊，南京方面最近有什么大的消息吗？

他几乎每次找苏北聊天总是以这样的方式开局，苏北每一次都摇摇头，一边摆弄着眼前的茶杯，一边说：站长，我这个小萝卜头儿能得到啥上峰的消息？混一天算一天吧，既然把我安排到这个位置上，就做一天和尚撞一天钟罢了。

这次的吕站长却话锋一转：你觉得国军还能坚持多久？

苏北没想到吕站长会跟他聊这样的话题，低下头，云淡风轻地说：通报上不是说了嘛，国军在各个战场上都得到了喜人的战绩，共军在节节败退。

吕站长就嗤了声：你听它的，那些吹牛不上税的通告，我连上面的标点符号都不相信。现在的局势是共军少说有几百万人马，早已不是当年江西的赤匪了，也不是前几年陕北那些吃不饱饭的叫花子了。现在的共军比当年的日本鬼子还难对付，他们现在是得民心得民愿，你再看看我们呢，除了吃里爬外的这些腐败官员，有本事有门路的，早就把家眷安排到国外去了。他们早就想好了退路，把钱弄走了，国外有了家，他们还能置之死地地卖命吗？都是骑驴看唱本罢了。剩下的这些人，天天喊着叫破天的口号，又有哪一个在干实事？政府的官员在想办法搞税收，刮地皮，割韭菜，你听听现在的民意，恶声鼎沸，民不聊生。现在的政府不是以前的政府了，国军也不是以前抗战时的国军啦，丢了民心，失了势，你看看他们现在用的都是些什么官员，溜须拍马、送女人、送钱，我们这些国军里的将士，真正有本事的得不到重用，而那些庸才蠢才，却个个被封官加爵。

吕站长发泄完，似乎心情仍然难以平复，看了看虚掩的门，又冲苏北说：老弟，你别见怪啊，我就是说些个实话而已。我已经混到头儿了，我现在什么也不怕，就是让我现在革职还乡，我也不在乎。我算是看透了，真正想为党国献身的人，投报无门啊！

他望着眼前的苏北，话锋一转：老弟，你可别学我，你还年轻，弟妹又在政府机关工作，有那么多的人脉，你以后还是有很多的机会发达的。

苏北只能谦逊地笑一笑，他知道此时的自己话不能多，尤其是在吕站长面前。

吕站长发完牢骚，站起身背着手就出去了，走到门口又转过身子说：别忘了，替我问弟妹好，弟妹可是个好人。说完，晃晃悠悠地就走了。

日子不紧不慢地一天天过着。

一件突发的大事降临到站里，确切地说是与苏北有关。

这天刚上班，苏北的屁股还没有坐稳，吕站长一把推开他的房门，从身后拿出一份文件放到他的眼前。这是一份绝密文件，文件上说：据可靠消息，共党分子已潜入重庆内部，命令涉事单位彻查……

苏北看完这份文件，心快速地跳动了几下，他知道文件上提到的共党分子一定就是自己。从南京发来的文件看，总部已经得到了确切的消息，想到这儿，他平静地抬起头：站长你吩咐，既然咱们内部出现了共党分子，那下一步怎么查？咱们执行就是了。

吕站长把那份文件抓回到自己手中，盯着苏北的眼睛：你别告诉任何人你看过这份文件，刚才二处的人打过来电话，要对最近三个月调入到重庆的所有党政军人员进行一次甄别。老弟，你也在这次的甄别名单上啊。

苏北听完吕站长的话，下意识地站了起来。从吕站长的口气听得出来，上面目前并没有单独怀疑上他。很快他就冷静下来，心想：该来的总是会要来的。他沉着地应道：站长，既然甄别人员当中有我，那我将全力配合。

看来潜入重庆这件事，在李区长被捕后就已经现出了端倪。尽管叛徒被苏北不露痕迹地处死了，但南京的情报人员并没有闲着，不知道从哪里得到了这条确凿的线索，回过头来，又杀了一个回马枪。这时的他意识到，真正考验自己的时候到了，他必须想办法尽快离开，把这个重要情报传递出去。

现在是上班时间，没有特殊情况很难离开这里。只能利用中午吃饭的时候，找机会脱身。

计划没有变化快，吕站长离开他办公室不久，外面就响起了车声。一辆宪兵队的吉普车，吱的一声就停在了重庆站的院子里。还是上次来过的那个中校，冷着脸从车上跳下来，身后是两个宪兵，荷枪实弹地站在车前。

吕站长似乎早有准备，又一次推开了苏北的房门，一脸不情愿地说：老弟，宪兵总队希望你配合，和他们走一趟。其实也没啥，就是个程序。

尽管苏北心里也早有准备，但还是觉得来得太快了。他只能配合着随吕站长向外走去，这时办公室每个房间的门都打开了，他们似乎也听到了一些小道消息，都在门缝里担心地看着苏北。

苏北一脸平静地用目光扫视着整个走廊，吕站长引着他来到了中校面前。中校对他并不陌生，阴沉着脸冲他点了一下头，就示意两个宪兵把他押上了车。

吕站长这时挥了一下手：慢着——

苏北也停了下来，把目光盯在吕站长的脸上。

张大召这时走了过来，吕站长就冲宪兵中校说：都是自己人，何必这么兴师动众。苏副站长现在还是我们保密局重庆站的副站长，目前只是配合你们工作，这人得由我们来送。说完，不等中校反应过来，就回身冲张大召交代：张总务长，你负责把苏副站长送过去。

张大召先是看了一眼苏北，嘴里响亮地回答：是，保证完成站长交给的任务。然后，冲身后挥了下手，站里的一辆吉普车开了过来，张大召拉着苏北就坐进了站里的车。

吕站长走到中校面前，硬着声音说：人可以交给你们，但我得把话事先说清楚，苏副站长回来时要是少了一根汗毛，我们保密局的人可不会答应。

车上的苏北听得真切，一瞬间他竟有些感动，冲车下的吕站长挥了挥手。

那个宪兵中校见苏北配合地坐进了车里,也不想和吕站长多啰唆,自己转身也上了车。

两辆车一前一后地驶出了院门。

一上车,张大召的手就紧紧地抓住了苏北的胳膊。车辆启动后,张大召就说:什么玩意儿,怎么还查到你的头上了,我看他们就是昏了头,找到机会就想要邀功请赏。别人不了解你,我还不了解你吗?

苏北听了,拍了拍张大召的肩膀:让我配合,我配合就是了。

张大召就小声地说:听说这次甄别的不只是你一个人,重庆行辕有个政府文员听说是从贵州刚调来的,他们警备区的人也有,二处负责调查那两个人,你就由宪兵队调查。

张大召带来的消息,无疑为苏北紧张的心情做了一次缓解。在得到吕站长的通知后,他就把自己从接受任务,再到重庆后的每一个环节都仔细地回忆梳理了一遍,发现并没有明显的纰漏。但自己在明处,敌人在暗处,自是防不胜防,他必须做好应对一切不测的心理准备。张大召毕竟是重庆站的老人,获得消息的渠道肯定要比他来得快,知道得也多。听了张大召的话,他可以准确判断出,敌方并没有掌握真凭实据,目前只是怀疑而已。他心存感激地张开双臂,紧紧地拥抱了张大召。

张大召就说:苏副站长,你别担心,这几天可能要受点委屈,过了这一阵子就没什么了。

车一直开到戒备森严的警备区院内,在一栋小楼门前停了下来。两名从车上下来的士兵,一左一右地站在了苏北身边,中校挥了一下手,两个士兵押着苏北就往楼内走。张大召一路紧紧地跟了过去,小楼门口的士兵想拦住张大召,张大召瞪了一下眼睛:我是在送我们的苏副站长。正在两个士兵犹豫时,张大召跟了进来。

这是警备区的招待所。他们在二楼的一个房门前停了下来,一个士兵打开门,另一个士兵推了一把苏北,苏北就进到了房间里。两个士兵又一左一右地持枪守在门口。

张大召就冲房间里的苏北大声道:苏副站长,你有什么吩咐就打电话或者捎个条子,我立马就过来看你。

一个士兵就冲张大召说:这位长官,人送到了,你也该走了,别影响我们执行公务。

张大召似乎早有准备,马上换了一张脸,变戏法似的从口袋里掏出两盒烟,强行塞到两个士兵手里,一边塞烟一边说:两位兄弟辛苦,低头不见抬头见,咱都在为党国做事,我们苏副站长就请你们多多照料了。士兵用最快的速度把烟塞到口袋里,冲张大召挥了挥手,就小心地把门关上了。

张大召隔着门冲里面喊:苏副站长你先安生地在这里待着,有事我会第一时间赶过来。

6

苏北被软禁在招待所里,他懊悔没来得及把自己被敌人怀疑的消息送出去,如果自己真的出事了,组织上都不知道他的消息。

他望着窗外的天空,下意识地把窗子打开,仔细观察着周边的地形。这个招待所是一个院中院,对面就是一座兵营,想从这里逃出去比登天还难。

他被安置在招待所后一直都没有人来找他,暂时难得的安静,也让他紧绷的神经放松了下来。他又从头到尾把自己到重庆的经历捋了一遍,想不出任何的破绽,那自己潜伏到重庆的消息又是谁走漏的呢？也许是组织内部又出现了叛徒，或者是敌人安排在我方的内线？想到这里，他又开始有些焦虑不安了。此时的他，恨不能变成一只鸟从这道高墙里飞出去。

一日三餐都有专人送饭。第二天一早吃过早饭，他的房门终于被打开了。昨天押送他的两个士兵，很客气地把他请了出去。

走出招待所，他被带到了办公大楼的一个房间。房间里坐着两个人，一个坐在桌后，另一个坐在桌旁。党务督察处长在桌后自报了家门，另一个年轻人显然是做记录的。

问话很普通，从苏南的经历开始聊起，何年何月进入浙江特训队，又是如何来到的重庆，什么时间又回到了南京，等等。对于这一切，苏北早有准备，除了自己所知道的苏南的经历，还有王特派员在船上给他介绍的更多情况已是了然于胸，一问一答中几无破绽。党务督察处长的样子看起来很和蔼，还不时地让助手给他端茶倒水，在问话的过程中，他不断地解释：这都是上峰的安排，苏副站长你不要多想，我们也就是走个程序。

后面的问题就击中苏北的要害了，这位狡猾的党务督察处长的问话开始变得毫无逻辑。他不时地聊起他和苏南之间共同的熟人和同事，甚至是苏南的每个关节点重要经历的见证人。这些人的职务和年龄，王特派员也都和他有所提到，但也就是人名和职务而已，在他的大脑里不过就是个符号，能够补上这一课，他还真要感谢张大召。张大召每次和他聚会，总是喜欢滔滔不绝地讲起他们曾共同经历的人和事。当时的苏北一边巧妙地与张大召周旋、应承着，一边仔细地用心记了下来。正是这些可有可无的细节，现在却派上了大用场。

党务督察处长是个老狐狸，从来不按照正常的逻辑思维聊天，他东拉西扯、天马行空般地看似随意闲聊，稍不留意就会让人留下纰漏。苏北坐在椅子上，表面上看身体是松弛的，实际上每一根神经都绷得紧紧的。就这样被党务督察处长拉来扯去的，不知不觉一上午的时间就过去了。

中午，他又被带回到招待所。午饭后他躺在床上，又把上午的谈话重新在脑海里复盘了一遍。对于谈话有些答不出来的问题，他就干脆以自己不记得或记不清了的方式作答。他知道，自己面对的是一个老牌的心理战专家在给他设套，在他们的谈话中，对方肯定会给他设计一个或几个子虚乌有的人等着他上套。他只能将王特派员没有交代过或者张大召也没有提起过的人与事，无一例外地用反问的方式作答：有这么个人嘛，我真的记不清了。这些年经历了太多的人和事，不经常来往的人，我早就忘到脑后了。或者说：这人没什么印象，可能是当时交往不多。他一边回答一边揣度着对方，从对方脸上的细小变化上，他大致也能够猜想到自己回答得是否正确。

下午的问话就很简单了，那位党务督察处长抓了抓头，又喝了口杯里的茶，抬起头疑惑地望着他，一副半信半疑的样子：苏副站长，听说你临来重庆之前受过伤？

苏北马上想到了苏南的死，他镇静地解开了自己的衣服，露出了腹部的刀伤。他庆幸自己在船上所做的准备工作，刀口并不深，但伤口仍然清晰可见。党务督察处长探出了身子，装作关心的样子仔细把那刀口看了。看来苏南的被刺，一定是他们内部人安排好的，不然这么隐秘的消息是不会传到重庆的。党务督察处长嘴里啧啧着，骂了几句人心不古、羡慕嫉妒恨等话，就安排人把他带回了招待所。这一次，处长客气地一直把他送到了楼下。

接下来的日子里，他在招待所无所事事。一日三餐外，其他的时间没人管也没人问。有一次，他试着打开房门，竟发现门前居然没有了士兵。他就索性把门敞开，在房间里哼唱几句京剧。他知道苏南喜欢京剧，从小就喜欢唱上几句，这几句也是苏南教他的。

张大召过来看他，给他带来了酒肉，见到他就一脸歉意地说：苏副站长，你受苦了。这些东西是我特意给你挑选的，你就在这里好好补一补。也不知道这帮王八蛋啥时候才是个头，不过你不用操心，我估摸着几天后你就该回站里了。

两天后吕站长也来了一次，背着手在他房间里骂了好一阵，警备区党务督察处的人无所事事，整天就是琢磨着整人。然后又安慰他安心在这里待着，事情总归会有个结果。吕站长突然想起了什么似的告诉他：我听说，他们把你夫人请来了，现在应该在路上了。

吕站长给他带来的消息，无异于一颗炸弹在他心里轰然炸开。看来敌人为了验证他的身份，把最后一招都用上了。想到即将见到嫂子，他心里不免又紧张起来。嫂子的地下工作经验比他强，这一点他早就领教过了，但万一孩子那里出现什么破绽，就说不好了。毕竟是孩子，孩子是不会撒谎的。想到这儿，心里不免有了些焦虑。

第二天一大早，党务督察处的人就张罗给他换房间，告诉他夫人和孩子下午就要下船了。房间换成了套间，茶几上还摆着水果，床上用品看样子也是新换上的。他知道嫂子肯定早有准备，不论在哪里和他见面都不会穿帮，现在最担心的就是才两岁的侄女。他没有见过侄女，更别说和孩子熟悉了，要让侄女当着别人的面叫爸爸可不容易，他的心又一次悬了起来。

嫂子和孩子是党务督察处长亲自把她们送过来的，他听到动静，就赶紧站在房间门口等待着。

远远地就看到嫂子抱着两岁的侄女出现在走廊尽头。他几步奔过去，半是责怪地说：你怎么来了？

嫂子看了他一眼，明显感觉到嫂子的眼圈红了，嫂子见到他一定是想到了哥哥苏南。嫂子马上把侄女放到了他的怀里，还拍着她小小的背说：叫爸爸，你不是天天想着要爸爸吗？

侄女仰起脸，有些陌生地望着他，似乎想叫又不敢，他鼓励道：叫爸爸，爸爸也想你了。他想把脸凑过去，孩子下意识地躲了一下，眼神里掠过一丝恐惧。

嫂子的手不知不觉地伸到他的怀里，暗暗地在孩子的腿上拧了一下，孩子突然大哭起来，他顺势把孩子紧紧地抱在了怀里，轻声哄着：不哭不哭，几个月不见还认生了，现在不是见到爸爸了吗？

那个处长和随行的几个人一直把他们送到了房间门口，打着哈哈说：一家人好久没见了，那你们好好聊聊，借这个机会正好在重庆好好团聚一下。

嫂子从他怀里把孩子接了过来，把身后的门掩上。嫂子似乎想说什么，他用手指竖在嘴边，指了指客厅的灯。他进到这个房间时就把里面仔细查看了一遍，就在客厅的灯座旁发现了窃听器。嫂子立刻明白过来，就和他聊起了家常。说完南京的家和重庆的天，还关心地问他习不习惯这里的饮食等。这时的侄女已经睡着，被嫂子抱到了床上。嫂子这才低声地说：你的伤不要紧吧？他猜测自己刺伤的消息一定是王特派员通过内线传递给了嫂子。他别过身去，解开衣扣，只让嫂子看了一眼刀伤，嫂子的眼泪就扑簌簌地流了下来。他知道，嫂子一定是又一次想起了苏南。

警备区的人给嫂子设了晚宴，还是由那个督察处长陪同。经过一下午的熟悉，侄女似乎接受了他。席间，他不时地从嫂子怀里把侄女抱到自己怀里。党务督察处长依然是不得罪人地说着客气的话，还一连和他喝了几杯酒，表示让他们在这里团圆几天，再送夫人回南京，然后，他也可以回重庆站上班了。

苏北知道，他们费尽心思却没在他的身上查出什么，也只能以这种方式收场了。

晚宴刚一结束，他们还没有走出门，隔着玻璃就看见吕站长带着一些人马已经在饭店外等候了。说什么也要把他们一家人接回到重庆站，党务督察处长见状也不再坚持，送了一个顺水人情。就这样，苏北又一次被接回到站里。

这次审查，一共有三个人，都是最近几个月来到重庆任职的。那个从贵州省政府调到重庆行辕工作的文员审查才开始就招了，他这次之所以能调到重庆，就是通过在南京政府工作的老乡关系，搭上机关的一个要员。那个要员是个瘾君子，通过他在贵州弄了不少上好的烟土。就是靠了这样的交换，他被要员弄到了重庆行辕做一下过渡，然后再找机会帮他运作到南京或者上海。

这小子东窗事发，虽然和中共地下党并不沾边，但这事被放到了桌面上也并非小事一桩。于是，人被移送到了南京，交给了南京的党务督察。

一场轰轰烈烈、甄别潜伏共党的行动就这样草草收场了。

7

接下来的几日，吕站长、张大召和办公室季主任等轮番请客，仿佛苏北有什么喜事来临一样。苏北回到重庆站，弄得站里的人们也喜气洋洋的。

梦瑶一连在站里住了几天。在这几天，他们都要等孩子睡熟后，苏北再把自己的行李铺在客厅的沙发上，把房间留给嫂子和孩子。住在自己的宿舍，再也不用担心被别人监听。嫂子一有时间，就把苏南的情况细致地向苏北作着介绍。提到苏南，嫂子的眼里就含了泪，苏北又何尝不是呢？虽然两人十几岁就分开了，但却从没有放下过对方。说是亲兄弟，却又不在一个空间里成长，彼此还是陌生的。听嫂子讲述着苏南的成长轨迹，那个陌生又熟悉的苏南仿佛在苏北的心里又一次鲜活起来，仿佛哥哥就站在自己的眼前，默默地注视着他。嫂子讲到哥哥牺牲时再一次止不住地泪流满面。

苏北打开窗子站在窗前，也在悄悄地流泪。为了哥哥嫂子，还有他们的孩子，有一瞬间，苏北仿若觉得自己就是苏南，所有的任务也才刚刚开始，想到后面还要经历更多的血雨腥风，他的腰板儿挺了起来，觉得哥哥就站在自己的身后，正用鼓励的目光望着他。

几天后，嫂子带着侄女告别了。

吕站长说什么也要亲自把梦瑶送到机场。在机场的候机厅里，吕站长再次握住梦瑶的手，一连声地说：谢谢夫人在南京的关照，吕某没齿难忘。说完拿出一个沉甸甸的小包，递给了嫂子，嘱托梦瑶一定要把这个小包带给朱秘书长。

苏北不用猜，从小包的分量上就知道是什么。吕站长也没有忘记给梦瑶送上一份礼物——是一对玉石手镯。吕站长当着他们的面把首饰盒打开，苏北看到那的确是一对质地纯正、做工考究的手镯。嫂子看着他，又望向吕站长，推托着说：这不合适吧？吕站长就豪气干云地说：弟妹难得到重庆来，夫妻团聚也是大喜事，我这个做站长的还能不意思意思？不然你们就把我当外人了，是我在麻烦你们呢。

苏北点点头，示意嫂子把礼物收下。

吕站长和苏北一直把嫂子送到了飞机旁，直到嫂子抱着孩子登上飞机后，两个人才离开。

嫂子回到南京后不久，就传来了一条关于吕站长的消息。吕站长要调回南京了，据说要调到国防部参事室。

吕站长要调走的消息很快就传遍了重庆站。所有的人都议论纷纷，仿佛调走的不是吕站长而是自己。吕站长走了，站长的位置就空了下来，接下来什么事情都有可能发生，所有苦煎苦熬的人们，似乎在闷热蒸笼的天气里，终于迎来了一丝凉风。

又过了几日，吕站长突然就接到了重庆行辕二处徐处长的电话。行辕二处代表的可是国防部。吕站长从行辕回来，整个人都和以前不一样了，显得散淡又洒脱，看着重庆站里的人和事，满眼都是亲切感。他不停地和人们说笑着打着招呼，吕站长和之前相比简直像是换了一个人。人们都知道，吕站长这次调到南京的事看来是板上钉钉了。

那天吕站长回到站里，就径直来到苏北的办公室，热烈地握着苏北的手说：夫人真是帮了大忙了，真够意思。你们夫妻的恩情我这辈子也忘不了。

吕站长这么说，苏北就想起了那个沉甸甸的包，他不知道是不是包里面的东西起了作用。吕站长为了自己能调回南京，已经活动了有些时日。估计就是他自己也说不清楚到底是哪块云彩下雨了。

吕站长热络地把苏北拉到沙发上，探过身子，兴奋地对苏北说：这次徐处长向我征求站长人选一事，老兄我就推荐了你。你年轻有为，又是从南京被委派下来。要苗有苗，要根有根，还有谁能比你更合适？

苏北知道如果自己做了站长，对于完成以后组织交给他的工作当然有好处，凭他现在对国军内部的了解，自己当站长是根本不可能的事。但又不好当面拂了吕站长的好意，只好顺势说：谢谢站长的美意！能不能当成站长，你的好意我都领受了。

吕站长就满怀心事地说：要是我真的能走成，执行队的事还请你费心。

李福莫名其妙地消失了，执行队长的位置一直空缺着。吕站长对谁来接任执行队长似乎并不着急。按照规矩，任命站里的中层人事，吕站长还是有权力的。在别人眼里，站里的这些中层压根儿就不是一个官儿，就是一个干活、吃苦受累的差事。但凡有点关系，都不会把人塞到这个阶层来。但执行队却不一样，是站里对外的窗口，不仅有执法权，弄个人定个罪，干一些打打杀杀的活都是执行队的事。李福出事后的那些日子，吕站长整个人也如丧考妣。站里的人们都知道，李福的每一件事都和他是有关系的。可李福却神不知鬼不觉地失踪了，一切都死无对证。

眼下的吕站长不仅没有被李福牵连，而且还真的要走了。飘忽不定的小道消息竟然变成了现实，眼见着即将成行，站里的人们轮流着为吕站长设宴送行。不管谁设宴，每一次苏北都会被拉去作为重要的陪客。下属们面对着吕站长和他，说着花好月圆的话，然后就不停地敬酒，真真假假地说着这么些年一起共事的情谊。这时的吕站长也放下了架子，和下属们一起把酒言欢，说着分别的话。大家都知道彼此说的是虚话，但在那种气氛里也竟然有了一丝感动。

一次酒后回到了站里，吕站长把苏北拉到暗影处，睁着一双蒙眬的眼睛看向苏北：你觉得王怀文怎么样？

王怀文就是执行队的副队长，长着一双又细又长的小眼睛，李福在时他不显山不露水的，对苏北也是笑脸相迎，不像李福一副狗眼看人低的样子，眼睛里只有吕站长，好像是吕站长家里养的一条狗。

吕站长这么问，苏北当然明白他的用意，顺口说道：王副队长挺好的。

吕站长就用力地拍了拍苏北的肩膀，大着舌头说：那就拜托老弟了，我走后你就用王怀文做执行队长吧。这事我不能办，得你办，你在站里也得有个腿儿。

吕站长见苏北有些不解，就进一步说：王怀文这小子，别看平时不哼不哈的，其实他心里有数。我留给你用他，以后他就是你的人了。说到这里,还向四周看了眼,确认周边没人才继续说:老弟呀,你初来乍到,一直在机关,没在下面干过。你夫人在中间帮我做了这么大的事,我不能不掏心窝子跟你说几句实话。接着,吕站长把身子又凑近了一些:别看执行队干的都是打打杀杀的活,其实在整个站里,权力最大、交际最广的就是执行队了。王怀文被你提拔,以后就可以为你所用,因为你是他的恩人啊!

关于执行队的秘密,以前张大召也和他提起过,但说得很隐晦。只是说吕站长发财都是靠执行队的人在运作。执行队做下的所有的事,都是吕站长背后指使的。

执行队的李福是和吕站长穿一条裤子的人。李福在被关押中莫名其妙地消失,站里人都私下里议论,是吕站长在中间做了手脚。不然,李福是不会跑得这么干净的。要是李福把所有的问题都交代了,吕站长一定是吃不了兜着走。明白的人都知道吕站长和李福的关系,却又都揣着明白装糊涂。

苏北见吕站长这么说,便假戏真做地点点头:要是我能说上话,我一定按照吕站长的意思办。

吕站长这时似乎动了情,在暗影里用力地拥抱了一下苏北。

这一阵子,不仅有更多的人为吕站长送行,请苏北的人也多了起来。在人们的心里,吕站长一走,接替吕站长的人选当然是苏北。

有一天晚上,张大召把苏北喊到自己的住处。酒菜已经准备好,张大召漂亮年轻的夫人正在炒着最后一道菜。见苏北过来,便用重庆本地话火辣热情地招呼道:站长来了。

苏北和张大召的夫人已经混得很熟了,两家人楼上楼下住着,低头不见抬头见。每次见到张大召的夫人,她总是热情地招呼:苏副站长好。他就用微笑回报她。这次突然被改口叫他站长,他忙纠正道:小胡,可别乱叫。

张大召就打着哈哈：早晚都一样，老同学，你何必在乎这点小节呢？说着，把苏北推到了自己的房间。

这就是一个单间，以前苏北来过。一张床，一张三屉桌，两把椅子，差不多就是张大召的全部家当了。菜是小胡炒的，已经摆好放在桌子上。张大召拉扯着苏北，两个人坐到桌前，张大召解释道：老同学，你别嫌弃，怕你嫌我这座庙小，以后都不好意思把你往这儿领了。今天请你来家里坐坐，尝尝内人的手艺，她重庆菜做得还是蛮不错的。

在这次家宴上，张大召也说到了执行队。苏北明白，张大召是想让自己把他调到执行队，接替李福的位置。站里所有人都知道，执行队长的职位在站里可是一块香饽饽。

张大召趁着酒劲说：老同学，我和你不一样，你是南京下派到站里的，我没根没须地在重庆找了婆娘，只想在这里扎下根，不求大富大贵，只想踏实地过个日子。

张大召又说：老同学，吕站长这一走，不管你能不能当上站长，以后这站里的老人都会听你的。只要你把我调到执行队，以后的事都不用你费心，我张大召一切都给你安排得妥妥的。

苏北自然明白张大召话里的含意。

面对张大召的恳求，苏北知道自己既不能答应他，也不能当面绝了张大召的念想，便把吕站长想提拔王怀文的想法说了出来。张大召一听顿时红着眼睛：这个老狐狸，临走了还想插一手。李福在时就是他的一条狗，这些年没少帮吕站长发财。老同学，你有所不知。吕站长每次去南京活动，从不空着手去，每次都是大包小裹的，你知道那里面装的是什么？那些个金条珠宝都是怎么来的？还不是李福昧了良心敲诈来的。吕站长能有今天，也还不是他一趟趟跑南京送礼送出来的？他说不送礼，鬼都不信。

苏北只能安慰着张大召：老同学，咱们不说别人，来，喝酒。

张大召就动情地说：站长，以后我在这里混得好坏，就全凭站长栽培了。说到这儿，站起来，把满满的一杯酒一饮而尽。

吕站长要调走的事儿，却突然就没了下文。吕站长在这些日子里显得有些无所事事，该告别也告别了，该收拾的东西也准备得差不多了。这些日子，苏北经常能听到吕站长在办公室里焦灼踱步的声音。

一天下午，朱先海突然来到站里，很严肃地把吕站长请走了。直到晚上，吕站长也没有回来。

第二天便有消息传来，吕站长调南京的事泡汤了。是因为有人告发了吕站长，罪行有二：其一，李福的神秘消失，吕站长脱不了干系；其二，在重庆，吕站长还养了个二奶，而且这二奶开了一家珠宝店，店里所卖的珠宝来源不明。

被举报后，行辕二处的人经过秘密调查件件属实。吕站长调到南京的事也就暂时没了下文。

第四章

○

苏忆北恋爱了。这年的忆北二十五岁。

就是这一年,中国发生了一件大事,满大街游行的人都在庆祝英明的党中央粉碎了"四人帮"反党集团。也就是在这时,忆北兴高采烈地给他们带回来一个姑娘。姑娘姓林,穿着一件很喜兴的碎花外衣,满脸红扑扑的,样子看上去比任何人都要高兴。

忆北把林姑娘推到他们面前,腼腆地介绍道:爸、妈,她姓林,是我的女朋友。

林姑娘脆生生地和他们打着招呼:叔叔、阿姨好!

两个人似乎被林姑娘的喜兴感染,他们也热烈地回应着。

晚上,林姑娘在家里吃了饭。饭后,忆北把人家送回去,直到很晚才回来。苏忆北脸上的喜色还没有褪去,一进门,就急切地冲父母说:爸、妈,你们觉得咋样?

他们当然知道苏忆北这是急切地想知道他们对林姑娘的看法。这时的梦瑶正在台灯下阅读《人民日报》,苏北在看着《参考消息》。

两份报纸都是套红印刷,样子红红火火。报纸上连篇累牍地报道着粉碎反党集团带给全国人民的喜悦心情。梦瑶的目光从报纸中抽离出来，落在儿子的脸上，平静又理智地说：看着挺好的啊。

父亲正在木桶里泡着脚，此时也把《参考消息》放下，两脚对搓着，扭头盯着儿子的脸说：我和你妈都觉得这姑娘长相不错，性格也好，就是还不知道她的家庭出身呢？

苏忆北就详细地把这个林姑娘做了介绍。父母在盐城郊区劳动改造，林姑娘上初中时就和家里作了决裂，高中毕业后学的是赤脚医生。林姑娘是苏忆北的高中同学，当上赤脚医生的林姑娘，两年前被招到苏忆北工作的轴承厂卫生所上班。

当听到林姑娘和家里决裂后，一个人生活在南京时，他们都不由得沉下了脸。这十几年来，他们看到太多的人被打倒，有的被判刑，更多是被送到乡下接受改造。因为特殊的经历，他们也被审查过，好在当时做潜伏工作时的证人还都在，当年的王特派员是见证他们共同成长的关键证人。现在的王特派员已经是省里的局级干部，有这样的证人，他们的身份自然清楚无疑。那些被判刑的和送到乡下去的，都是一些说不清楚自己身份的人。

苏忆北把林姑娘的家庭介绍到这里时，他们的警惕性一下子被激活了。苏忆北反复解释，说林姑娘不只与家庭决裂，还写了血书，在批斗父亲的大会上登台发言。也就是在那个大会上，林姑娘的飒爽英姿走进了他的心里。高中毕业后，忆北因为姐姐下乡，自己名正言顺地留在了城里，后又被招工到轴承厂。几年后，他和林姑娘在轴承厂又一次相逢，苏忆北旧情复燃，对水灵灵的林姑娘一通猛追。没多久，两个人就顺理成章地恋爱了。苏忆北一直瞒着他们，是觉得时机尚未成熟。直到1976年初冬，举国上下全民欢庆的日子里，他才下决心把林姑娘领到了家里。

当他们搞清楚林姑娘父母曾经的身份时，都惊讶得睁大了眼睛。林姑娘的父亲以前是军医，在国民党国防部大院门诊部上班，母亲是护士。梦瑶盯着苏北有些激动地说：这个林医生，我见过的。

她和苏南两人新婚不久的晚上，梦瑶一阵剧烈的腹痛，苏南就把她带到了国防部的门诊部。林医生在仔细检查后，确诊是妇科炎症。她在输液时，林医生还几次过来探望查看病情。输液后的梦瑶明显舒服一些，苏南还特意给她和林医生作了介绍。在她的记忆里，这是她唯一的一次在国防部门诊部看病，因此对林医生留下的印象很深。

苏北在客厅里背着手走了很久，一言不发。苏北也不知自己何时就有了当年吕站长的做派。当年的吕站长，每次遇到棘手的问题，总是喜欢背着手走来走去。随着年龄渐长，自己遇到事也喜欢背着手踱上几圈，好像这样更利于大脑的思考，也让自己更加冷静。他没有急于发言，暗中观察着梦瑶的脸色。梦瑶早就把报纸丢到了一边，神情冷峻，蹙着眉头，脸上冷冷暖暖地变化着。她万万没有想到，真应了那句老话——山不转水转，水不转，人转。眼前的世界就像一个轮回，没想到他们转了一圈，就又和当年有了千丝万缕的瓜葛。

后来，他们又了解到，1949年以后，就在南京的大大小小政府官员，倾家荡产只为抢上一张通往台湾的船票时，林姑娘的父母却毅然决定留下。刚解放的南京，各种人才成了最抢手的香饽饽，林姑娘的父母自然也得到重用，他们在人民医院上班，成为妙手回春的好大夫。三十年河东，三十年河西。只因为林大夫一家说不清楚的身份，十年前，一家人被下放到盐城的乡下改造。

梦瑶和苏北对林姑娘的家庭背景很不满意，在那个年代，不论什么都得讲出身，他们一家子根红苗正，怎么能允许苏忆北找一个出身不清不白的姑娘进家门呢？他们表示，强烈反对苏忆北的这门婚事。

苏忆北却不以为然，一遍又一遍地辩解着：十年前她就和父母决裂了，她的父母与她没有任何关系，他们是他们，她是她！

无论苏忆北怎么辩白，两个人都坚决地一口咬定，这门婚事他们不同意。

梦瑶以过来人的姿态给苏忆北做工作：林姑娘是她爸妈生的吧？

苏忆北无奈地点头。

梦瑶就又说：林姑娘说和家里决裂了，那过去的历史能说抹去就抹去吗？她父母的问题组织上都说不清楚，她一个姑娘家又怎么能够说清楚？

苏北也在一旁不无担心地劝解：忆北呀，你生在新社会，长在红旗下，出身干净，有多少好姑娘你不找，为什么就偏偏找她啊？

苏忆北已经为爱情上头了，他听不进任何人的劝告，梗着脖子，青筋毕露地说：林小巧是干净的，你们不要往她身上泼脏水。你们要是不同意这门婚事，我就和家庭决裂。

苏忆北说完，果然狠狠地摔上房门，走进了暗夜的风里。

从那以后，苏忆北果然说到做到，住进轴承厂的集体宿舍后就再也没有回过家。

可以想见，苏忆北与林小巧不被家人祝福的爱情，注定充满了坎坷与悲情。

不管苏忆北如何坚定与决绝，梦瑶的心里是有数的，就是绝不能让他们结婚。从那以后，她整天把户口本儿揣在身上，片刻也不离。她知道，没有户口本的苏忆北就没有办法登记结婚。苏忆北再犟，也一定犟不过命运。

等苏忆北冷静下来，他还是会回来的。那阵子的苏忆北就是偶尔回来一趟，也是梗着脖子，愤愤不平的样子。

这样僵持的局面一直持续了三年。三年后，林小巧的父母被平反回到南京，又重新回到了人民医院，他们才接受了苏忆北和林小巧的婚事。

再次见到林医生时，沧海桑田，林医生的样子让梦瑶几近认不出来了。提起往事，林医生记忆犹新，摇着花白的脑袋一遍遍地说：真没想到，又见面了。

他们唏嘘不已，感慨着命运和时光。

1

吕站长调往南京升迁的事泡汤了。

李福失踪，从逻辑上分析和吕站长有着千丝万缕的关系，可李福失踪后暂时了无踪迹，再怎么怀疑也是死无对证。重庆行辕二处调查的人，只能把这条线索暂时放置一边。

吕站长开珠宝店养小三儿的证据确凿无疑。

在当时的国民党大小官员中养个偏房，甚至就是有个三妻四妾也并不鲜见，大家都心照不宣：都在一个锅里煮着，味道也都差不到哪里去。只要不把这件事放到桌面上，你好我好，大家都好。但既然有人举报，又被查了出来，且人赃并获，这事就得拿出来说道说道了。这件事掰扯开了往细里说，并不只是吕站长养了个小三儿那么简单，而是小三儿开的珠宝店都是吕站长的。珠宝首饰的来源也自然都是吕站长提供的，那吕站长这些珠宝又都是从哪里来的？这件事放到了桌面上就显得意味深长，怎么看就都不是一件小事了。

查封珠宝店的那一天，苏北被朱先海叫到了现场，现场也有警备区督察的人。苏北看到吕站长的那个小三儿，三十出头的样子，重庆本地人，身材不错，也有些姿色。她被两个宪兵从珠宝店里架出来时又哭又闹，又踢又抓。身后的珠宝店便被两张封条死死地封上了。苏北看着那些珠宝，猜想着它们最后的结局。朱先海告诉苏北：这些珠宝都会被罚没，然后运到南京。至于最后又流向何方，就只有天知道了。当然这一切都是后话了。苏北想的却是,一个政府腐烂到这种程度,它究竟还能坚持多久?

苏北看到朱先海和警备区督察的人以及现场的每个人都满脸的正气,仿佛他们才是这个世界正义的代表,任凭那个女人撒泼耍赖哭闹而无动于衷。

吕站长事件一层层地上报到南京,过了一阵也没个处理结果,吕站长调南京的事也就没有了下文。

按张大召的话说,许多官场上的事,有些丑闻可大可小,就看处理这事的人是什么样的心态了。各种利害关系都是平衡之道,平衡来牵扯去的,只要不和政治扯上关系,就都是小事一桩。国军上下正是用人之际,这件事的结果也只能不了了之。

事情发生后,吕站长似乎一下子苍老了几岁,眼神却变得更加深不可测。在人们的眼里,站长就是站长。既然还是站长,重庆站就还是他说了算。不久之后,执行队副队长王怀文被提拔为执行队长。这在重庆站人的心里却并不感到意外,大家都知道,李福和王怀文都是吕站长的人,吕站长既然没走,提拔自己的人也是顺理成章的事。人们议论一阵,这件事也就过去了。

一天晚上,张大召突然间找到苏北,神秘地从怀里掏出一个小包裹来,重重地放在了苏北的眼前。

苏北一脸的诧异。

张大召示意苏北把包裹打开,竟然是两根黄澄澄的金条。苏北的目光就变得更加的吃惊了。张大召就实话实说,一个社会上的朋友求到他,说重庆站执行队关了一个人。这人是一家私立医院的院长,远近也算小有名气,许多人都在那家医院里看过病。前几天被王怀文的执行队莫名其妙地抓了回来，理由是这个院长有通共的嫌疑。证据是前一阵子医院里进来一批西药，货船水运过来时经过了敌占区。苏北明白，张大召说的敌占区就是他心里的解放区。执行队的人不知在哪里得到线索，不由分说便把这位院长以通共的罪名抓了起来。

张大召说的这家医院，苏北也在那里看过病。刚来重庆不久，众人轮流为他接风，火锅吃多了就闹起了肠炎，是站里的司机在半夜时把他送到了这家医院。当时在重庆军方医院也有不少，司机当时对他说：副站长，咱们的军方医院你就别去了，这大晚上的连个正经医生都找不到，都是些半吊子实习生，弄不好会把小病治成大病。来到这家医院，听诊问诊，开了两种西药。第二天肠炎就有所减轻，第三天已经彻底好了。那一次，这家医院给他留下了良好的印象。

张大召又补充说：副站长，那个王怀文比李福还坏，别看他平时蔫了吧唧的，肚子里都是坏水。以前他们经常这么做，找个理由就把人关起来。只要对方拿出罚金就放人，他们就是勒人家的脖子。只要你出面能把院长放了，院长家里说了，一定还会有重谢。

苏北虽然来重庆站时间不长，风言风语的也听到不少对执行队的议论，打着抓捕共产党的幌子，乱抓无辜，无非是为了钱。吕站长珠宝店的赃物就是这么来的。

苏北第二天来到了重庆站的关押室。

吕站长很少带他来这里，似乎一直在防着他，不让他插手执行队的事。现在的苏北明白，如果这里关的是真正的共党，吕站长才不会有这么大的兴趣。正是因为这里关押的大都是些财神爷，以莫须有的罪名被抓了进来，他才如此地上心。

苏北来到关押室时，王怀文戴着个帽子，正在角落里吸烟。见苏北突然过来，王怀文有些吃惊，但还是很快跑了过来，心虚地叫了一声：副站长，你怎么来了？

苏北公事公办地说：马院长是关在这里吧？

王怀文细长的眼睛快速地眨了眨，迟疑了一下，点头应道：在。想了想又补充一句：这可是只老狐狸，他是通共分子。关起来两天了，还是什么也不说。

苏北指了一下关押的房门：带我看看。

王怀文大声地喊叫着一个人的名字，一个执行队的人提着钥匙跑了过来。王怀文让他把房门打开。

苏北走了进去。

马院长歪倒在满是污水的地上，稀疏的头发已经打绺了，额头上留下了几道血印子。见有人进来，撑起手臂，艰难地抬起上身，哀求着：长官，我不是共产党，和他们一点关系也没有，我只是个开医院的。

王怀文过去，一脚踢在了马院长的胸口上，马院长翻倒在地上，嘴里发出呜咽声。

苏北从门里退出去，把王怀文叫到了身边：这院长真的是共产党？

王怀文犹豫一下，还是答：前一阵子，这老家伙从上海进了一批药，都是进口的，说不清药的来源。我们怀疑他通共，把药品偷运给了共产党。

苏北第一次领略到执行队这些人的无赖手段，压着怒火：你说他通共，有证据吗？

王怀文下意识地摇了一下头，但又肯定地说：暂时还没有，但我们一定能审出结果来，我们历来的原则是不冤枉一个好人，但也绝对不会放过一个坏人。

苏北看着王怀文这种打着正义旗号的无赖相，提高了嗓门：既然没有证据，就把人放了吧。你的眼里每个人都像共产党，都抓起来，还让老百姓怎么活？

王怀文一脸错愕地望着苏北，停顿了片刻，还是说：这个嫌犯，我已经汇报给吕站长了。要放人，也得吕站长点头才行。

苏北狠狠地瞪了一眼王怀文，更相信了张大召的话：执行队的人就是吕站长养的狗。

来重庆站已经有些时日了，他知道，所有的人都在暗地里观察着他是如何与吕站长掰手腕的。于是，他狠着声音说：不用你说，我去找吕站长。

令苏北意外的是，他刚一开口，吕站长就爽快地答应了，还附和着：这帮执行队的人也是，不能给人乱扣共产党的帽子，那得是多大的事儿啊。我这就给王怀文打电话。

吕站长这么快答应苏北，并不是他的心有多么好，完全是自己的处境使然。珠宝店被罚没了，他心疼得几乎吐血。他给王怀文交代，让他在最短的时间内收敛更多的钱财。对于他出事，南京方面暂时还没有给出处理意见，这正是他以前打点的结果。但他也知道，以后升迁的路子算是彻底被堵死了。既然无法升迁，那就要捞到更多的好处，这叫堤内损失堤外补。他不知道苏北为什么要给这个院长说话，但有一点他猜中了，苏北一定拿了院长的好处，按照他的逻辑，不然苏北凭什么替他说好话？为了平衡自己和苏北的关系，苏北的面子他不能不给。自己前途未卜，万一有一天沦落到苏北的手下，大家都还有个面子，有个回旋的余地。这么想过后，吕站长决定给苏北这个面子。另一方面，他觉得苏北也有把柄抓在了自己手里，我不干净，你也不干净，大家都不干净，以后才好一起共事。

马院长被放走的第二天晚上，张大召又一次神秘地找到他，把手里的一个布袋子重重地放在他的眼前，有些兴奋地说：这是五根，加上上次那两根，这是马院长家人对你的酬谢。

上次张大召放在他这里的两根金条，他还没来得及还给张大召。望着眼前的金条，苏北打开抽屉，把那两根金条拿出来，一起放到布袋子里，推给张大召：大召，咱们可是老同学，你可不能害我。

张大召不可思议地望着苏北。

苏北就笑一下：我可不想像吕站长一样，人赃并获，影响了自己的大好前程。

张大召急赤白脸地说：老同学呀，你连我都信不过吗？到啥时候我也不会把这件事说出去。这事是我经手的，是我求的你，我怎么会说出去，这件事天知地知，你知我知。

苏北就笑一笑，摇头道：不是我不信你，灭良心的事咱不能干。吕站长怎么干我管不到，你要干，我也不拦着。反正这事我不能干。我帮这个院长，完全是出于人性。

张大召就急得什么似的，抓着头发语无伦次地说：副站长，你这是在大机关里待傻了。现在兵荒马乱的，这天下鹿死谁手还不知道呢，有权有势的人都在给自己留后路，你帮了别人，这是你应该得的。

苏北站了起来，拍了拍张大召的肩膀，笑着说：人家求你的，你拿去吧。你不一直在说住在这里太憋屈了吗，拿着这钱在外面买一套房子吧。

张大召摇着头，叹着气，最后还是提着沉甸甸的布袋子走了，走到门口，回过头还想说什么，又把话咽了回去。他的背影写满了失望。

第二天上午，吕站长端着个茶杯乐呵呵地走进了苏北的办公室，回过身，认真地把门关上，坐在沙发上，才对苏北说：老弟，你终于开窍了。

苏北不明所以地望着吕站长。

那个院长，不能让你白放吧？

苏北明白了吕站长所指，没说什么，只是笑一笑。

吕站长就把身子探过来：这就对了，现在这个世界上，猫有猫道，狗有狗道，人不为己天诛地灭。你说你费这么大劲从南京来到重庆，到底为了什么？

他见苏北不回答，就摆出一副授人以渔的架势：权力，权力是个好东西！要是用对了地方，那就是一剂春药，让人浑身通泰，欲罢不能啊——

吕站长说到这儿，哈哈大笑起来，伸出手拍一拍苏北的肩膀：你说，到底是哪个王八蛋告发的我？

苏北望着吕站长。

吕站长忽然就变了嘴脸，咬牙切齿地说：要是让我查出来，我非剥了他的皮不可。

从那以后，在吕站长的心里，他已经把苏北当成了和自己一样的人。

2

1948年元旦一过，天下局势大变。

先是石家庄失守，东北的北满、哈尔滨、齐齐哈尔这些大城市，早就落入了共产党的手里。四平战役正如火如荼，如果四平再保不住，长春和锦州也就岌岌可危了。整个东北，几个城市同燃战火，情况一时并不明朗。

不仅东北，华北、华中、华南，共产党的势力也正迅速地蔓延着。

身在南京的蒋委员长，向全国各地派出了督军。

重庆这面也有了动静，南京方面亲自调来了几艘货轮。1937年南京沦陷前，就从南京运来了许多的国宝级文物。日本投降后，国民政府又迁回到了南京，他们还没来得及把这些国宝级的文物运到南京，现在，又一次装船运往台湾。那些日子，朝天门码头显得异常忙碌。

春江水暖鸭先知。重庆的各路大员已经感受到了危险将至，人心惶惶，各种小道消息满天飞。有人说南京也不安全了，要把国民政府迁到重庆来，更有人直接说，蒋委员长已经在台湾岛安排了后路，这些大批的文物运到台湾就是最好的证明。各种说法不一而足，无论哪种说法，都够这些大员们乱上一阵子了。

苏北在联络点突然接到了一个指示，地下党一名重要的人物前两天在成都被捕，得到内线消息，要从重庆走水路押往南京。从成都想把这个人押回到南京只能走旱路，为了安全，准备先押运到重庆走水路，再押回南京进行审问。地下组织命令苏北，尽全力营救我党这个重要人物。

苏北接到命令时，忽然才意识到执行队的王怀文已经在站里消失几日了，看来一定是和这次被捕的同志有关。

苏北走进执行队的办公室，留守的几个人正在办公室里打扑克，脸上贴着纸条吵吵嚷嚷的。

苏北推开门，差一点被浓重的烟气呛了出来。那几个留守的见苏北进来，忙把脸上的纸条撕去，规规矩矩地站好。苏北阴沉着脸：你们队长呢？其中一个人上前一步回答：我们王队长外出执行任务了。苏北故意蹙紧眉头：执行什么任务，我怎么不知道？

是吕站长的指示。

苏北心里明白，别看吕站长平时和他称兄道弟，最近似乎对站里的事更不关心，一副破罐破摔的模样，把一些无关痛痒的小事都推到了苏北的头上。可一遇到大事，吕站长还是瞒着他。

他走进吕站长办公室时，吕站长正把腿跷在办公桌上接听电话，见他进来示意坐下。吕站长又在电话里天南海北地唠了一些闲篇儿，这才把电话放下。

苏北就开门见山地问：王队长外出了？

吕站长这才想起了什么似的：你看我这脑子，越来越不好用了。就是前天，接到南京局里来电，说是在成都附近抓到一个共产党的大人物，要让我们亲自去接，要走水路押到南京去。因为是大人物，上面要亲自审。

苏北听了吕站长的话，心里有了数。

吕站长说到这里，又想起什么似的：王队长说明天上午能把人押来，刚才还来电话，让我安排人出城去接他们。这个可是个共产党的大人物，成都方面负责押送到重庆地界，剩下的人家就不管了。我正为这事合计呢，要不辛苦一趟苏副站长？

苏北装作极不情愿的样子，但还是应承了下来。

离开吕站长的办公室，他就把这一重要情报通过情报点传送了出去。他把情报放在了一座香炉的底部。没想到晚上他就在收取情报的地方，接到了上级的指示。告诉他已安排好游击队，让他全力配合，在重庆城外救人。

一大早，苏北从站里带着执行队的几个人就出发了。

重庆通往成都的是一条沙土山路，路很不好走，车开了好半天才来到和成都的交界地。那里有块石碑，这是和吕站长商量好的接应地址。成都方面也说好了，只负责押运到此。

接应的车就停在路边。

苏北和几个执行队的人站在车旁，不时地抬头向远处张望。组织命令他配合这次营救行动，但具体怎么实施营救并没有说清楚。苏北这时心里不免有点焦虑,如果游击队的人不能及时赶来,自己一个人又该如何面对眼前的局势。他知道自己的同志如果被送到南京,要是再想救人那就难了,他不知道自己的同志是如何被捕的,被捕的又是什么人,能让南京这么重视,必定不是小人物。

他又想到了吕站长,背着自己让王怀文去执行这次任务,说白了吕站长还没有死心,想把这件事干得漂亮一点,给南京方面留下一个好印象,以此让自己起死回生。

苏北正胡思乱想着,一辆吉普车和一辆卡车远远驶过来,车后腾起一股烟尘。在地标处,嘎地停了下来。吉普车后面的那辆卡车,在原地掉了一个头,便头也不回地向相反的方向驶去了。

王怀文从吉普车副驾上跳下来,冲苏北敬了一个礼。苏北径直向那辆吉普车走过去。拉开车门,这一看不要紧,中间坐着的人让他大吃一惊。不是别人,正是王特派员。他上次和王特派员分手,还是在重庆的江边公园。最后一次见面时,王特派员郑重地向他交代完任务,便消失在了暮色中。他说什么也没想到,传说中被抓住的共产党大人物,竟然是他熟悉的王特派员。两个人的目光对视在一起,只是短短的一瞬间,王特派员便把目光避开了。他的出现,王特派员一定知道这一切都是组织的安排。苏北故意提高嗓门,大着声音冲王怀文说:王队长辛苦了。

王怀文捶着腰,抱怨道:这破路难走死了,为了安全,我们昨天晚上就出发了。

苏北故意朝四周望了望,命令道:这里不安全,咱们得马上上路。你们在前,我断后。

王怀文就问:副站长,咱们直接去码头还是回站里?

苏北快速地思索了一下:先回站里。

他之所以这么回答,是担心游击队万一来不及营救王特派员,回到站里再从长计议，还能寻找到机会。要是把王特派员直接送到码头上了船，机会就不在自己的手里了。

说完，两辆吉普车就出发了，押送王特派员的车在前。山路崎岖颠簸，两辆车把路面弄得烟尘滚滚。车行驶了一阵子，在一个拐弯处，前面的车停了下来。王怀文下车去查看，很快回来报告说：副站长，前面的一辆卡车抛锚了，路被堵死了。咱们现在过不去。

苏北心里动了一下，意识到也许这就是来营救王特派员的同志们。正在犹豫间，抛锚车辆的司机，张着两只油污的手走了过来，离老远就喊：长官，借个扳手。我车上的扳手用不上。说完，走了过来，向两个车里张望了一下。

王怀文警惕地用身子挡住了卡车司机的视线：干什么的？

卡车司机一脸无辜地说：我是拉货的，老板让我去成都进一批货，没想到车坏在了这里。你们有工具就借我一下吧，车堵在路上，也耽误你们公务不是？

王怀文回过头来征求他的意见，他随口道：要是有就借给他，车堵在这里也不安全。

王怀文就让司机回到车里找工具。

就在这时，从路旁的草丛两侧，突然蹿出来十几号人马，执行队的人还没来得及反应，便被摁倒在地。后车上的几个人，跳下车刚拔出手枪，不知从什么方向传来两声枪响，那两个拔枪的士兵便一头栽倒在路旁。

苏北大喊一声：快趴下——

执行队的人听到命令便都趴下了。

转眼的工夫，王特派员便被解救下车。

苏北看见有两个游击队员，架着王特派员很快消失在路旁的草丛里。苏北把枪插在腰间，刚才那两枪是他打的。王怀文刚想把头抬起来，不知从什么地方又射出来一串子弹，众人就只好把头低下去，继续趴伏在地上。

那辆抛锚的汽车，转眼之间就没了踪影，游击队员也消失得无影无踪，他们这才从地上爬起来。

王怀文大惊失色地站在他的面前：副、副站长，人跑了。

他冲王怀文大吼道：一群废物。

王怀文哆嗦着身子，不知说什么好。

苏北冲王怀文又吼道：你们都看到了，这是共党的游击队，还算你们聪明，要是硬和人家拼，咱们都得死在人家的枪下。

王怀文哭丧着脸，命人把那两个短命鬼抬到车的后备厢里。

3

苏北一行回到站里时，南京的追责电文也到了。

抓捕王特派员是保密局成都站提供的情报，并一举获得成功。王特派员当时正以中共中央交通员的身份到四川布置工作，他身上的秘密可想而知。王特派员被抓获的消息传到南京，毛人凤本想抓住这千载难逢的机会，在蒋委员长面前表现一次。没敢从陆路押解回南京，特意指示成都站，把王特派员押解到重庆走水路，没想到竟在重庆的地界给演砸了。追责是免不了的！

苏北和王怀文以及那几个执行队的人，一回到保密局重庆站，就被吕站长一个命令，关进了看押室。

杀一杀苏北的威风，借刀杀人，是吕站长接到南京电文那一刻想到的。在吕站长眼里，最近的苏北势头很好，好得有些嚣张。吕站长知道升迁南京的机会与自己是彻底告别了，他的心已经死了一半儿。

眼瞅着目前的局势对国军不利，他早就参悟透了政府和国军的官场，从入行伍那一天，就像一个陀螺似的跟着看不见、摸不到的规则在运行。本以为，自己能在这个规则中胜出，后来几次跟错人站错队，让他一错再错。从升官的美梦中醒来，眼见着国民政府大势已去，他退而求其次，只要能调回南京，守着老婆孩子，天下万一有变化了，相互之间也好有个照应。他一次次地跑南京，为求人，花出去的银两无数，本以为稳操胜券，没想到在最后的关头又被甩了出来。他彻底成了枚弃子，被丢在一边。他未卜先知地感受到国军大势已去。再有两个月自己就年届五十，现在还不为自己的后半生着想，那就是个傻瓜，白白在这世上混了几十年！一次意外事件，让他失去了自己的左膀右臂李福。在他的棋局中，李福就是个工兵，为他冲锋陷阵。生活中，李福又是他的一条看家犬，自认为养了多年已经把它养熟了，让他怎么咬就怎么咬，想咬谁就咬谁。李福成了他的替罪羊后，他就要把王怀文扶正。王怀文和李福是两种风格、不同性情的人。李福头脑简单，忠诚无比，不论多么困难，接到指令都会不打折扣地去完成。有些顽固，也有些一根筋。

王怀文则不一样，他是一把软刀子，能屈能伸，在关键的时候，也能达到一招毙命的效果。这就是他在重庆站养的两只最忠诚、最得心应手的狗。吕站长利用他们为自己敛了不少钱财。自己秘密经营的珠宝店被查抄，让他多年的积蓄损失大半。以前，自己想晋升调回南京，总是缩手缩脚，夹着尾巴做人，为此耽误了发大财的机会。而眼下，升迁的机会被堵死，眼见着国民政府的气数已尽，大厦将倾，他不再有什么顾忌，决心利用手里做站长的权力，把之前的损失补回来。不论时局如何，只要手里有钱财，到哪里都能过上好日子。

他怪自己时运不济，到手的机会也三起三落。他在这个过程中看到了真正的人心，以为自己被上面抓住了把柄，都认为自己就要滚出重庆站了。那些平时尊重他，在他面前点头哈腰的人心思也都活泛起来，把更多的殷勤献给了苏北，都以为他不行了，别小看这些人情世故，关键时刻就是一种"势"。一个人只有"势"在，就能成就一番大事。眼见着自己在站里大势已去，他开始把苏北当成了对手。

苏北刚来站里时，在他的眼里，苏北就是个乳臭未干的毛头小子，凭借在南京的关系来站里镀金。不用费多大思量，他就能把苏北玩弄于股掌之中，为己所用。却没想到这么快，苏北在站里就混得如鱼得水。

他让王怀文抓的那个医院院长，本想狠狠地敲上一笔，不想半路上杀出了苏北，不仅让他失去了狠狠敲诈的机会，还白白送给苏北一个人情。他对告自己状的人一直耿耿于怀，整天琢磨到底是谁告了自己。养情人开珠宝店的事，只有李福、王怀文和执行队的几个人知道，却被人捅了出去，他觉得一定是有人在给这个告密者撑腰。思来想去，他越发怀疑起苏北来。

放走院长，表面上是给苏北一个顺水人情，其实是想把他拉下水。只要苏北湿了鞋子，就不怕自己湿了裤子。让苏北去接应被抓获的王特派员，这也是他的一箭双雕。能够顺利把王特派员安全转移到南京，无疑是他的功劳；可万一路上有什么差错，负责押送的苏北是副站长，他不担责谁担责？没想到，苏北果然中计，共党的重要人物被劫走了。接到王怀文的报告，他立刻就把电话打到了南京。他要利用这个机会，给苏北点儿颜色看看，也给站里那些狗眼看人低的家伙瞧瞧，到底是谁的手段硬？本想借着抓住共党大人物的机会向南京邀功，再私下巧妙周旋一下，南京的毛局长若动了恻隐之心，最后翻盘的机会也不是没有可能。他甚至想着拿出看家的本事亲自提审那个共党，却不料人算不如天算！他当即决定，既然捞不到好处，那就把苏北拖下水。

吕站长把共产党大人物被劫的消息传达给毛局长时，毛局长自是大发雷霆。费尽千辛万苦，终于把困扰自己多年的共党大人物在成都缉捕归案，却是到嘴的鸭子——飞了。这个代号鳗鱼的共党分子，与毛人凤已经交手多年——从军统到现在的保密局，再从上海到南京、重庆。毛人凤在鳗鱼身上吃了太多苦头！也可以说，在情报战线上双方较量多年，却始终没有让毛人凤占到任何便宜。这次在成都，培养多年的内线终于发挥作用，让鳗鱼栽了跟头。大喜过望之时，他已经在想象着自己与鳗鱼正面交锋后的完胜，却不承想到了这一局，又被鳗鱼胜出。

毛人凤恼羞成怒，责令重庆站把责任追查到底。

吕站长手握毛局长的手谕，腰板儿又一次挺直了。在毛局长面前邀功请赏的机会是没了，但他还可以借刀杀人。他要把苏北置于死地，即便苏北不死，也要剥掉他一层皮，把自己在重庆站失去的威风再找回来。

通过这次事件，他很快想到一年前那次对苏北的甄别。虽然是没有什么收获，雷声大雨点儿小，查获潜伏的共党也是不了了之。但这借口还是可以拿来用的，把潜伏共党的这顶大帽子扣在谁的头上都不会好过。说什么也要让苏北这家伙浑身沾满屎，跳进黄河也洗不清。

吕站长得意地想，乳臭未干的东西，想跟我玩儿，还嫩了点儿。

苏北带着执行队的人狼狈地走进站里的那一刻，他早已踌躇满志，恭候多时了。

只见吕站长一声令下，把这几个负责押运的人连同苏北，一起拿下，关进了重庆站的大牢。

4

这次审问苏北，吕站长亲自出马。他十拿九稳地认定，这次是保密局内部的事务，在重庆的任何单位和机构都插不上手。

苏北被单独关押在一处。这是不见阳光的一间地下室，潮湿阴暗。靠墙角的地上堆了一堆乱草，长年累月的乱草已经发霉长出了白毛。因为房间里不透风，弥漫着一股难闻的气味。不知道这里曾被关押了多少人，又冤死了多少人，墙壁上到处可以看到暗褐色斑驳的血迹。苏北被关进来时，总务处的人还给送来了一床被子和枕头。士兵小刘低声地说：副站长，这是总务长交代的。总务长他不方便出面，还请你多担待。

在看守送来的饭里，他竟意外发现两块肉被埋在碗里，想必也是张大召的安排。张大召这人，虽然活得世俗和现实，但苏北也能理解他的处境，身在这样一部机器里，张大召这样的人就如同一颗小小的螺丝钉，很多时候只是身不由己罢了。别人有机会多贪多占，自己看到自然是眼红羡慕。他无法改变处境，就只能同流合污，唯唯诺诺着做人，一句错话也不敢说，所有的喜怒哀乐都潜藏在自己的心里。不知自己的命运在何方，更不知自己的未来在哪里？这是苏北接触张大召以来得出的结论。

此时的苏北完全是一副胜利者的姿态——他亲眼看着王特派员被游击队员们救走。

只要躲进山里，在游击队的掩护下，王特派员一定会被安全转移的。行动之初，他已经想到了自己的结局。但他并不担心，他知道敌人并没有抓住真实的把柄。工作上的失误，大不了治自己一个渎职之罪。他也想过，吕站长很有可能会借这个机会大做文章，再一次的审讯甄别是免不了的。

直到苏北被关押的第二天，吕站长才露面。

吕站长认为，在对待苏北的这件事情上要掌握火候，早了不行，不管是心理上和身体上，苏北还没被击垮；晚了，苏北要是缓过神来，有了心理准备，这事也不好办。一定要掌握好恰当的时间和火候，吕站长才让自己出现在苏北面前。

吕站长身后跟着几个执行队的打手，快到苏北门口时，他让人把铁门打开，自己不远不近地站在那里。

苏北从潮湿的地上爬了起来，他现在的任务是要把戏演下去。于是，上前一步，深深地冲吕站长鞠了一躬道：站长，对不起，我辜负了你对我的信任，没有完成任务。

他听见吕站长轻轻地叹了一口气，从腰里摸出一份电文，递给了苏北：苏副站长，你自己看看吧。这可是毛局长亲自审拟的电文，要对这一次的失职做深入的彻查。毛局长在电话里交代，咱们这里埋伏着共产党的内鬼，一定要借这次事件彻查清楚，为党国挽回损失和颜面。

苏北平静地把电文还给吕站长：站长，我是这次任务的负责人。任务没有完成，我负有责任。按规矩，你该怎么办就怎么办吧！

两人说话间，不远处的审讯室里传来了刺耳的鞭打声和棍棒丢在地上的声音，凄厉的哀号声也接二连三地传了过来。

吕站长摆出一脸的无奈说：苏副站长，老兄我职责所在，这件事要是发生在我身上，我也只能认。就是我放过你，局长毛人凤也不会答应。兄弟，你是个明白人，那就按你说的，咱们就按规矩办吧。说完，甩了一下头。过来两个执行队的士兵，手铐脚镣给苏北戴上，一左一右架着苏北，哗哗啦啦地向审讯室走去。

吕站长已经端坐在审讯室桌后的椅子上，旁边坐着负责记录的人，记录本已经打开。地上扔着棍棒和皮鞭，不远处就是行刑的工具，面目狰狞地摆在一旁。

苏北被两个士兵带到吕站长面前。

吕站长开始对苏北进行正式的审讯。苏北又详细地把发生的过程讲了一遍。吕站长一言不发，目光斜视着那些行刑的工具。当苏北把经过复述完毕，吕站长这才把目光移回到苏北的脸上：就这些？

苏北点了点头。

吕站长又说：这次毛局长命令我亲挖潜伏的共党分子，你就不想说点儿什么？

苏北按照自己的计划：我的身份在我刚来站里时，不是已经审查过了吗？我现在没有什么可说的。

吕站长面露难色，摇了摇头，站起身来。一边向外走，一边留下一句：苏北呀，咱们都是军人，命令不可违呀！

吕站长走出审讯室后，那几个执行队的打手冲苏北敬了一个礼，其中一个低声地道：副站长，我们在执行任务，这是吕站长交代的，得罪了。

说完，两个打手先是把他的上衣扯了下来，再用衣服把他的头包裹住，一顿棍棒、皮鞭就狂风般落在苏北的身上。

苏北咬紧牙关忍受着，他知道自己决不能在这些人面前吭一声。他想象着安全转移的王特派员，和远在南京的嫂子、牺牲的哥哥，还有那些节节胜利的战友们，他用这样的方式转移着自己身上的疼痛。浑身上下，先是剧痛，然后又像被火烧了一样，接着就麻木了。

不知过了多久，行刑结束，苏北又被拖回到关押室。

手铐脚镣被打开，脱下去的衣服又被重新穿上。他躺在潮湿的地面上，看着那几个执行队的人头也不回地离开了。苏北知道，只要自己咬紧牙关挺过这一关，他们就拿他没有办法。他又一次想到了嫂子和王特派员，想到如果自己是哥哥面对这般情形又该如何应对？哥哥出师未捷，自己李代桃僵接替哥哥尚未完成的潜伏任务。想到此时的自己并不是一个人在战斗，身上的伤痛也似乎在一点又一点地退去。

　　审讯室传来王怀文被拷打的声音，一声接一声凄惨的喊叫声传了过来。不知过了多久，房门又一次被打开，王怀文被两个执行队的人像扔抹布一样扔到了地上。看样子王怀文也吃尽了苦头，披头散发，浑身是血，两只眼睛也肿了起来。

　　他趴在地上，望着苏北，悲怆地喊了一声：苏副站长，我们是被冤枉的呀——

5

　　吕站长当然知道王怀文是无辜的，他之所以这么做，就是把戏演给苏北看的。那几个执行队的人也受了比苏北更重的刑。这些个人情世故，表面上是给苏北留些情面。这种雕虫小技，在吕站长这里根本就是些小儿科了。他这是在给自己留后手，万一这次又不了了之，日后还得相处，就像上次甄别苏北的身份，重庆调动了各方面的力量，最后还不是虎头蛇尾。共党大人物被救走，毛局长发火，责备下属，其实不过是想找一个垫背的出口气而已。这一切都在吕站长的意料之中。眼前的局势明摆着，毛局长的心思早已经不在抓共党的事上，眼下想着的都是自己的后路。前一阵子他在南京得到消息，南京的各路大员们也都在为自己想着后路。眼见着南京的码头上，开往台湾的船只越来越多。听说运走的这批东西都是值钱的家当，就连蒋委员长都看到了最后一步棋局，可见下面的人心早已经乱成了一锅粥。

南京的各路大员频繁出山，到前方战场上去督战，地方上则都在忙着料理后事。后方宛若是看不见硝烟的战场，比起真正的战场还要残酷许多。现在的吕站长，表面上是在执行毛局长的任务，实际上不过是借刀杀人罢了。他的目的就是要告诉所有人，现在的重庆站还是姓吕的。即便是最终不了了之，苏北的威信也将一落千丈。

既然给苏北动了刑，那就更不能饶过执行队那几个人了。吕站长特意把王怀文和苏北关在一起，就是让苏北清楚知道自己对他还是手下留情了。有朝一日，待苏北出来了，不但不会埋怨他，多少还要承他个人情。

王怀文遍体鳞伤，不停地哀号着。在给王怀文动刑前，吕站长单独把王怀文叫到办公室：你这次可是要受点儿苦头了。

王怀文一脸无辜地说：站长，我不是共产党。

吕站长说：我当然知道你不是。

王怀文似乎明白了什么，半张着嘴巴望着吕站长。吕站长就不紧不慢地告诉他：苏副站长受罚了，你手下那几个家伙也吃了苦头。凭什么你就不受刑？你说，那个共党的大人物是不是在你手上丢的？不毙了你算你命大！如今受这点罪是小事儿，放心吧，我心里有数。

王怀文听到这里，一下子跪到吕站长面前，一双细长的眼睛里突然涌出了泪水，颤抖着声音说：站长，为了党国，为了重庆站，我一切都听从你的安排。

曾几何时，全军上下遇到大事小情，总是要喊一下口号的，这种口号喊多了，就让人觉得很是虚假。眼前的王怀文又一次喊出了为党为国的口号，吕站长就不耐烦地摆摆手：别喊那些没用的，还是想想你自己吧。话说到这儿,吕站长也觉得自己的口气有些生硬了。王怀文毕竟是无辜的,打死他也不相信王怀文会是共产党。执行队的这些人,李福不用说了,哪一个不是他精挑细选出来的?这是他在重庆站的基本盘。执行队就是他替自己豢养的一窝狗,为他撕咬,为他牺牲。有时候想一想,他也觉得愧对这帮小兄弟们,可吕站长自己又能做些什么呢?不论权力大小,地位高低,总要有人来维护。历朝历代,不论什么时候,养这些能咬会咬的狗类是少不了的。光让这群狗乱咬也不行,偶尔也得让这帮小子们尝点儿甜头,打一巴掌给一颗枣,这是对付他们最好也是最有效的手段。想到这儿,吕站长又交代道:过些日子等你没事了,咱们再找一票大的干,把自己的后顾之忧解决了。

王怀文自然明白吕站长的意思,在执行队干了这么久,站长手里的指挥棒他看得清清楚楚。前几年,吕站长一心想着升官晋级,眼见着通往南京的路被堵死,现在吕站长的脑子里就只有搞钱了。以前李福为吕站长鞍前马后捞下的钱财,大部分都被吕站长送到了南京的各种衙门里,现在看来一切都打了水漂!

吕站长经常跟执行队的人说,舍不得孩子,套不住狼。现在的结果,却是舍了孩子也没套住狼。吕站长似乎想明白了,不仅想明白了自己的事,就连弟兄们的后路也想好了。王怀文心存感激,就冲吕站长的知遇之恩,别说受点儿皮肉之苦,就是马革裹尸又算得了什么?他当即给吕站长磕了三个响头。

当几个执行队的人把那些刑具向他身上招呼的时候,总有一些下手没轻没重的,把平时不敢发泄的积怨,一股脑儿发泄了出来。他一边号叫着,一边小声地提醒着:小子们用点劲,就把老子当成真的共党,使劲招呼吧!

执行队的人刚开始还有些放不开手脚,见王怀文大义凛然的样子，他们也放开了胆量。那些对王怀文心生恨念的，可惜平时找不到这样的机会，如今正好拿出招呼共党的手段，好好地出口恶气。手腕粗的棍子都被打折了几根，要不是吕站长及时制止，说不定王怀文就挺不过这一遭了。

王怀文在苏北面前的哀号，有八分是真，两分是演。

苏北坐在墙角，冷眼看着躺在地上的王怀文不停地哀号着。王怀文忍痛向苏北面前爬了两下，抖着双手撑起半个身子：苏副站长，你说到底谁是共产党啊？把我们连累成这样。要不是有内线接应，咱们怎么就碰到了共产党的游击队？

苏北不说话，打量着眼前的王怀文。从王怀文被关进自己牢房的那一刻，他就意识到，这一切都是吕站长的用意——想让王怀文来套自己的话。

梦瑶和苏北断了联系。她不知道苏北在执行什么任务，他们的关系很特殊，既不是上线，也不是下线，只是一条横向联系的单线，也没有相互传送情报的任务，但现实却又联系得如此紧密。

他们彼此在心中的分量很重，一荣俱荣，一损俱损。他们有各自的上线和下线，如果其中的一人出事，那损失的就是整个情报网。他们相约两人不管有事没事，两天内必须要联系一次。最长不会超过两天，以确定对方的安全。万一出事，对方也好提示自己的联系人做好应对。

这一次，意外真的发生了。梦瑶已经连续几天联系不上苏北了，她往苏北的办公室里打过无数通电话，一直无人接听。最后，她把电话打给了吕站长，希望从吕站长的嘴里得知苏北的下落。狡猾的吕站长却在电话里跟她打着哈哈，告诉她苏北在执行秘密任务，过些日子就会主动联系她。她从电话里听得出来吕站长说的是假话，就用自己的联系方式向上级作了汇报。两天后，梦瑶接到上级指示，知道了苏北的处境。目前，综合多方的消息判断，敌人并没有发现苏北的真实身份，只是因为营救自己的同志而受到牵连。现在的苏北是安全的，但为了让苏北早日获得自由，组织决定利用梦瑶的特殊身份来营救苏北。

梦瑶又一次来到了重庆。

这次她没有带上孩子，而是直接找到重庆站。她先是到了重庆行辕，把苏北的处境汇报给行辕的长官。梦瑶身在南京国民政府，虽然没有什么职位，但她的工作的特殊性——凡是委员长知道的事，她必定是第一个知道。有了这样的特殊身份，自然没有人敢小看她。

重庆站出了这么大的事故，行辕的人却是一无所知。毕竟这是保密局的任务，是毛人凤局长亲手布置，根本没有经过重庆行辕这一机构。

行辕长官就给吕站长打电话，吕站长在电话里东拉西扯，避重就轻，最后实在绕不过去，就拿苏北说不清的身份当作挡箭牌。上次，对苏北身份的甄别就是由重庆行辕授意警备区完成的，现在重庆站又怀疑苏北是共产党，这样的行为就是在打重庆行辕的脸。

这次出面的不是二处的副处长朱先海，而是处长徐远举。徐远举不论在军统还是当今的保密局，都是举足轻重的人物。他现在作为国防部的大员代表，驻扎在重庆，负责情报工作的同时，还兼任着军方和地方政府的协调工作。

当徐远举处长陪同梦瑶出现在重庆站时，还是让吕站长大大吃了一惊。他没想到梦瑶来得这么快，身边还有徐远举处长亲陪。吕站长自己知道，凭着自己的三脚猫功夫，苏北即便是真的共产党，他也审不出个子丑寅卯。纵使是审出什么来，眼下的局面，对他自己也没什么好处。现在的局势不是一年前了，那时他可以把抓获共党当成业绩，成为自己向上的阶梯；现在，南京方面谁还能顾得了他？都是爹死娘嫁人，各人顾各人了。他的本意是把苏北几个人再关上一阵子，让苏北彻底服软；从另一方面说，苏北怎么处理，毛局长目前还没有作出指令，就这么轻易地把人放了，毛局长要是怪罪下来，自己吃不了也得兜着走了。

见到徐远举处长和梦瑶，吕站长自是不敢怠慢，客套话说了一箩筐后，就把责任推到了毛人凤那边。徐远举见吕站长这个老滑头在和自己打太极，当着他的面就把电话打到了南京毛人凤办公室。毛人凤怎么也想不到竟有人把这件不大不小的事给捅到了二处。一想着到手的共党大人物眼睁睁地就在自己的眼皮子底下被救走，他就羞愧得无地自容，本想大事化小、小事化了地把这件丢人现眼的事压下来，却不想被愚蠢的吕站长把事情搞砸，反让二处的徐远举恶人先告状了。现在重庆二处的人知道了，那用不了多久，国防部的大员们也就知道了。丢人现眼不说，这要是传到蒋委员长的耳朵里，委员长又该怎么看他？

毛人凤知道梦瑶和朱秘书长的关系。尽管这个叫梦瑶的女人他不认识，但那个苏南就是通过这个女人的关系走通了朱秘书长，他才答应让苏南担任了重庆站副站长的职务。眼下，事情的复杂完全出乎他的意料。他本意是想把这事情压上一阵子，再做个冷处理，之后就像什么也没发生一样。

现在把事情办成了这个样子，他只能把恶气撒在吕站长的头上，在电话里把吕站长骂了个狗血喷头。吕站长如丧考妣一般，灰头土脸地放下电话，马上冲徐远举处长和梦瑶换上一副皮笑肉不笑的面孔。

最后的结果是，苏北和执行队的人都被放了出来，找了一个刚入执行队不久的小子做了顶包。吕站长还记得，这小子的姨夫是重庆驻军的一位团长，这个团长和吕站长有过几面之交，就把亲外甥介绍给了吕站长。当时这个外甥在队伍里当着一名排长，局势动乱，部队又不断地调防，能到重庆站工作在任何人眼里都是一份美差，既安全又体面。为了安排外甥的工作，团长塞给吕站长两根金条作为酬谢。

这一次，这个无辜的外甥派上了用场，罪名被定为通共分子，是这次任务执行失败的元凶，被吕站长命人拉出去枪毙了。很快，一份让几方面都颇有颜面的报告就送到了南京毛人凤的案前。

这个事件勉强算是画上了一个句号。

6

苏北恢复自由的当晚，总务长张大召就马上安排为苏北接风洗尘。

在苏北被关押这段时间里，张大召想尽办法，私下里让伙夫做些好吃的，悄悄送进牢房。他只能以此表达对老同学的情谊，别的他还真是插不上手。

即便如此，执行队的眼线也早已把张大召的举动报给了吕站长。吕站长知道，苏北和张大召是同学关系，走得比较近。他也知道，在自己调到南京的消息传出后，张大召为了执行队长的职务也是折腾、忙碌过。现在的重庆站，哪怕有一点的风吹草动，也都逃不过他的眼睛。为免节外生枝，临调走前的第一件事，就是要先把王怀文扶正，让所有惦记执行队长职务的人都死了这门心思。他自己这么做的后果，肯定会得罪张大召等一批人，但在重庆站，他压根儿就没有把张大召这些手下当成自己的对手。所以，对于张大召私下里关照被关押的苏北，他也是睁一只眼、闭一只眼的。毕竟，他也并没有想把苏北怎么样，就是想动苏北，在没有真凭实据的情况下，凭自己的职级也奈何不了苏北。况且，他的志向也并不在此，只是想杀一杀苏北在重庆站的威信罢了。外面的世界越来越复杂，眼见着局势就要变天，越是在这种时候，越是要把手里的权力牢牢地抓住。他要在重庆站说一不二，才能确保自己的安全，进退自如。

张大召又一次和苏北坐在了一起。他自然是百感交集，把所有的怨气都发泄在了吕站长的身上，大骂吕站长不是东西，拿着鸡毛当令箭，是有意迫害苏北。早知这样的结局，为什么不早点找一个垫背的。以前站里不论发生什么事故，最后都是以把罪名甩给垫背的了事。张大召把对吕站长的不满，通过对苏北的同情指桑骂槐、拐弯抹角地宣泄出来。

苏北内心对张大召是感激的。记得自己刚来重庆时，张大召就一直热情地跑前忙后。苏北也是从张大召那里了解到重庆站内部各色人等的钩心斗角，帮助他更快地进入角色。包括那些他从未见过的苏南的同学和熟人，也是通过张大召的讲述而清晰、熟悉起来。他能顺利地通过上一次的甄别，张大召功不可没。他在心里，也默默地替哥哥苏南感激着这位热情的老同学。

酒喝到一半时，张大召抬起眼皮，问了一句苏北：老同学，你知道那个姓吕的为什么要这么对你吗？

苏北叹口气，轻轻地摇了摇头。

张大召拿起桌上的空酒杯，重重地蹾了一下：这个老狐狸，现在一身的屎，都知道他的位置已经不稳了，站里人的心都跑到了你这边，他就想借这次意外，拿着鸡毛当令箭，把你在站里的威信搞下去，架空你，这样队伍就又站到他的一边⋯⋯

苏北无所谓地笑一笑。

张大召就俯过身来，小声地说：老同学，现在局势这么乱，大家都在议论，也都看出来了，这一届政府气数已尽。共产党的队伍已经拿下了那么多地盘，我看南京迟早要失守。照这样下去，咱们重庆也难保，现在不是抗日时的人心了，那时的我们还有个共同目标——把日本人赶出去。日本人滚蛋了，老百姓才能过上好日子。可日本人走了，再看看百姓的日子，现在都过成啥样了，物价一天一个样，各行各业都在坑蒙拐骗。那些有头有脸的大员们哪个不贪不腐，七大姑八大姨的也跟着捞得盆满钵满，只是苦了百姓和我们这样的普通人。你知道现在社会上都在说什么？没等苏北接话，张大召又说：都盼着蒋家早点灭亡！从经济上看，一个王朝的覆灭要经历三个阶段，坚持耗空国库，然后政府搜刮当下所有的韭菜，最后失去民心民意，这个王朝就该灭亡了。你说眼前现在这个样子跟清朝灭亡前还不是一个熊样？老同学，别再抱着幻想了，看看眼前的局势，哪一条不都被说中了？好端端的一个政府，折腾到现在这个模样，你我都是小人物，主宰不了政治，我们现在能做的也就是跳船了。想想自己的后路，别临了再给人家当垫背的。

　　苏北在张大召的牢骚中，仿佛看到黎明前的曙光，在眼前越来越亮，染红了半边天，最后整个天空轰然大亮。这也正是每一位共产党人的梦想，砸烂黑暗的旧世界，建立一个崭新的新中国——人人平等，社会自由，人人富足，劳者有其屋，耕者有其田……《共产党宣言》就是参加革命的明灯，是所有共产党人的理想。苏北的心里一阵激荡，胸中充满了前所未有的豪情。一时间，苏北深深地沉浸在自己的幻觉当中……

　　忽然，张大召的声音又一次在耳边响起：老同学，你想不想扳回最后这一局？

　　苏北不解地望着张大召，只见他用手一把搂过苏北的脖颈，压低声音说：那个李福没有走远，就在重庆。前几天站里的人看见他了。

我还不相信,特意便装跟踪了他一次,发现他就住在南山那边的一家客栈里。

苏北还是一脸的茫然。

张大召就把话挑明了——李福一直是吕站长的心腹,别看他现在离开了站里,但李福还是吕站长的人,仍在一起同流合污。李福在重庆经营了这么多年,三教九流、黑道白道都很吃得开。姓吕的要给自己谋事,就不能少了李福这样的人物。其实是吕站长偷偷放了李福,再把王怀文扶正,两个人配合,一个在明处,一个在暗处,继续为姓吕的服务。

苏北对吕站长的偷鸡摸狗行为不感兴趣,但是为了完成组织交给的任务,自己必定要在重庆站站稳脚跟。一旦被吕站长边缘化了,就很难接触到核心机密,这将给下一步的行动带来很大的障碍。

最近,他又接受上级指示,寻找时机营救被羁押在白公馆和渣滓洞的同志们。这也是此次被派往重庆的核心任务。想到这儿,他佯装出一副饶有兴趣的样子看向张大召。

张大召就继续点拨:苏副站长,你现在要想扳倒姓吕的,就要从李福身上下手。二处你不是有人吗?让二处的人出面把李福抓起来。我就不信李福是铁打的,撬不开他的嘴。只要他招了,我敢保证这一次一定会把姓吕的拉下马来。他们做的那些烂事尽人皆知,重庆站有多少人恨得牙根儿痒痒,大家都在等这样的机会呢。

苏北望着眼前义愤填膺的张大召,心想,这真应了那句老话,人为财死,鸟为食亡。扳倒吕站长,就会倒下一串儿。只有这样,张大召们才有机会上来。张大召的心里也一直惦记着执行队长的位置,在人们眼里,执行队长可是个发家致富的好差事。

吕站长也并没有闲着,王怀文重新被放出来后,像被打了鸡血一样,在吕站长的授意之下,明目张胆地上蹿下跳。带着执行队的人抓了一批在重庆有些地位和钱财的土豪，一时间，执行队的审讯室人满为患。这些人无一例外地被冠以通共的嫌疑，这顶大帽子扣在谁的头上都够喝上一壶的，不死也得脱层皮。

执行队的人彻夜审问，整个关押室里灯火通明，前来交赎金的人走马灯似的。重庆站执行队就像一架开足马力的印钞机，真金白银哗哗地流进了吕站长的腰包。王怀文叉着腰，手里提着一根染血的皮鞭不时地上下飞舞，声嘶力竭的哀号响彻整个重庆站。

苏北虽然是官复原职，但吕站长并没有交给他什么工作。

这天，吕站长又端着茶杯来到他的办公室，满脸歉意地说：老弟，前一阵子的事你不怪我吧？我也是没办法，职责所在啊！你没事就好，先压压惊，休息上一阵子。现在外面的局势这么乱，有些小事就不要老弟操心了。有什么事尽管跟我说，我不会亏待你的。

苏北不说什么，只是淡淡地笑一笑。

吕站长知道，自己和苏北的关系再也回不到过去了。此一时，彼一时也！他现在不需要和苏北的关系走得那么近，近了反而会束缚住他的手脚，他现在提防着苏北，生怕自己的秘密被传到南京某人的耳朵里。现在虽然说局势大乱，爹死娘嫁人，各人顾各人。但他还是有所顾忌，多年的官场经验告诉他，谁都可以装聋作哑，但他不能大声喧哗，他要尽量低调着发财。

既然回不到过去，他也不想在苏北身上浪费心思，站里一些重大的事务，也不需要和苏北通气了。他自己是一站之长，要在来日无多的时间里，尽量发挥好手中的权力。至于自己的私事就交给李福和王怀文他们打理就好了，他对这两个多年培养起来的左膀右臂甚是放心。自己有肉吃，当然，也少不了他们有汤喝。

7

李福被二处的朱先海抓捕归案。抓李福时,他正在一个黑药市场上和人做交易。

张大召在和苏北说完李福的事后,见苏北并没有阻止他的意思,心里便有了底儿。张大召已经盯李福很久了,上次被李福莫名其妙地脱逃,明眼人都清楚,李福逃不远。他的根基就在重庆,离开吕站长的他根本就啥也不是。吕站长既然冒着风险放了他,就证明他还有被利用的价值。

张大召见抓捕李福的时机已经成熟,便在确定其与人交易时,一个电话打到了行辕二处的朱先海办公室。

朱先海副处长立刻带着几个便衣冲了出去。

这是个鱼市,当时进进出出的人很多。朱先海一行人的出现,顿时引起李福的警觉。多年的执行队生涯,让他早已练就了一身观察风吹草动的本事。此时的药品交易已完成,对方正在从鱼肚子里往外掏金条。朱先海等人的突然出现,一下子惊动了李福,他见势不妙,转身就跑。

黑市的后面就是嘉陵江,他一路狂奔跳到了江里。二处的人哪肯放过他,为了抓捕他,早已在江边安排了两艘快船。无路可逃的李福湿淋淋地被抓上岸,押解到车上。

等张大召回到站里,把李福被抓的消息告诉苏北时,吕站长还不知道危险正在逼近。他的办公室门半开着,双腿跷在桌子上,人仰躺在椅背上正在接听电话,嘻嘻哈哈地和老朋友聊着家常。

张大召在走廊里转了一圈,才向苏北的办公室走去。

张大召进到房间里，顺手把门带上，双手做出了一个掐死的动作。一对眉毛也跟着他的动作跳动着，满脸的喜色让他的表情也生动了许多。张大召低声地说：大功告成，大好的事儿啊！晚上让我老婆炒几个拿手菜，咱们好好庆祝一下。

苏北知道张大召说的好事儿指的是什么，在抓李福的态度上他没有任何异议。于公于私李福都该被抓了，上一次如果不是吕站长的暗中帮助，李福早就该押往南京了。苏北知道，想在重庆站站稳脚跟，完成组织交给的任务，身边决不能缺少张大召这样的人。通过这段时间的接触，他发现张大召不仅是官迷，贪心也重。他刚来到重庆不久，站里的许多人都反映伙食太差，菜里的荤腥也越来越少。在重庆站靠山吃山、靠水吃水早就形成了惯例，张大召不能像执行队那样贪到更多的便宜，只能在大家的嘴里想办法。吕站长曾找到苏北，聊闲篇地说：你那位老同学啊，站里的人对他意见很大呀！这都抠到大家伙儿的嘴里了。

吕站长这么说张大召，苏北也不好插话，望着吕站长等着他的下文。吕站长就背着手，叹口气道：虽然说鸡有鸡道，狗有狗道。张大召是站里伙食军的头儿，但他也不能这么明目张胆地办事儿啊！这家伙之所以到现在都混不出个名堂，还是格局太小啦。眼睛里只盯着那点儿伙食费和办公费。他就是把这些费用都贪了，又能过上几天日子。吕站长说着，从牙缝里挤出一丝冷笑，他既看不起张大召的做法，却又多了几分同情。

苏北到重庆后，吕站长不止一次在他面前数落过张大召：在你们这些老同学中，张大召是混得最差的了。我现在对他不满意，又能把他调到哪里去？总不能让他开车站岗去吧！在吕站长的心里，张大召也只配做一名伙头军。

重庆站有头有脸的人，很少有在食堂吃饭的。不是这个活动就是那个宴请，偶尔在食堂里吃一次，权当是给肠子刮油了。只有那些下层人，没有应酬，没有宴请，一日三餐吃食堂的伙食。他们这些人的意见最大，但有意见又有什么用呢？只有触动底层人的利益是最安全的。虽然犯众怒，但谁又奈何不了什么，只能逆来顺受。河床底下的小鱼小虾，又能翻起多大的浪花？

张大召不受吕站长待见，大伙儿对他都有意见，这一切也很正常。因为他不是吕站长信任的人。除了执行队的人，办公室和保密室，哪一个人又是站长信得过的？在信得过的这些人中有亲近远疏而已。

苏北没来重庆站前，吕站长就是重庆站的中心。苏北听张大召说，原来的副站长和吕站长不对付，两人在一起别扭了好几年。吕站长一门心思想调到南京，副站长就憋着想取而代之，彼此各怀心思。那位副站长的手脚也不干净，到处敛财，又急着爬到站长这个位置。他能有今天，听小道消息说还是夫人陪睡出来的，但具体陪什么人睡过，没有人能够说清楚。夫人是上海人，一直不想离开上海。站里许多目睹过副站长夫人芳容的，都说她长得像电影演员胡蝶。坊间还有说法，当年的戴笠对他夫人都动过小心思，至于上没上过床不得而知。反正夫人还是挺旺夫的，旺着丈夫做到了副站长的位置。戴笠意外死亡后，毛人凤接管了保密局。从军统局到保密局整个天就变了，副站长想加官晋爵，自是少不了应酬打点。指望着俸禄升官发财那是做西洋梦，凡是对仕途和财富贪婪的官人，又有哪一个会是干净的呢？最后，副站长还是被吕站长算计，抓住把柄，直接捅到了南京。在证据事实确凿面前，没有人敢保他。就这样，那位副站长被连降三级，最后调到上海站，也算是完成了夫妻团聚的美梦。

重庆站都知道吕站长是笑面虎，表面憨厚，内心毒辣。容不下和他有竞争关系的人,不仅是官场上,哪怕是一点点的财富相争,他也要将对手置于死地。这次李福被抓,是二处的人亲自动手,保密工作稳妥。重庆站除了苏北和张大召外,再没有人知道这个消息。

在李福被抓三天后的下午,二处的两辆吉普车,风驰电掣地驶进了重庆站。车停稳后,朱先海带着几名随从,径直来到站长办公室。

吕站长刚睡完午觉,脸上的睡意还没有完全退去。朱先海没有客套,向吕站长出示了一张逮捕令。这张逮捕令是王怀文的,吕站长手里的茶杯就掉到了地上,不知道二处的人以什么借口逮捕了王怀文。

王怀文已经被抓押解到车上。

朱先海冷着脸,并不想和吕站长解释什么,转身就向外走。吕站长这才反应过来,屁颠颠儿追过去:朱副处长,我们的王队长怎么了?请您给我一个解释。

朱先海不想与吕站长过多纠缠,面色凝重地走到楼下。在准备上车的时候,才回过头来冷冷地看着吕站长:李福已经被我们抓到,是他把王怀文供了出来。

朱先海打开车门,一只脚踏进车里,重重地撂下一句:吕站长,李福的案子彻查之前,你最好不要离开重庆。

还没等吕站长反应过来,朱先海的车队轰鸣着绝尘而去。

重庆站的人惊呼着跑出来。人们看见吕站长在空旷的院子里呆呆地站了很久。终于,他先是向大门的方向走了几步,然后才缓过神来,迈着虚弱的步子,摇摇晃晃地走回自己的办公室。

吕站长的天塌了。

人们经常可以看到吕站长梦游似的在重庆站的院子里一遍遍地游荡。

当天晚上,张大召敲开了苏北宿舍的门,手里提着一瓶酒,又从兜里掏出两个肉罐头,喜气洋洋地说:今天可是个大喜的日子,王怀文也进去了,你说这姓吕的还能蹦跶上几天?!看来,咱们重庆站的天真的要变了。

8

果然,半个月后的重庆站就变天了!

南京保密局发来一纸电令:即日起,免去重庆站吕站长职务。

当保密室主任把这份南京的电令放到苏北面前时,苏北还是有些吃惊。谁都知道,李福、王怀文的相继被捕,必定会牵连到吕站长。毕竟这几个人是拴在一起的蚂蚱,但没想到结局是如此地简单粗暴。总以为这次调查处理吕站长,南京方面一定会派人亲自查办。

没想到二处的人,直接把审查结果捅到了国防部。这事情一下子就闹大了!如果在保密局内处理吕站长,至少不会这么直接,或许能给他留条后路。即便不再任用,凭这么多年的关系,也会给他留个面子。二处一插手,局面迥然不同,保密局一纸电令,吕站长被一撸到底。

吕站长的罪行确凿无疑,仅凭李福和王怀文的口供就足以定罪。

以前,每一次保密室有南京来的机密文件、电令什么的,保密室主任都要送给吕站长过目。吕站长签署后,再决定是自己掌握还是传达到某人。

保密室接到这份南京的命令时,再送给吕站长显然就不合时宜了。保密室主任直接敲开了苏北的办公室。

苏北走进吕站长办公室,传达南京的来电时,吕站长的一双眼睛都直了。

他瘫坐在椅子上，有气无力地望着苏北，想笑一笑，却怎么也调动不了脸上的肌肉，好半响，才喃喃自语道：三十年河东，三十年河西啊！我吕某人为党国奔波劳碌大半辈子，没想到最后竟然混成了个这。说着，他翻了翻沉重的眼皮，咬着后槽牙狠狠地说：没想到，二处的人下手竟然这么狠！

那天下午，重庆站的许多人都看到，吕站长失魂落魄地走出办公室，把房门钥匙交给办公室季主任后就灰溜溜地离开了站里。

有人在院子里点燃了一挂鞭炮，鞭炮突然热烈地响了起来，所有人的神经都醒了。他们意识到重庆站真的变天了！一股看不见、摸不到，却能体会到的欢乐气氛在重庆站的每一个角落里流淌、飘散……

接下来，一连串的变故令重庆站措手不及。

两天后，南京方面又来了一纸电文，这份电文同时抄送给行辕二处。朱先海带着电文，又一次来到了重庆站。

苏北把所有重庆站的人集合在院子里。朱先海站在队伍前，平静地宣布了命令——从即日起，苏北代理重庆站站长职务。

朱先海宣布完命令，握住了苏北的手，热烈地摇晃着：祝贺你苏代站长！

不知为什么，朱先海把"代"字说得很重，在场的人都听得真切。朱先海宣布完命令，没有做更多的停留就坐上车，一溜烟儿地消失了。

让自己代理站长，这完全出乎苏北的意料。他呆呆地站在原地，竟忘了解散队伍。就在这时，保密室值班的报务员在二楼上冲他喊：苏站长，南京毛局长来电——

苏北快速向二楼跑去。

电话果然是毛人凤打来的。毛人凤在电话里低沉地说：苏南，这一阵子南京公务繁忙。本应该派人专门去传达命令，但战事紧急，任务繁多，就只能请二处的人代劳了。希望你不辱使命，完成好局里的委派，这是党国对你的考验，也是信任！

苏北放下电话，从保密室里走了出来，季主任已经跟在他的屁股后头，一起回到苏北的办公室，站在苏北面前小心地问：站长，什么时候搬家？

苏北不解地望着季主任。季主任就拿出了吕站长办公室的钥匙。苏北明白过来，摆了摆手说：搬什么家？我现在只是个代理，局里有了合适人选就会来接我的班。

季主任尴尬地站在那里，手里捏着钥匙，一副不知如何是好的样子。

苏北深思熟虑后，冲季主任交代：把吕站长的办公室贴上封条，在吕站长处理结果到达之前，任何人都不允许走进他的办公室。

季主任应了一声就退了出去。

第二天南京方面的最新电文又来了，命令吕站长在处理结果到达之前决不允许离开重庆，原地待命。

李福和王怀文两个人被二处的人押解，已经在押往南京的路上了。

执行队的正、副队长都已成了阶下囚，而任务繁重的执行队又不能一日无主。按规定，站长是有权力对这些中层下属进行人事调配的。苏北犹豫了几天后，还是把张大召从总务长调任执行队长的意见报到了南京。南京方面很快复电：甚好。

张大召被任命为执行队长的第一天，便把执行队里里外外的人全都集合了起来。执行队的人很多，内勤和外勤加起来有几十口子。

张大召站在队伍前并没有急于讲话，先是用目光在每个人的脸上扫过。执行队的人现在心里都很虚，吕站长、李福和王怀文都出事了，他们这些执行者又能干净到哪里去？都知道两个队长都被押送到了南京，到南京后又怎么审？会不会把他们也招出来？到最后又被怎样发落？……这些人的心里一点底儿都没有。

张大召的目光扫过他们面前时，一个个都竭力挤出笑脸，希望给张大召留下一个好印象。张大召就用目光扫来扫去，他要用自己的方式给执行队的人来个下马威。他站在队伍前，保持着沉默，这是他的心理战。望着执行队每个人战战兢兢的眼睛，知道自己未曾开口，但在心里已经赢了。他在心里冷冷地笑了，过了好半晌，才说：局面就是这么个局面，希望大家的心里都有点儿数。过去的事，我就暂时不追究了，看下一步大家伙儿的表现。说到这里，他又把目光扫向每一个人，沉吟半晌后，抬高了嗓门喊道：解散——

张大召觉得此时所有的语言都是废话，他要用威严让手下的人感到恐惧，只有让这些人恐惧了，才能听自己的话。

张大召的这一招果然奏效。那些心里有鬼的人，心里早就是七上八下了，再经张大召这么一折腾，更是不得安生。

从那以后，每天晚上都会有人偷偷地敲开他的房门，以谈心为名，说上几句肉麻的话，把一包又一包沉甸甸的东西留下。

这种局面，张大召期待已久。

第五章

0

直到退休,苏北都是轻工局人事处的一名普通干部。梦瑶则在市里的一家纺织厂工会工作。这座城市解放后,这两个普通至极的人组成的家庭,在外人眼中反而多了些微妙的味道。

临近清明节,两人都心照不宣地各自做起准备,不论阴晴,他们从未缺席。

烈士陵园是解放后由民政部门修建的,偌大的烈士陵园一眼望不到头,苏南栖居一隅。墓碑的正前镶着一张照片,这张照片是他和梦瑶结婚前照的,他穿着西装系着领带,幸福地望着前方。那会儿是苏南一生中最幸福的时光,他成了她的下线,和她恋爱,又在组织的安排下与她结合。一切看起来都是那么完美。

梦瑶至今还记得,两个人去照相馆拍结婚照的场景,看着他强作镇定却偷偷翘起的嘴角,梦瑶心里一动,不顾苏南反对把他按在相机前,抢下了这张难得的单人照。许多年过去了,这两张照片一直被梦瑶收在随身的皮夹里。

苏南牺牲时情况紧急,梦瑶只得强忍悲痛将他藏于床下,不知过了几天,总算在组织的帮助下将尸身运出城外,埋藏地也被重重保密，这点对梦瑶也不例外。直到解放后，烈士陵园修葺完毕，才总算核对到苏南这里。

苏南的遗体迁到烈士陵园那一天，不仅有梦瑶、苏北、王特派员等人，还有当年在这座城里仅存的地下党员，所有人一同参加了苏南的祭奠仪式。

南京解放后，王特派员已经是这座城市里不大不小的首长，在他的安排下，苏南迁墓的那一天，是这座城市的解放日，整个天空万里无云。可众人刚为苏南扶棺下葬，梦瑶为墓前添上最后的一捧土时，脚下松软的土地里突然洇湿了一个圆，紧接着点连成面，骤雨打上人们的面颊。抬头一望，竟是天空下起了太阳雨，好似老天爷要替众人将心里的哀伤宣泄。

内心的疮痂已脱落，但每逢雨天，酥痒的感觉就会顺着疤痕爬遍梦瑶的四肢百骸，她不仅仅是忘不掉苏南，甚至在很长一段时间里，她分不清身边的人究竟是谁？她只知道日子要过下去，于是她咬着牙，装作无事的模样。

经过在重庆的历练，苏北已经把苏南的壳子背在身上，不只是长相、口音、腔调，乃至生活习惯，一举一动都像是把苏南融在骨血里。这样的苏北在她眼里与苏南实在太过相似，以至于她逐渐放下心来，放任自己沉浸其中。她第一次叫错名字的时候，苏北还没来得及掩饰脸上的惊愕，两个人即视线相撞，她垂下视线，低声道歉。

苏北自己倒觉得没有什么，只是惊讶于梦瑶掩饰得太好，原本以为她已能清醒接受苏南已死的事实，没想到她深陷其中，过得如此辛苦。

而他自从选择代替哥哥去重庆那一天开始，在别人眼中早就是苏南了，包括每次在电话里，梦瑶对他也是这么称呼，还有他们的通信，不论是收件人还是回信的落款，都是苏南的名字。自己是苏南还是苏北，对他来说已经不重要了，只有自己越像苏南，潜伏才会成功，那个时候的他们无暇顾及其他。时间久了，就算回归到日常生活，他也把自己当成苏南，或者说把苏南苏北合起来，才算是现在的他。

在后来很长一段时间里，梦瑶仍然会喊错他的名字。从那以后，为了让梦瑶不再感到负累，苏北总会有意识地配合她。但梦瑶喊过了，话一出口，就知道喊错了。每次唤他时，她要么就试着把名字省略掉，实在避不开时，就总是拧着眉头，绷紧下颌，全神贯注地把名字在舌尖过上几遍。

有一次，苏北认真地看着她饱含歉疚的眼睛，轻声说道：没关系，我就是苏南。

那之后的某一天，他背着梦瑶，拿着户口本，跑到派出所竟然把自己的名字改成苏南。

当他把改过的户口本递给她时，梦瑶盯着户口本户主页那一栏上的名字，眼泪止不住地淌下来。在那一瞬间，梦瑶看到了那个被她锁在内心深处彷徨无助的自己被苏北牵起了手，她明白他的用心。

从那以后，也许她太刻意了，她又会把他的名字喊成苏北。不论她再叫他什么，他都点头。渐渐地，又不知从什么时候开始，她又叫他苏南了。顺畅自如，毫无违和，他就名正言顺地成了现实中的苏南。

在墓碑上，苏南是烈士；而现实生活中，苏南是她的丈夫。

两个人每次出现在墓地时，一个负责清理墓地周边的蒿草，另一个擦拭墓碑，把鲜花和水果摆在墓前。墓碑上的苏南，总是用那张年轻的脸庞和幸福的眼眸面向他们。

后来苏怀南、苏忆北大了一些，他们也会把两个孩子带到墓地前。他们让怀南喊墓地中的人为爸爸，让忆北喊伯伯。两个孩子经常喊错，要么一起喊爸，或者一起喊伯伯，怎么也纠正不过来。后来两个孩子大了一些，能分清楚他们的关系了，不再喊错，却对他们各自的身世产生了兴趣。当两个孩子问及自己的过去时,两个人总是对视一眼,保持沉默。这是他们的秘密,也是组织的机密,关于他们的过去,他们不仅不向外人提及,连自己的孩子也不能说。在两个孩子的眼里,自己的父母与其他人家别无二致,唯有提起过去时,二人身上仿佛罩着一层薄雾,带着拒绝的凉意。

在各自单位,知道他们身份的一个也没有,王特派员是个例外。他不仅是他们当年的领导,也是他们的见证人,王特派员联结着他们的过去和现在。

逢年过节,王特派员偶尔会到他们家里来坐一坐。他们从不提过去,似乎还在共同守护着某种秘密。他们只聊当下的工作和生活,在生活中,王特派员总对他们特别照顾,经常问他们的粮票够不够用,工资够不够花。有一次王特派员还掀开了他们的锅盖,这就让他们窘迫的境况暴露了出来,当时两个孩子都在上学,正是吃死老子长身体的年纪,从粮店里买回的粮食显然不够分。于是每到周末,梦瑶都会到郊区的田地里挖一些野菜,做成野菜粥或蒸成野菜团子给孩子们加上一餐。

知道了真相的王特派员眼圈立时就红了,可他一句话没说,只是在他走后,两人在椅座上发现了十元钱和十几斤的粮票。苏北发现时,就像当年在接头地址下发现了情报,二人谨慎又郑重地把钱和粮票装进信封里,想着下一次见到王特派员时,把东西原封不动地还给他。

王特派员又一次来看他们时,苏北用最隐蔽的动作,打算把钱和粮票悄悄塞到他随身的公文包或衣袋里,这是他在重庆接头地点练就出来的本领。不论周围情况有多么复杂,多少只眼睛盯着他,总能在不被察觉之间,将情报安然送出。

可不论他形式多么隐秘,却又逃不过王特派员的眼睛,总能及时制止他的动作,让这场游戏无法进行下去。他的举动反倒让王特派员把接济他们的行为摆在了明面上,他们心里不愿接受,因为王特派员一家的日子也不好过。但在王特派员面前,他们还是只有服从的份儿。于是在这段艰苦的岁月里,他们靠着王特派员的接济,总算度过了最难熬的日子。

1

时间进入到1948年下半年,东北时局的变化,让整个国民政府陷入低落。先是锦州被共军解放,然后是长春、沈阳,整个东北尽数落入解放军手里。解放军的东北野战军,正在向天津和北平逼近。在这期间,济南也落入华东野战军手中,济南的解放,意味着国民党的军队,失去了津浦、胶济交通枢纽的控制。此时解放军的势力,直接威逼到华东和华北,即将长驱而入。

苏北是在保密局频繁来往的电文中得知了这接二连三的好消息。如果自己不代替哥哥苏南来重庆执行这样的一份特殊任务,自己一定带着连队冲锋在解放战争的最前线。他无数次地想象着,自己的部队攻城拔寨的场景,有时晚上在兴奋当中会醒来,久久难以入睡。他立在窗前,望着重庆的天空,反复描摹着重庆解放的样子。如果重庆解放,自己就该归队了。在愉悦的畅想当中,战友们排列着队伍,欢庆他归队的情景已然在目。苏北不禁心潮澎湃,部队铿锵有力的脚步声似乎已遥遥入耳。

这一阵子,被罢职的吕站长似乎比任何人都要焦虑,几次三番找到苏北,要求回南京一趟,只说要去探望老婆孩子。苏北不想难为他,但自己说了又不算数,禁足令是保密局下达的,他只好替吕站长把想去南京探亲的想法报告给保密局。

其实吕站长探亲只是幌子,他对自己在南京的军界和政界朋友还抱有幻想,这些年来的苦心经营,不就是为了这一刻嘛!每次去南京,都带着大包小包的硬通货,依据职务的高低分门别类地进行打点。那会儿他一直怀着调回南京高升的梦想,辛辛苦苦把这些年来搜刮到的钱财都投喂到了这些朋友的嘴里。可现实始终骨感,他早暗地里把人家的祖宗八代都骂了个遍。恨归恨,骂归骂,想着自己如今落魄,举手之劳的小忙但凡有几分良心他们都不会袖手旁观吧?从最初的免职命令下达那天起,他就幻想着这些朋友有人能站出来拉他一把。可一连几个月过去,音信全无。他在心里无数次地咒骂着这些白眼儿狼,拿他的时候手从来没有软过,到关键时刻这些狐朋狗友又躲得远远的。他在期盼当中挨了一日又一日,等来的却是无边暗夜一样的结局。他不甘心就这么被搁置在重庆,他要翻盘。即便不调回南京,哪怕官复原职也是好的。他不断打电话给这些昔日的朋友,那些人倒是肯接他电话,有的佯装关心,做出一副同情的模样,陪他聊上几句,更多的人推说公务繁忙,没等他诉上几句苦,就匆忙挂断。几次三番的薄情对待,令他心情苍凉无比。他恨,恨自己,也恨这个世界,恨所有政府里那些贪官污吏。

吕站长还恨,恨交了这些白眼儿狼朋友,恨自己瞎了眼,攀错了枝,恨李福和王怀文让他东窗事发,恨这个不公平的社会,现在的社会,只要有权有势的哪个不贪?凭什么单单查他,只怪自己的后台靠山不够硬。如果有人给他撑腰,自己做这点儿违法乱纪的事又算得了什么?那些大贪官污吏,不都是活得好好的吗?

他恨了一圈儿,最让他恨得牙根儿痒痒的,还是李福和王怀文这两个人。他们跟了自己十几年,平时对他唯命是从,表现得忠心耿耿。不然他也不会把这么重要的活儿交给他们,万万没想到竟被信赖的下属背叛，毫不犹豫就把他出卖了。他承认自己在黑市上利用执行队的特殊工作倒卖过军火、药材，也多次敲诈过那些商人。可这些勾当，不是他发明的，也不是他的专利。试问现在手里有点权力的，哪个不贪赃枉法？官职大的手里权力肥的，用各种手段搜刮着民脂民膏。他一个小小的重庆站站长，和这些脑满肠肥的大员们比起来，只不过是小巫见大巫罢了。可眼下自己却落得个被削职的处分，他不甘，他不平。刚接到自己停职的处分后，他就做好了翻盘的计划，把这些年搜刮贪腐的积蓄都找了出来，他要把这些硬通货带到南京，做最后一搏。即便调不回南京，只要官复原职，用不上多长时间就能把本金捞回来。可让他没有料到的是，那个毛人凤却给他画地为牢了。

无奈之中，他想到了自己的恩师沈醉，于是把电话打到云南，沈醉显然早就知道了他被革职的消息，可令他没想到的是自己的恩人沈醉不仅没有替他说话的意思，还在电话里把他大骂了一顿。骂他忘了初心，丢军人的脸，被蝇头小利迷晕了头脑……他不仅没有得到安慰，反而遭了一顿教训，气得他把电话掼在桌子上。在他的心里，树倒猢狲散，自己成了狗屎，连曾经的引路人都要踢上一脚，嫌他碍眼。他自然是知道沈醉也无力帮他，要是沈醉上面有人也不至于被发配到云南当个站长，他自己尚且泥菩萨过河，又怎么能够拉自己一把呢？打这个电话无非是希望自己的恩师能同他站在一边，骂骂这个狗屁倒灶的社会，为自己的处境出出主意。眼见最后的希望也破灭了。他意识到要想改变自己的命运也只能舍出脸来最后一搏了。

前几天吕站长偷偷在黑市上买了一张通往南京的船票，又通过关系找来了一辆车，把自己送到了码头。可就在登船的那一刻，他看见张大召带着执行队的人拦在他的去路上。最初那一刻，他并没有彻底绝望，总觉得张大召会放自己一马，他依旧摆出一副站长的面孔，装作偶然碰到般同他们打了招呼，就想错身而过。可张大召这帮子人居然根本不买他的账,只让他出示苏代站长放行的条子。他又想先发制人,怒喝道:我是你们站长,我回南京赴命,还用人批条子?真是天大的笑话!你们让开,别耽误了我登船。

闻言,张大召哈哈一笑,上前一步:吕站长,我们也是奉命执行公务。黑市上卖船票的那伙人我们已经抓起来了。南京有命令,不许你离开重庆,命令是毛局长签发的。没有毛局长的命令,我们怎能放你通行。

吕站长从这一刻开始,才总算意识到了问题的严重性。眼见站长的威风已经耍不起来,靠权势压人的法子行不通了。于是他甫一转头,换成张笑脸,把手伸到随身的公文包里,从那里摸出两根小"黄鱼",这是他以防万一,提前准备好的,只是没想到在第一关就派上了用场。他把这两根金条放在张大召手上,强压心中的怒火,皮笑肉不笑地说:张队长,带兄弟们去开开荤。不看僧面看佛面,你们放我走,我正是要回南京面见毛局长。误会解释清了,这个位置还得是我的。

他以为自己说完这些大话,就能压住张大召这些人。令他没有想到的是,张大召把他的手推了回来。仍然用公事公办的口吻对他说:站长,党国的纪律你比我还清楚,我要收了你的钱,把你放走。我和手下的弟兄们就算不掉脑袋也要坐牢。站长你就别为难我们了。

说完冲手下的几个人摆了一下头。数人瞬间簇拥上来,把他包围住,不管他是否情愿,裹挟着他向码头外走去。

通往南京的客轮已经停止了检票,拉响了长长的汽笛,听在他耳里如同人生的丧钟,怀里揣着的那张通往南京的单程船票贴在他身上,一会儿发凉一会儿发热,麻了他半边身子。脑子轰然一片,膝下一软就跪到了几个人的面前,带着哭腔求饶道:兄弟们,只要你们放我一马,我向老天发誓,这辈子绝不忘了你们的恩情。

张大召把头扭向一边,不去看他。最后他还是被执行队的人押解到了车上，当车灯刺破黑暗，行驶在回站里的路上，他心里五味杂陈，看着坐在身旁的昔日手下，遥想他当站长时，这几人别说和他近距离接触，就连和他说话的机会怕也少有。真是三十年河东，三十年河西。他被免去站长职务这才几天，昔日的手下就翻脸不认人了，真可谓是人走茶凉。世界从来都是掌权者的天下，争名逐利到最后，为的不就是活到最后书写历史吗？！

张大召坐在副驾上，只留给他一个后脑勺。这个以前的总务长，权力不大，克扣伙食和办公费用，他心里是有数的。站里有许多人告过张大召的黑状，李福也建议把张大召撤职查办。他当时没有听这些人的建议，知道不论换了谁，最后的结果都是一样的。这是个大染缸，只要跳进这个缸，谁也不干净。撤了张大召，换了张三李四王五，最后也是一个熊样。他不想给自己树敌，你好，我好，大家好，睁只眼闭只眼的，只要别人不耽误他发财，也要给别人留条活路，路宽路窄，那就是各凭本事了。都说慈不掌兵，落入今天这个局面，可叹自己还是心太善了。

看着此时张大召冷漠的后脑勺，如果是手里有枪，必定先崩了他。真应了那句老话，现在自己就是落魄的凤凰，连只鸡都不如。他恨自己当初，为什么没有听劝，把张大召给办了。要是换成别人又会怎么样呢？吕站长这时下意识地想起了一个人性的哲学问题。

2

在吕站长眼里，苏北为他打的一次又一次报告，全是做戏！一封又一封发往南京的电报最后都石沉大海。他知道自己在这里等到地老天荒也将无法脱身，情急之下就想到了自己的夫人。

夫人是在一天下午时分出现在重庆站的，她比吕站长小几岁的样子，身材干瘦，表情阴郁。吕站长的夫人，站里许多人都熟。南京沦陷时，吕站长的夫人带着孩子和许多从南京逃出来的人一起，蜂拥着来到重庆。当时驻扎在重庆的文官武将，大部分都是那时候来到重庆的，一住就是几年时间。直到1946年当重庆结束了陪都的角色，这些人才携着家眷离开了。许多留在重庆的文武官员，夫人孩子也就此留下了。吕站长的夫人却带着孩子离开了。

被迫迁到重庆这些年，夫人的神情总是阴郁，经常望着大雾弥漫的天空，把目光投向东北方，南京才是她的家乡。那会儿她还不知道，自己的父母已经成了日军屠刀下的尸骨。她和所有习惯南京生活的人一样，经常怀念南京，怀念那个流淌着秦淮河水的金陵古都。

当国民政府又一次迁移时，她带着孩子毫不犹豫地离开了。一走就再也没有回来过。如果这一次不是吕站长三番五次地打电话，恳求她回来救自己，她是绝对不会再踏进重庆半步的，在陪都的那几年就像甩不脱的梦魇，让她窒息。

时间过去了许久，她的梦里仍然出现爆炸声。在重庆的几年里，她经历了数不清的大轰炸。每当防空警报响起，不论自己在干什么，都要拖着孩子拼命奔向防空洞的方向，唯恐晚了一步，挨了日军的炸弹。其后的几年纵使回到南京，曾经的一幕幕仍在她每个放空的瞬间悄然而至，紧紧缠住她。在梦里她仍然经常抱着孩子在寻找防空洞，周边没有任何掩体，他们暴露在铁翼之下。梦里响彻着刺耳的防空警报，警报声越来越响，几乎刺破她的耳膜。

在重庆那些日子里，每天都在跑防空。有时一天几次，长此以往，吕夫人就患上了抑郁症，不愿意和人交往，整日里净在睡觉，做什么事都没心情。有两次带着孩子在跑防空时，跌倒在地上，孩子大哭不止，她跪在孩子身边，目及之处都是一双双为逃命而奔跑着的腿。那一刻，她真的不想起来了，只想着让日本人的炸弹炸死算了，再不用提心吊胆，受此折磨。最后还是吕站长狂奔过来，拖起他们娘俩。一遍遍在她耳边喊着听不清的话。

这种梦魇般的过去，让她不堪回首。在回到南京后，虽然世事已几度变迁。她也仍然没有回到重庆的打算。丈夫多次答应过她，尽快调到南京来，然而一个月又一个月的时间飞逝，丈夫的身子却像焊死在了重庆。丈夫有时打电话或写信过来，安慰着她，这次真的快了，快了。前一阵子又传出丈夫即将调回南京的消息，她替丈夫和这一家子高兴了好几天，他们都是年近五十的人了，大半辈子都过去了。又正值兵荒马乱的时期，她多么希望丈夫能守在自己和孩子的身边，不论丈夫的官职大小，也算有个依靠。可是那个传闻一直飘在半空，迟迟没能变成现实，只像一场浮于夜空的梦。

当她再一次走进重庆站时，站里连一辆车都没有派来接她，只有吕站长事前安排的一辆黑车把她拉到了重庆站门口。她本想和以前一样大大方方地走进重庆站正门，却发现吕站长站在她的身后招手让她过去，丈夫的样子让她觉得陌生，像一个小偷。

吕站长替她提着行李回到住处时，门一关，就跪在了她的面前。鼻涕眼泪流了一脸，哽咽着说起来。夫人直到这时才知道丈夫经历的一切。她二十二岁那年嫁给了吕站长，他那年才二十七岁，也曾头发浓密，相貌堂堂，那时的吕站长混迹于国民政府的国防部，他们这门婚事，是父母做的主。她读过女子师范学校，也算是个知识分子，毕业后自然是想找工作的，但父母没有同意，硬是把她留在了自己的身边，照看着那个珠宝店，让她学习经营。父母就剩了她这么一个孩子，他们不把珠宝店传给她，还能指望谁，夫人就这么妥协了。她在和吕站长结婚之前，曾经有个恋人，当时她在读师范学校，恋人虽然去英国留学了，但不断地给她来信，希望她也能去英国。英国好坏她不知道，为了自己的爱情，也值得去试一试。最后还是父母说什么也不同意。硬生生地把她留在了他们的身边。美好的初恋就这样夭折了。她从小到大性子都软，骨子里没有抗争的性格。初见自己的丈夫时，没有什么感觉，只觉着是一身戎装的一个小伙子而已。父亲就说：这小伙子不错，从气象上看，以后一定大有前途。母亲也说：闺女听你爸的，咱们家祖辈三代，还没有一个当官儿的。这生意做得也不踏实，等我们老了，政府里能有一个说了算的人，对你知冷知热，一辈子罩着你。也算咱们家祖上烧高香了。

父母出于对官员的敬畏，以及对吕站长前途的希望，两个人齐心协力地把她推到了丈夫身边。初恋夭折后，只留下了回忆。她对升官发财没有什么欲望，只想平静地生活。后来一连串的变故，一切都改变了，南京沦陷，父母在逃难的人群中被敌人屠杀，昔日富丽堂皇的珠宝店，也成了一片废墟。父母的预言没有错，丈夫把她带到了重庆。如果没有丈夫，自己将和那些普通的南京人一样，不被日本人枪杀，也要淹死在秦淮河里。

她多么希望丈夫能陪在自己的身边，度过这兵荒马乱的岁月。她不关心政治也不懂权力场，希望一家人在一起能够平平安安。这一次来重庆，让她没有想到的是，丈夫不仅被免去了职务，还失去了自由，连回南京的权利都没有了。丈夫把她当成了唯一的救命稻草，在她来重庆之前，丈夫已经把打通南京人脉的厚礼都准备好了。一包包一份份，都相当地郑重。要送给什么人，名单和家庭住址也写好了。

当丈夫把这些礼包装在一只大皮箱里，她忧郁地望着丈夫问：这些人能帮你回南京？丈夫坐在沙发上，很疲惫的样子，有气无力地说：这些人都是我的旧友，死马当活马医，舍不得孩子就套不住狼。就是调不回南京，只要我官复原职，用不了多长时间，送出去的这些财富，还会回到我的身边。

夫人在重庆还没有焐热房间,就在吕站长的催促下,提着重重的皮箱,又一次坐上了回南京的船。

女人带走了吕站长的全部希望。在接下来的日子里,他除了等待,真的再也没有别的办法了。他的宿舍装着一部红色的电话机,这是权力和地位的象征,这是一部保密等级很高的电话,可以直拨南京。这是他当站长的待遇。他被革职了,象征着身份的电话却没有撤,也许是他们忽略了。

妻子离开后,他想象着妻子把那些厚礼送出去的情景。接下来他只能守在电话机旁,等待着从遥远的南京传来的好消息。

不久之后,他果然等来了两个电话,都是那些收到礼金的同事和朋友,他们在电话里客气地道了谢,又嘘寒问暖地问了他现在的处境。并告诉他,一定想办法为他奔走,最不济也为他尽快恢复自由身做最后的争取。

吕站长在希望中等待,有时一天都不出门,他现在的工作就像一个接线员,守着电话,生怕漏掉一个。电话里的信息,就是他的命。等待的日子一天一天地过去了,除了刚开始偶尔有那么几个电话之外,在接下来的时间里,便再也没有任何关于南京方面的音信了。有时他恍惚觉得电话坏掉了,拿起听筒试听,听着电话里的忙音,明明电话是好的,也要反复地拿起放下,他用这无谓的举动折腾着自己。

吕站长觉得自己在等待的煎熬中快要疯掉了。

3

吕站长没有等来自己的好消息,却等来了保密局的特派员。

特派员姓马,三十八九岁的样子。马特派员一脸严肃地出现在了重庆站。他只身来到重庆站,可重庆站事前一点儿也没有得到消息,是行辕二处的朱先海把他送到重庆站的。重庆站的老人,都熟悉这个马特派员。他可是毛局长身边的红人,以前给毛局长做过秘书,跟班的,毛人凤在保密局站稳脚跟后,马特派员的地位也水涨船高。他在保密局没有固定的职务,却是特殊的存在。毛人凤没有时间出面的大事小情,或者不方便出面时,都是他以特派员的身份出现,代表毛局长,代表保密局。

当朱先海陪着马特派员走进苏北的办公室时,朱先海就上前一步介绍道:这是局里派来的马特派员。朱先海又指着苏北刚要介绍。马特派员抢先一步道:苏代站长,咱们在南京打过交道,就在一年半之前,我去二厅查找一份文件,那份文件就是你给我找的。

苏北当然知道马特派员所说的那个人一定是苏南,他不知道是不是这个马特派员在给自己设套,自从孤身一人来到重庆,他的精神一直高度警惕着,能少说话尽量少说话,虽然现在身份是苏南,可自己并不是苏南,别人所提及的人和事儿,他从来不先给予肯定,只是用微笑,或含糊地反问:是嘛,时间久了我记不太清了。还是你记性好。等等诸如此类,以这种含混的方式模糊处理过去。

但对张大召却是例外,张大召首先没有怀疑、提防过他,从一见面就把苏北当成了自己的老同学、知己。他明白,这和他们两个人所处的地位有关。他在张大召的眼里是老同学,是副站长,他是来给张大召撑腰的。在重庆站张大召肯定没少受窝囊气,他希望自己的到来能改变他的处境。在接触中苏北能从语气和眼神里判断出张大召说的都是实话。他暗自庆幸身边有个张大召这样的人,关于眼前这个马特派员,张大召也提过,凡是保密局系统的人没人敢得罪这个姓马的,许多人攀不上毛局长的关系,都从这个姓马的身上下手。只要这个姓马的肯为求他办事的人在毛局长面前说上几句好话,或者暗中操作一番，总会有不错的收获。

马特派员拉着苏北的手，老熟人似的这么说，苏北也装作一副老熟人的样子道：特派员，我虽然不是保密局的老人，你的大名如雷贯耳，我当然记得你。不过这次我可要挑你的不是了，你代表毛局长亲临重庆，怎么不事先跟站里打个招呼，我们好亲自去迎接你。

三个人表面上热络着，相互让座。这时马特派员又重新端详起苏北来，不知是玩笑还是有意地问：苏代站长，你好像比在二厅的时候高了，也瘦了。

凡是熟悉苏南的人，见到苏北时都会发出这样的疑问。

苏北这回学得聪明了，打着哈哈回复道：马特派员，你不也一样吗？现在是特殊时期，劳神费心更不必说。人一瘦就显高，没想到人到中年，还能再蹿一蹿呢。马特派员盯着苏北的眼睛怔了怔，岔开话题冲朱先海和苏北说：二位都不是外人，那我就把这次重庆之行的目的先告诉你们吧。说到这儿拉开公文包，从里面拿出一份文件。停顿了一下才说：一年前局里就得到情报，共产党分子潜伏到了我们内部，当然你们也做过工作，我记得苏代站长当时也被怀疑过吧。好像夫人还专门从南京来过一次。

朱先海替苏北回答道：有这事。当时我们二处向二厅作了汇报，汇报的文件也抄送给了保密局。

马特派员点点头：那份文件我看过，只查出了行辕机关的一个文员有违法乱纪情况，可真正的共产党我们并没有找出来。你们也知道，现在全国的局势很复杂，东北失守了，石家庄、济南这两个大城市也丢掉了。委员长发了脾气，派出各路督军。东北失守前，委员长还专门到沈阳去督战，可惜东北还是丢了。委员长已经下令，各路人马死守城防，不能再丢失一城一池。要想打胜仗，当然一定要把内部的异己分子清除干净，这可是咱们保密局的工作，毛局长特派我来到重庆，已经给我下了死命令，不论用什么手段，都要把这个潜伏的共产党挖出来。重庆是陪都，这么多年以来委员长在这里倾注了大量的心血，作为南京的大后方，这里又关押着那么多身份特殊的政治犯，全军全党都盯着我们，在这些政治犯身上稍有不慎，就会让国际的各种组织抓住把柄，要是他们在国际舆论上抓住人权这事，给咱们政府施压，美国人怎么看咱们？他们要是放弃了对我们的支持，别说国防部和保密局，就是委员长也吃不了兜着走。马特派员说到这里，用眼神儿把朱先海和苏北细细描摹一番，才一抖手里的文件道：毛局长和国防部对重庆站都很重视，下面我宣布毛局长亲笔签署的任命书。说完站了起来。

朱先海和苏北也不由自主地站了起来。

接下来马特派员宣布的命令让苏北也感到吃惊，命令上说，朱先海被调到重庆站任站长，苏北仍然是副站长。

马特派员宣布完命令，盯着苏北问：苏副站长，我可在毛局长面前说了你不少好话，夸你年轻能干，在代理站长期间，很好地完成了任务。我代表毛局长感谢你为党国做的一切。说完伸出手，动作夸张地握住苏北的手。

朱先海显然早就知道这个结果，立正站好道：感谢国防部长官、保密局毛局长对我的信任，我一定不辱使命，带领保密局重庆站再创辉煌。

马特派员先向他们个人宣布完命令，这只是第一步。接下来还要在重庆站全体人员面前宣读局里的命令。

向全体人员宣布命令时，朱先海命人专门把吕站长找了过来。他当然要在吕站长面前炫耀一下，以前自己在二处时，吕站长没少刁难他，他要在吕站长面前把这口恶气先出了。

当吕站长出现在站里，一眼看到了马特派员，以为自己朝思暮想的好结果终于来临了,一路小跑着赶了过来,离很远就伸出了双手,跑到马特派员的跟前,捉过马特派员的手乱摇一气,边摇边说:马特派员,可把你盼来了。你代表毛局长出征,一定是有大事儿。

马特派员胡乱地应承着,他自然和吕站长打过多年交道,都是知根知底的老熟人,虽然心里瞧他不起,表面上还是装得很热络地握了握手,简单地说了几句客套话。

当马特派员站在队伍前,宣读完保密局的最新任命时,吕站长突然晕倒在了队伍中。

4

在这之前,谁也没有想到重庆站半路杀出个朱先海,重庆站的所有人都感觉到恍惚,有些不真实。这一连串的人事变故把人们击蒙了。

当朱先海在马特派员的主持下,自己从二处搬到了重庆站吕站长办公室,恍惚的人们才意识到朱先海真的成了他们的站长。

虽然朱先海一直在重庆行辕的二处工作,重庆站许多人和朱先海并不熟悉,更多的人连交道都没有打过。不知新站长深浅,都在暗中观察着,揣摩着这次出乎他们意料的人事变动。

有一天晚上张大召又来到了苏北的住处,一改往日的风格,做贼似的溜了进来。自从苏北来到重庆站,张大召就从不掩饰自己和苏北的关系。其实苏北代站长之后,任命他成了执行队的队长,几乎所有人都知道,要是没有苏北的帮助,这个执行队长压根儿轮不到他。在重庆站,办公室季主任,保密室的孔主任,都在张大召之上。在自己的眼前从来无拘无束的张大召,自从朱先海来到站里一下子就谨慎了起来，甚至忌讳让别人看到自己和苏副站长的关系。他进门后，压低声音，先是替苏北发了一阵子牢骚，埋怨朱先海抢了站长这个职务。

张大召发这些牢骚时，苏北却很平静。这次马特派员的到来，他隐约地感觉到重庆站将有一次更大的变故。他从马特派员鬼祟的眼神里感觉到，他并不相信自己。虽然马特派员见到他的那一刻时，面上挂着亲切与惊讶，嘴里可没闲着，滴水不漏的寒暄里总有小刺硌得苏北喉咙一堵，二人隔山打牛一番交锋，虽然没露破绽，但苏北还是鲜明地意识到了对方对自己的敌意。

从马特派员的眼神里，他想起来第一次从朝天门码头走下来，迎接他的人群中的朱先海望向他的目光，二者如出一辙。

他自己明白，虽然处处模仿着苏南行事，可他毕竟不是苏南，虽然血脉相连，但经历不同，无论如何也做不到别无二致的复刻。熟悉之人只要细心留意，总能发现些蛛丝马迹，就算苦于没有证据，但直觉显露出的敌意就足以令他吃尽苦头了。且他另一方面也在担心，苏南和梦瑶两个人潜伏到敌人的心脏这么长时间，到底是怎么过来的，万一哪里出了差错，危险的是两个人。他下意识地想到了梦瑶，如果自己出现纰漏，梦瑶也一定会受到牵连。这么想过之后，本就悬在钢丝上的心更是左摇右摆起来。

敌人开始怀疑他，也许从自己来到重庆的那一刻就开始了，只等待他露出破绽，抓个现行。这是比拼毅力和耐心的较量，他决不能掉以轻心。

为了以防万一，他把自己的预想通过交通站传递了出去。上级指示他：随时做好撤离的准备。想着自己冒这么大的风险来到重庆，是为了执行特殊任务的，真正的考验还没有开始，自己就这么被迫撤离重庆，况且自己撤离，梦瑶那边也要撤离。这得给组织造成多么大的损失，他不甘心。组织为他付出了这么大的心血，还有牺牲的哥哥，以及梦瑶对他整日提心吊胆。他要尽最大努力做最后的坚守，不到万不得已，绝不撤离。

他现在每隔一两天都会和梦瑶通上一次话，和她通话时能从梦瑶的语气当中感受到她对自己的担忧。有时遇上反复几次他都没能接到电话的情况时，听到他的声音，梦瑶会情不自禁地长舒口气。虽然看不到她的样子，但是听到她深深吐纳的声音，苏北的神经也骤然一松，好似也能帮他把繁重的压力与躁郁一同吐出。

面对马特派员的突然来访。他突然生出套熟人话的想法，排在第一位的自然就是张大召，他摆出一副纳罕的神情，问道：大召，咱们是老同学，你实话跟我说，这些年我真的有那么大变化吗？马特派员说我变了，我都不敢信。

张大召没想到苏北会这么问，一时没有反应过来，张着嘴上上下下地又把他打量了一遍。挠挠头，又搓搓手，接着才回他：站长，说心里话，这些年你变化说大也确实挺大，眼神和性格都跟以前不一样了，身上好似多了一股侠气。咱们在一起上学时，你就是一个白面书生。他看到张大召的眼神很是真诚，想必是从没怀疑过他，只当是时间的功劳。

张大召就又说：你从重庆到南京，这么多年下来，人会有所改变也是正常的事吧。

苏北又一次意识到了问题的严重性，张大召这位老同学，他的眼睛就是他的一面镜子。张大召都觉得他变化很大，更何况别人了。

张大召这次来找他，是想从苏北这里探探口风，看看上面对自己的想法。苏北没提他的事，反倒让张大召暂时舒了一口气。朱先海的到来让他感觉到重庆站的气氛跟以前不一样了，吃不准自己和苏北的关系该怎么处理，最担心的还是执行队长的职位会有什么意外——因为领导班子的变更而被人取代。那些日子张大召整个人都坐立难安，惶惶不可终日。

朱先海虽然来到了重庆站，人却并没有住在这边，依旧生活在二处分发的老房子里，每天上下班都有站里的司机接送。不知朱先海是有意保持着和站里人的距离，还是喜欢舍近求远的生活。

有一天朱先海过来上班，接送他的司机也上来了，他怀里抱着一个沉甸甸的木盒，朱先海带上司机径直来到了苏北的办公室，让司机把木盒放下，就打发他下楼了。朱先海坐在苏北的对面，像聊天儿似的问他：你觉得张大召这人怎么样？

苏北听了这话一愣，他不知道朱先海这么问有何用意，便把目光落在了那只木盒上。朱先海也不想绕弯子了，把木盒打开，苏北看到木盒里装着两根金条，还有几只翡翠手镯。朱先海就说：这是前两天，张大召跑到我的住处送给我的。

张大召为了保住执行队长的美差，讨好新来的站长，他这么做苏北一点也不感到吃惊。

还没等苏北说话，朱先海就说：你看看，重庆站被姓吕的带成什么样了，整天地吃拿卡要，乌烟瘴气，党国把我们放到这个位置上，不是让我们升官发财的。

朱先海正义凛然地说着，站起身来告别时，突然想起了什么似的说：苏副站长，拜托你把这些东西转给张大召。这事儿就到此为止了，你不说我不说，给张队长留个面子。

等苏北把这个沉甸甸的盒子还给张大召时，张大召整个人的脸就绿了，他一句话也没有说，咬着自己的腮帮骨，像捧了一只骨灰盒儿，低着头就走了。

张大召的表现还没容得苏北多想，第二天晚上就接到了通报：吕站长失踪了。

吕站长突然间人间蒸发，活不见人，死不见尸。

吕站长失踪的事件不仅惊动了重庆站，上上下下无人不知无人不晓。站里调动各路人马，在重庆寻找吕站长的踪迹。后来在一个斧头帮成员那里，打听到点蛛丝马迹，说吕站长几天前雇他们的人把自己送到了成都。现在人在哪里就不知道了。

人们认识到了问题的严重性，吕站长被免职留在重庆，这可是毛局长亲自下的命令。现在人不见了，毛局长要怪罪下来，事儿可就大了。马特派员亲自坐镇，把重庆和成都翻了个遍，却连一根毛都没捞着。无奈，只好把失踪的消息原原本本上报给了南京。

5

吕站长这次人间蒸发并没能掀起什么波澜，毕竟从军统到保密局的这些年里，吕站长黑白通吃，如今的下场也并不令人意外。

调集了各路人马寻人未果后，马特派员和朱站长找到苏北，决定让他回一趟南京，亲自探查吕站长的下落。马特派员冲苏北说：无论如何要查到他的下落，如果确定在南京，咱们也放心了。交给南京方面去处理。要是跑到共产党那面，咱们可是要掉脑袋的，事可就大了，姓吕的知道的秘密实在太多了。

苏北乘上回南京的客轮，想着上船前朱先海和他说的话：兄弟，你这一晃离开南京也有一年多了，这次回南京就多住些时日吧！他望着朱先海那张精明毕露的脸，他那点儿小九九苏北心里都明镜似的，无非就是想趁他不在的空当，培植自己的派系。

他是在朱先海目送下走上客船的。想起一年多前，自己是在王特派员陪同下，只身来到了重庆，一年多的时间里，他一个毫无经验的小白在这群狼环伺的险境中绝处逢生，几度沉浮中又被搓扁揉圆，如今行住坐卧都带着训练的痕迹。他站在甲板上，望着江水向船后退去，骤然心生感慨。

他突然意识到，这次回南京，也许是马特派员和朱先海对自己的一次试探。出发前，他给嫂子去了个电话，将这次任务简要概括后，嫂子呼吸一窒，继而马上做出一副被惊喜冲昏头脑的模样，只是反复重复着太好了，太好了。嫂子的情绪再一次提醒他，他就是苏南。嫂子还在电话里告诉他，自己会到码头上接他。他明白嫂子的用意，一则是要表现出夫妻情深的样子来，二则是因为他在南京人生地不熟，要想活动自如，不叫人看出破绽，就少不得要她掩护。看到嫂子行事如此周全，他一颗躁动的心也安定下来，只想着等自己到了南京，定要好好配合嫂子行事。

嫂子来过重庆两次，那时他从嫂子的身上感受到她沉稳心细的一面，想到嫂子他又一次想到了苏南，来不及悲凉，这时他在船上突然间发现了两个可疑人，不远不近地出现在他的周围，那两个人似乎有些面熟，却一时对不上号来，想必也是站里打过交道的。这两个可疑人的出现，正好验证了他的猜想，这一次南京之行，是陷阱也是机遇。

船快行至码头时，他提早踏上甲板在岸边的人群中搜寻着，生怕露出破绽，可待他定睛一看便一眼认出了嫂子，原是为了引起他的注意，梦瑶特意穿了自己最鲜艳的一身，全套武装下来，自是人群中最显眼的那个。她热情地在码头上招着手，他也在船上挥手响应，从船上下来，走到嫂子身边，他亲切地拥住她，顺势在她耳边小声道：后面有眼睛。嫂子随即用力回抱了他，两人分开，嫂子自然地接过他手里多出的行李，叫了辆黄包车回家。

这是苏北第一次来到哥嫂的家，这是一套再平常不过的公寓。嫂子已经把屋子打扫了出来，一张单人床上铺着洗干净的被褥。客厅的墙上挂着一副镜框，那是二人的结婚照。那会儿的哥嫂还很年轻，他们望着前方，满是对未来的憧憬。看着哥嫂家里这些陌生却又透着家庭温暖的陈设，苏北的心又一次难过起来。

接下来他不论做些什么，身边都有嫂子相陪，先是去保密局复命，在这之前他已经做足了功课。苏南之前在二厅工作，有些情报工作虽和保密局有所交集，但并不在一起办公，顶多也就是个脸儿熟。保密局这一关还算好过，只做普通人情往来，打个哈哈也就过了。这次回来二厅的人他不能不见，在嫂子的介绍下，虽然对二厅的这些同事们已有了些了解。但乍一照面，聊到隐私话题时还是免不了张冠李戴，露出破绽。后来嫂子出了一个主意，不能和这些人单独见面，她让苏北组织一场饭局，把大家请出来。有嫂子在场，又人多嘴杂，这样才不会穿帮。嫂子以苏南公务在身为由，亲自把电话打到了二厅，将她熟悉的苏南同事都约了出来。

那一天的晚宴，苏北的神经一直紧绷着，苏南以前的同事，有些嫂子也并不很熟悉，只是知道名字，有几个走得比较近的来过家里，嫂子还算能说得上话，其他人也只是一知半解。那天的晚宴来了七八位同事，有一个叫张涛的人，上前就抱住苏北的肩，小声打听：据说给你送行那天晚上，你还受伤了？苏北就装作若无其事地应和道：小意思，只能说我苏南不是个坏人，老天有眼，只受了点轻伤。苏北也不藏着，索性又把自己受伤的部位展示了一遍，经过一年多的时间，腹部的伤疤还在，虽然比之前淡了许多，却也打眼。众人虽各怀心思，但也都认真打量起他腹部的伤疤来。有人见状义愤填膺，痛骂下手之人心肠忒坏，也有人大胆推理起究竟是谁下此狠手，聊着聊着竟又攀扯起苏南的人际往来。苏北只是笑笑，端起一副大彻大悟的模样，轻描淡写地说：我也是生死之间走过一遭的人了，什么前尘往事不值一提，再说了，我这不是好好的吗？

另一个叫刘同的二厅同事，好奇地盯着苏北，打量了半响才说：苏副站长，还是当官锻炼人，你去重庆这才一年多，变化真大，要是走在大街上，我可不一定敢认你。

另一个同事附和说：还真是，虽说你说话、做派还是老样子，但身上这气质，啧啧。

面对同事们八卦的形容，苏北知道说多错多的道理，不论提些什么，他都会巧妙地把话题引开，绝不深聊，以守为攻，反而煽动着同事们的情绪令几人互相八卦起来。

这期间嫂子一直陪在他身边，高度集中着注意力，时刻替他打着掩护，然后又是招呼这个又是惦记那个，不停地倒酒夹菜，一顿饭下来盘子里竟是干干净净的。酒宴行到一半，苏北已经差不多把所有人都对上了号，酒宴的后半程，就是主动出击的回合了，苏北不停地和这些同事碰杯，他的目的只有一个，夜长梦多，要尽快在这个酒局里脱身，而装醉就是最简单的方法。

有惊无险，终于完成这场酒局。在回家的路上，他听到嫂子长长地吁了口气。

进门后嫂子想安顿他休息，自己跑到邻居家把孩子接了回来。孩子一回到家，便从嫂子怀里挣脱出来，扑到他的怀里，热切地喊着：爸爸，你怎么才回来？听到这句话，苏北紧绷了一天的神经像是被人用重锤一击，他终于忍不住，眼泪流了下来。他把侄女紧紧抱在自己的怀里。

嫂子在他面前一直显得很刚强，此时见他这样，也背过身去，掩饰着抹着眼泪。当苏北回到自己房间时，又听侄女哭喊着要找爸爸，嫂子劝慰着孩子说：爸爸累了，需要一个人休息。可孩子哪懂这些，一直哭闹到后半夜方才止歇。

各人心中皆是五味杂陈，不知从何说起。

6

苏北根据保密局提供的吕站长地址，找到了吕站长的家。吕站长夫人他没见过，听说前一阵子偷偷去过重庆。

吕站长的夫人一脸忧郁地接待了他。当他自报家门之后，满脸悲戚的夫人就自顾着哭了起来，她矢口否认吕站长回到了南京，一边哭一边还不停地诅骂着吕站长，骂他没有良心，扔下他们娘俩，啥也不管，让娘俩在南京孤苦无依，没人照料。夫人越哭越伤心。最后骂重庆站的人没了良心，人走茶凉，历数吕站长从军统到保密局出生入死为党国效力的功绩，没承想竟落到如此境地，逼得吕站长上天无路，入地无门。最后夫人还神经质地抓住了苏北的手，逼他同她一起向重庆站要人。

苏北知道吕站长的夫人从见到他那一刻起就一直在演戏，第六感觉告诉他，吕站长就在南京，说不准正猫在家里的某个角落悄悄看着这一幕。于是他也只说些冠冕堂皇的官话来，说自己这次到南京就是专程来找吕站长的，奉马特派员和朱站长之命，要把吕站长请回重庆。还说自己这次来，保密局也专门作出了指示，希望吕站长能在重庆原地待命，为党国的大局着想。

可无论他说些什么，夫人都只是鼻涕一把泪一把地哭诉着自己的难处。僵持了一会儿，苏北只好无奈离开，只在走前留下一句话，只要一天找不到吕站长的人，他就还会登门拜访。

当天晚上，嫂子的家门却被人敲响了。当时他正在屋内陪着侄女玩游戏，嫂子在整理一份文件，她在保密室时就会把打印过的每份文件，都记录在自己的脑子里，待到夜深人静时再把这些文件简明扼要地整理出来，交到联络员手中。

有人夜半来访，这大大出乎了她的意料。自从苏南牺牲后，她几乎和外界断了往来，今日这般，实在纳罕。她快速把整理好的文件藏到卧室床下，又轻又快地将两道房门带上。准备好后，苏北把侄女交到嫂子怀里，他径自去开门。这期间，房门又小声地被敲响了两下。他应了一声，回身看眼嫂子，嫂子冲他点了点头。他才一把拉开房门。让他没有料到的是，站在门口的竟是吕站长。几日不见，吕站长仿佛换了芯子，不仅形容憔悴，见到他还多了几分局促。不过他却没有进门的意思，只侧着半个身子冲着嫂子说：夫人打扰了，我和苏副站长说几句话，替他请一会儿假。随后半拖半拽着引苏北走出了家门。

这期间吕站长并不多话，走出楼道，抬手将一顶帽子戴上，而后低下头，一言不发地走在前面，一直把苏北带到了一个僻静的酒馆里，哪怕二人已经落座，他都没把帽子摘下来。

吕站长的第一句话就是：兄弟，我知道你们会来找我的，我也知道保密局那帮杂碎是不会放过我的。

苏北正要解释什么，吕站长挥一下手制止道：我知道你是奉命行事，我这时候找你出来，就是想跟你交个实底儿。上面让你代理站长，我觉得自己还有缓。他们又调来了朱先海，还弄来了一个马特派员。他们这么做说明了什么，既是不信任你，也是要把我置于死地。我要是不离开重庆，也早晚要被他们登录进失踪名单，那时，我夫人怕是连抔黄土都捞不着。只有我消失他们才能够心安。他们的手段我太清楚了。苏南我告诉你，那个姓马的你一定要提防，说是特派员，其实就是靠整人起家的打手。别以为他们就是干净的，手里不就是有点权力嘛，有权的才是爷，因而能决定你我的生死。我是不会跟你回重庆的，我要这时跟你回去就会罪加一等。你也别去我家里打扰我夫人了。今晚跟你见个面儿，就是让你死了心。我在军统保密局干了这么长时间，别的本事没有，人间蒸发的本事还是有的。

说完自己倒了盏酒，一饮而尽，又示意苏北举杯，苏北这才发现，桌上不仅有两只酒杯，下酒菜也已然就位。看来吕站长是有备而来。苏北没动那杯酒，只盯着面前的吕站长沉默着。

吕站长就干巴巴地又说起来：以前我说过，到了南京会请你喝酒，今儿我可没食言。这可能是咱们最后一次见面，你不要再去我家了，我实话跟你说，我们行李都打包好了。你回到重庆后，可以跟他们说见过我，也可以说压根儿没见到，都行，随你编排。

说完拿起酒盏，给苏南倒上，端起酒盏示意苏北，苏北只好也把酒盏端起来。

吕站长就说：我回南京，是我活下去的唯一希望，他们害怕我回南京，因为我手里掌握着他们的黑材料。黑材料我不会轻易拿出来的，不成功便成仁，他们放过我一马，我自然也会放过他们，否则，就同归于尽罢了。

吕站长话说到这儿，又抹一把嘴，扬声冲苏北道：兄弟，山不转水转，也许以后还有谋面的机会，你多多保重。说完冲苏北拱了拱手，起身很快消失在小酒馆的门外。苏北起身想跟出去，隔壁座位上却冒出两个人来，正挡住了苏北的去路。苏北一叹，自然知道这都是吕站长的手笔。

第二日他再次登门拜访，果然一把铁将军将他拦在了门外。顺着门缝往里望去，屋中早已空空如也。他知道仅凭自己在南京是无论如何都找不到吕站长了。他只好去信给重庆站，收到了会增派人手继续寻找吕站长下落的消息后，他也正好踏上了回程的路。

再次登上通往重庆的客轮，这次有嫂子抱着侄女送行。经过这几日的相处，侄女对他已不再陌生，三岁的孩子正是开始懂事的时候，出门前嫂子还想把她送交给邻居照看,孩子却怎么也不肯,又哭又闹非要和爸爸一起,嫂子就和她拉钩上吊,约好一起去送爸爸,但是一定不能哭闹。为了安慰侄女,去码头这一路上苏北一直抱着她。

到了码头后,船上已经开始检票。他把孩子递给嫂子,孩子刚开始并没有哭闹,只目不转睛地望着他。他伸出手轻轻抚了一下孩子的脸,同孩子告别道:南南,听妈妈的话,爸爸有时间就会回来陪你。

从见到孩子开始,他就习惯了被孩子叫作爸爸,但自己脱口而出的这个称呼,却还是让他吃了一惊。他偷偷观察嫂子,嫂子别过脸去,眼圈已经红了。一股别样的情愫在心里涌了出来,他狠下心转过身,向前走去。南南突然在背后大喊着:爸爸。他又一次回头,看见三岁的南南,用力攥紧了小拳头,抵在自己的嘴上。他犹豫着立住脚。嫂子这时突然转身,抱着孩子逃也似的向码头外走去。他听见孩子撕心裂肺一声又一声地叫道:爸爸,你早点回来——

他再转回头时,早已泪流满面了。

第六章

0

1979年以后,下乡知青开始落实回城政策。怀南却不是回城政策的受益者,她早就在乡下结婚了,还有了三个孩子。那位当年让她爱慕的民兵连长,也早已不再是民兵连长了。

怀南有了孩子后便很少回父母家了,一是孩子小脱不开身,二来拖家带口的,回来一趟像一群要饭的进城。她不想给父母丢脸,更不想给家里添麻烦。

苏北和梦瑶眼看别人家的孩子成群结队地回到了城里,虽然大部分知青还没有落实工作,还属于待业青年,但能和父母守在一起,日子总还有个盼头。

他们知道怀南不符合回城政策,可什么事都有个特殊。怀南是烈士子女,是有证书的。两个人就多方打听着,找过知青办,也找过政府,得到的答复是像怀南这种情况,如果有接收单位也不是不能考虑回城。说到接收单位,却难住了他们。在轻纺局工作的苏北,最近听说有新政策,轻纺局要合并取消,上级正在调研中。梦瑶在纺织厂的工会上班,虽然纺织厂还有一些活路,但效益也大不如前。即便是单位效益还好的时候,他们也无法因为私事向领导开口。为了怀南的工作，他们想了几天几夜，仍然没有琢磨出更好的主意。

他们商量，决定去看望一下怀南。

两个人这是第二次出现在怀南的新家。

第一次还是怀南结婚。他们去参加了她的婚礼。在村子的一头，两间土坯房，一间住着公公婆婆，另一间就是怀南的新房。女婿穿着一身旧军装，胸前戴着纸扎的红花，规规矩矩地跑步到他们面前，认真地敬了一个军礼。

怀南成了扎根农村的典型，公社的广播站还播放了热情洋溢的稿子，对怀南扎根农村的举动充满了溢美之词。

怀南的家，还是原来那两间土坯房，院子里多了几只鸡。鸡们见到生人慌慌张张地躲到了一旁，一个四五岁的孩子，拖着鼻涕，倚在门口陌生地打量着他们。

他们一眼就认出了这个孩子。怀南曾给家里寄过全家福的照片，如果没有猜错，这就是怀南的大儿子，叫大壮。他们用颤抖的声音喊着大壮的名字，孩子一脸陌生地望着他们，半晌才说：爸妈他们出工下地了，让我看着弟弟。

说话间，大壮的身后出现了一个更小的孩子，也是流着鼻涕，脏着小脸儿，躲在大壮的身后好奇地打量着他们。这是小壮，是老二。他们奔过去，把两个孩子分别抱在怀里，赶紧掏出随身带着的糖果和糕点。

再晚些的时候，怀南终于出现在他们的视线里。几年不见，怀南的面容有些憔悴，再也不是以前那个水灵鲜活的姑娘了。此刻，她的怀里的布兜里还裹着不满一岁的小女儿。

怀南见到他们那一刻，呆愣了好半晌，似乎不认识他们一样，然后惊叫一声：爸、妈，你们怎么来了？怀南奔过来，一副不知如何是好的样子。

他们打量着眼前的怀南，忍不住流下了眼泪。苏北看到怀南的样子既心疼又心酸，想象着如果苏南还活着，他看到女儿又会是怎样的心情？想起哥哥，他的心里就生出万般愧疚，眼眶又是一阵泛红。

女婿也回来了，穿着打着补丁的衣服，木讷地冲着他们憨笑。一双手不停地摸索着裤缝，看看怀南，再看看孩子。

从怀南的家里出来，苏北就下了决心，一定要想办法把怀南调回城里。他当下就想到了王特派员，王特派员既是他们唯一的资源，也是最值得信赖的人。前些年，王特派员的日子也并不好过，作为敌特潜伏分子的嫌疑人，被送到乡下监督改造。不久前刚回到城里，落实了政策，在省里的政府部门担任职务。想着和王特派员这些年的关系，苏北更是坚定了内心的想法。

在这座城市里，王特派员可以说是他们唯一的朋友，但平时走动并不多。王特派员不喜欢热闹，平日里也是深居简出，如今要张口求人了，他们一时也有些张不开嘴。

苏北和梦瑶一连去看望了三次王特派员，怀南的事却仍然不好开口。该说的话都说完了，有几次苏北话都到嘴边了，硬是没说出来，他用目光去寻梦瑶，梦瑶更是一脸的为难。直到第三次，王特派员把他们送到楼下，都快走到公交站了，王特派员停下脚步，望着苏北说：你们有事就直说吧。

苏北脸都憋红了，终于难以启齿地把怀南的情况说了出来。

王特派员听了，情绪很激动，背着手在原地来回走了几步，猛地抬起手，在空中用力地挥舞着：怀南是烈士子女，理应得到照顾，否则怎么能让长眠在地下的烈士心安呢？我是苏南的上级，也是他现在唯一的见证人。我要向领导打报告，怀南的事情解决不好，就是我对不起牺牲的烈士！

有了王特派员的帮助，半年后，怀南回城的报告终于批下来了。

回城的名额只有怀南一个，可现在的怀南却是一家五口。接到回城通知的怀南迟迟没有回城。

苏北和梦瑶写了几封信催促怀南早些回来，怀南却一直没有回信。直到一年后，怀南才带着女儿回了一趟家。不是怀南不想回城，可面对着丈夫和三个孩子，她又怎么忍心丢下他们呢？回城的事就一直拖到现在。乡下的人陆陆续续地可以到城里打工了，怀南和丈夫商量，她先带着女儿回来。大壮、小壮就留在家里请公婆帮忙照顾，丈夫到城里打工，一家三口还可以在一起。直到这时，怀南才把户口又迁回到城里。

怀南的第一份工作被安排在街道的一个小厂，那是家生产酱菜的小工厂，有三十多人。丈夫在一个建筑工地上当力工，怀南带着女儿暂时住到父母家里。那些日子，对怀南来说是人生中最为牵肠挂肚的一段时光。她不时地担心老家的两个孩子，大壮和小壮因为没有城市户口，到了上学的年龄也无法在城里上学，只能留在农村老家读书。牵肠挂肚的日子里，怀南整日唉声叹气，生活得了无生趣。

这样的日子又熬了两年，街道小厂黄了，怀南成了下岗工人。生活一下子被逼到了绝境，没有了退路的人生就剩下一个"闯"字。她学着别人的样子做起了小买卖。先是在路边摆地摊儿，早出晚归。怀南很能吃苦，慢慢有了些积蓄就开始卖起了衣服，生意忙时丈夫也过来帮忙。后来，怀南就经常去广东、福建，从那里不仅倒腾来服装，还有一些电子表、香烟什么的。渐渐地，怀南的生意有了更大的发展。

在这座城市里，他们先是租了房子，后来又把老家的两个儿子也接了过来。直到这时，一家人才算团聚，过上了正常人的日子。

1

苏北从南京刚回到站里，就觉得整个气氛有些异样。

办公室季主任去码头接他，一路上嘘寒问暖，车轱辘话说了好几遍，似乎有话想说又不好开口的样子。

车驶回到站里，季主任先下车，为他打开车门，提着他的手提箱，问他是先回办公室还是宿舍。他拿出宿舍钥匙，让季主任把自己的行李先放过去，自己径直向办公室走去。

朱先海办公室的门敞开着。听见他上楼的脚步声，走到门口迎接着他，见到他热情地伸出手，把苏北迎进自己的办公室。回过身，亲自给苏北沏了一杯茶。然后，坐到苏北面前，关切地问：这次南京之行还顺利吧？

苏北在回来之前，已经把吕站长的信息汇报给了站里。当时的马特派员接听了电话，得知吕站长的现状，马特派员说了一句：爹死娘嫁人，各人顾各人吧。他一句话，就给吕站长的事盖棺定论了。

苏北在回来的船上，把这次南京之行的来龙去脉捋了捋。直到这时，他才确信这次回南京查找吕站长不过是个幌子，其实他们不仅在考验他，一定还有什么事情在瞒着他。他有了一种不好的预感，记得临出发的前一天，张大召悄悄地找到他，问这次去南京能不能也带上他，张大召当时开玩笑地说：苏副站长，不怕你笑话，长这么大，我还没有去过南京呢。六朝古都长什么模样我都不知道，真想跟你一起去开开眼。他知道，自己就是想带张大召一起去南京，马特派员和朱先海也不会同意。

张大召也知道自己无法与他同行，就提醒道：这次去南京，也许同行的可不只是你一个人。说完，冲他挤了下眼睛，脸上的表情有些耐人寻味。

苏北当时并没有觉察到这是张大召在提醒他，直到登上船，发现一直有两双陌生的眼睛在盯着他，才意识到张大召是在拐弯抹角地提醒他。跟踪他的两个人一直不远不近地在他身边晃悠着，下船后，那两双眼睛才消失。

在回重庆的船上，他特别留意着身边的人，再没有发现过有人跟踪。他知道，这一定是马特派员和朱先海设下的耳目。他当时一直有个疑惑，既然张大召知道会有人跟踪他，又为什么不把话说破呢？

这次回来，他发现朱先海对他热情得有些过分。

朱先海再一次笑着说：这次南京之行，苏副站长辛苦了。局里已经来电指示，那个姓吕的不用咱们插手了，局里自有安排。说到这儿，话锋一转：你走后，咱们站里发生了一件事，执行队的张队长被抓起来了。

苏北听到张大召出事儿了，吃惊地望着朱先海。

朱先海靠在沙发上，长吁了一口气，说：兄弟，我知道你和张队长是同学，感情深厚。吕站长出事，就是因为执行队的人坏了他的好事儿。张大召是你一手提拔起来当执行队长的，他手脚很不干净，我和马特派员接到线人的举报，这小子吃里爬外，倒卖站里的情报。情报要是倒给黑市上也就算了，他竟然把情报出卖给了共产党，我们现在怀疑他是潜伏在我们站里的共产党！

苏北的预感似乎得到了应验，他惊愕地睁大了眼睛。他知道朱先海说的是鬼话，张大召他还不了解吗？回想自己去南京前张大召的反常举动，他一定预感到了什么？只是自己还被蒙在鼓里而已。过了半响，他问：他现在人呢？

朱先海轻描淡写地说：人被押在了审讯室，倒卖情报的证据被我们抓个正着,他也没有抵赖,是不是潜伏的共产党,我们还正在审问呢。

苏北出现在关押室时,张大召已经被折磨得不成样子,他满身满脸都是血,正趴在光板床上哼哼着。见到苏北,他挣扎着爬下来,顺势跪在了苏北面前,涕泪交加地说:苏副站长,老同学,你可要救我啊,我是被冤枉的。

张大召抬起头,看见苏北身后站着两个执行队的看守,就哀求道:麻烦两位兄弟,请你们回避一下,我有话对苏副站长说。

那两个看守相互看了一眼,丝毫没有离开的意思。

张大召涨红着脸:兄弟,看在我平时对你们不薄的分儿上,就请离开几分钟,就几分钟。

两个执行队的人征求地望着苏北,苏北点点头:你们出去一下。

两个看守退到了门外。

张大召一把抱住苏北的腿:苏副站长,老同学,现在只有你能救我了!都怪我不争气,不该碰的也碰了,在黑市上卖了两次情报,谁知道那两个人是二处的线人,我算栽在他们手里了。这个我都认,可他们说我是共党,不承认就给我动刑。说到这儿,张大召仰起脸来,压低声音说:他们知道我不是共党,但非逼着我承认,你知道他们是冲谁来的吗?

苏北盯紧张大召的脸。

张大召说:苏副站长,他们是冲着你啊!我知道,只要我承认是共党,他们一定会让我交出后台是谁。我这个执行队长是你任命的,咱们的关系又是老同学,来往也最多。他们认定你就是我的后台,只要我承认是共党,那你也就完蛋了。

苏北没有想到,马特派员和朱先海绕了这么一大圈竟然是为了算计自己。从吕站长倒台,到后来朱先海被突然空降到站里,这一连串的变故,就像一部《官场现形记》的小说。一个小小的重庆站,就是整个国民政府官场的缩影,所有人都不能置身事外,大鱼小虾都被卷入了这场争权夺利的旋涡中。张大召拼命地想当执行队长,就是想离权力的核心近一些,完成自己发财的美梦,可惜他太心急了,一不小心把自己搭了进去。他清楚张大召说的是实话,他们是想利用扳倒吕站长的手段来整倒自己。

现在的苏北,想要证明自己的清白,就一定要把张大召救出来。有了自己的力保,张大召还有活下去的一线希望;如果袖手旁观,张大召希望破灭,为了活命说不定会胡踢乱咬,到那时他身上就是长满了嘴,也很难说清楚。

2

救张大召变成了救自己的行动。

苏北明白,这次去南京,是马特派员和朱先海早就策划好的一场阴谋,张大召似乎预感到了什么,才提出要跟自己去南京。看着眼前的张大召,他想到了"报应"二字。从李福、王怀文,再到眼前的张大召,有多少无辜的人被他们屈打成招,现在是因果报应,终于轮到他们自己了。

张大召罪有应得,但苏北却不得不去救他。

苏北知道,这一次马特派员和朱先海就是要将他置于死地。来到重庆,无形的圈套一次又一次地摆在了他眼前。初时怀疑他是潜伏的共产党,直到这次去南京,他们也是处心积虑,步步惊心。眼见着没有找到他的把柄,便又把张大召这张牌打出来,简直防不胜防。

张大召对他们来说只是诱饵，把张大召扳倒，屈打成招，可以起到一箭双雕的作用。即便张大召没咬到他，也会让他在重庆站失去左膀右臂。他一个小小的副站长，也就成了摆设，毫无反抗之力。到那时，再想办法把他挤对走，重庆站的天下就是朱先海一个人的了。看来马特派员这次亲自光临重庆，就是在为朱先海保驾护航。

朱先海和马特派员这一招，果然厉害。和吕站长相比，他们更为阴毒，目的性更强。吕站长在位时，考虑更多的是自己如何升官发财。只要不挡着自己的路，就是一片和谐。

经过层层剥茧，苏北逐渐明晰，他的安危牵一发而动全身。明面上都知道朱秘书长是他的后台，只是没有在他身上找到共党的蛛丝马迹，那一定就是朱秘书长安插在保密局的眼线。扳倒朱秘书长他们还做不到，那就通过他把朱秘书长搞臭。想到这儿的苏北，猛地惊出一身冷汗。

马特派员的到来也一定是受了毛人凤的暗示，让重庆站变得更复杂起来。按照以往的规矩，任命完朱先海，马特派员就算完成使命，打道回府了。但马特派员却没走，而是长期驻扎下来。看来他们早就做好了放长线钓大鱼的准备，利用自己去南京的时机，他们开始对张大召下手。拿下张大召只是第一步，接下来的就是他，那扳倒隐藏在后面的第三位就该是朱秘书长了。

苏北知道，和他们真正交锋的时刻来了！他不能退缩，哪怕是铤而走险。既然他们是冲着他背后的朱秘书长而来，他就要利用好朱秘书长的这杆大旗。

他从审讯室径直来到朱先海的办公室。苏北的脸色是阴冷的，他一言不发地坐在沙发上。朱先海面对他的反应似乎早有准备，哂笑着说：你这个老同学真不争气！他干点儿什么不好，非要干这种吃里爬外的勾当。我已经安排人了，正在调查这些情报的流向，要是这些情报被共党所用，那张大召背后又是什么人在指使？苏副站长，咱们这一次说不定还能逮着一条大鱼呢！说完，意味深长地望着苏北。

苏北不想和朱先海绕弯子。到重庆一年多的时间，对这些搞团伙株连九族、连带无辜的手段和伎俩太清楚了。他要以单刀直入快刀斩乱麻的方式掌握当下的局面，于是猛地从沙发上起身，又用力地拍了一下茶几，气愤不已地喊道：朱站长，你们想把我怎么样就明说吧！是想把我调离，还是先治罪？！

朱先海做梦也没有想到，苏北不按常理出牌，直接把话挑明了。按照他的逻辑，张大召的事证据确凿，苏北一定会躲得远远的，要么求他和马特派员放自己一马；要么对张大召斩尽杀绝，灭口以求自保。

无论哪一种结果都在预料之中。却不想，苏北竟直接杀将出来。朱先海有些慌乱，从办公桌后站起来，走到苏北面前，把一只手拍在他的肩上：兄弟，你这是说到哪里去了？你来重庆，我可是举双手欢迎。你到重庆的第一顿饭还是我请的，现在咱们又在一起搭班子，这是我求之不得的好事呀！我怎么会想着把你赶走，还要治罪，这话是从何说起？

苏北知道，话已经说到这个份儿上了，如果仅仅以自己副站长的身份显然是不够的。开弓没有回头箭，只能拉大旗作虎皮了。他继续态度强硬地说：你们的心思我明白，不用你和马特派员替我着急。这次回南京，夫人执意不想让我再回重庆了。现在的局势大家心里也清楚，整个南京，又有谁不在为自己的后路着想？！夫人的意思，让我回到南京一家人团聚，将来也好有个照应。为了安全考虑，最好是离开军界，到政府某个职位。朱站长，我就实话和你说了吧，我现在随时都有可能调走，离开这里回南京。我知道，你和马特派员想把我赶走，甚至想牵连我所谓的后台。我也知道，从国防部到保密局，早都分成了好几派。但我现在明确地告诉你，我哪一派也不是。朱秘书长更不是我的后台。如果说我和他有关系，那也是顺手的工作关系。你们知道，我夫人一直跟着朱秘书长从浙江到南京，这也是工作关系。想利用我和朱秘书长这层关系，把朱秘书长也牵连进来，你们的算盘打错了！想扳倒朱秘书长，也不是保密局就能做到的。如果冲着我，你们大可不必兴师动众，想把我挤对走或者治个罪，你们分分钟就能搞定，何必绕这么大个圈子？

苏北一连串的主动出击，显然把朱先海的阵脚搞乱了。他没想到，苏北竟用最直接简单粗暴的方式和他摊牌了。

朱先海只能一遍又一遍表白：苏副站长，你这是怎么说的？张大召是张大召，你是你，朱秘书长是政府的秘书长，我们怎么敢得罪啊！别说是我和马特派员，就是毛局长也不能对朱秘书长怎么样啊！你是朱秘书长的人，他对你关心爱护，替你的前途着想，我们羡慕还来不及呢。要是我能有这样的关系，那可真是高枕无忧了。

苏北抬起眼皮：那两个找张大召买情报的人是二处的吧？

朱先海听了，仿佛噎住了似的，张张嘴却说不出话来，定定地望着苏北。

苏北又说：如果真是二处的人，把他们说成是共产党，那就是别有用心。既然想把这个案子调查个水落石出，我就要见一见购买情报的两个人。我要亲自审问，看看他们到底是什么人？

苏北说完，扭头回到办公室，拿起电话打给执行队，以副站长的名义命令执行队的人，停止对张大召的用刑。又把电话打到总务处，让他们给张大召提供特餐。

自从张大召被关进审讯室，重庆站的人就意识到又有大事要发生了。明眼人都知道，这次张大召进去才只是个开始，下一个一定是苏副站长。最好的结果就是和吕站长一样，卷铺盖卷儿走人；弄不好，就和张大召一样，也得到关押室里走一圈，能否囫囵个儿出去，那就看自己的造化了。

随着吕站长出事,和接二连三的人事变动,重庆站的人们都预感到了风雨欲来的节奏——

人们也都想看看苏北副站长是如何被他们挤对走的?

让所有人没有想到的是,苏北连续强硬的出击,向重庆站所有人释放了一个信号,苏北没有像吕站长那样俯首称臣,甚至特意关照张大召,与马特派员和朱站长唱起了反调。

谁都知道,重庆站又一场大戏即将拉开帷幕。

3

到目前为止,重庆站还没有人知道马特派员和朱先海是姐夫和小舅子的关系。

二人分属国防部两个部门——情报二厅和保密局。马特派员一直在上海站工作。保密局的前身军统局上海站,可以说是抗战期间全国的焦点,一直与汪伪的76号特务机关斗智斗勇,有不少人变节叛变,但更多的仁人志士还是战斗到了最后。上海站成绩卓著,先后暗杀了四十二名特务,包括特务头子李士群的师傅青红帮头目李云卿。可谁承想,到最后,就连上海站的站长王天木竟也投靠了76号。

戴笠大为不满,发誓一定要除掉罪恶多端的李士群。

1941年12月7日,珍珠港事件爆发,这也是76号走向衰变的转折点。

身居76号的丁默邨等人深知美国的强大,日本人对美国不宣而战,以后必定以失败告终。想想自己未来的处境,顿时丧失了为日本人卖命的信心，整个76号也是人心涣散。戴笠得知情报后，决定从76号内部瓦解。

76号表面上一派宁静，暗地里却是暗流涌动。丁默邨也早已对李士群心生不满。马特派员被委派为策反队员，几次乔装打扮后深入76号，策反丁默邨。

最终，丁默邨与日本华中宪兵司令部情报科长冈村少佐联手毒死了李士群。

李士群的死，看似与马特派员没有直接关系，但马特派员出生入死，几次三番深入76号，为策反丁默邨立下了汗马功劳。事情成功后，马特派员曾经秘密来到重庆，接受了戴笠亲手为他颁发的青天白日勋章。

在军统时，马特派员就深得戴笠的赏识。戴笠死后，毛人凤接管保密局，按说是一朝天子一朝臣，马特派员理应被他冷落一旁，没想到，毛人凤一如既往地对他器重有加。这也是马特派员的过人之处，如日中天的戴笠在军统一手遮天时，毛人凤是被冷落的。按照人情世故，他们这些夹缝中生存的小人物，是没有精力顾及那些被冷落的边缘人的。马特派员的生存之道却有些特别，他效忠戴笠的同时，也没有忽视被置为闲棋冷子的毛人凤。

毛人凤也为了有朝一日上位，甚至甘愿把自己相好的女人献给戴笠。毛人凤的相好，身边有几个小姐妹，其中的朱小姐也就是朱先海的姐姐就是其中之一。马特派员能娶到朱小姐，也还是毛人凤给从中做的局。戴笠死后，毛人凤成了保密局的老大，马特派员摇身一变，就成了毛人凤的红人，一切都是那么地顺理成章。也正是铺垫好的人情世故，成就了他的人生捷径。

马特派员为了成就朱先海为重庆站的站长，也是煞费了一番苦心——暗中配合，苦心筹谋。朱先海早就盯上了李福，谁都知道，李福是吕站长的左膀右臂，要想拿下吕站长，就必须从他的身边人下手。朱先海利用二处副处长的有利条件，派人秘密跟踪李福已有些时日，这李福和王怀文接二连三出事，也就在情理之中。吕站长被顺利拿下后，马特派员并没有即刻让朱先海上位，他需要时间去说服毛人凤。于是，先让苏北代为站长，待一切水到渠成后，再设法让朱先海取代。

朱先海来到重庆站，这里局面让他大感意外。没想到，苏北人缘好，威信高。站里的人对苏北唯命是从，自己尽管是堂堂的站长，却也让他感受到危机。加之苏北背后的靠山，朱先海总感觉自己站长的位置岌岌可危。便找姐夫马特派员拿主意，马特派员想得就更深远，既然想把苏北扳倒，何不就此也把他背后的靠山牵连进来，一石二鸟，说不定毛人凤也正求之不得。

正巧吕站长失踪，也就有了腾笼换鸟的机会。在苏北去南京后，他们就开始对张大召下手了。谁也没想到，张大召不知出于什么目的，竟成了一块难啃的骨头。在苏北从南京回来之前，他们只在张大召身上找到了倒卖情报的证据。

审问张大召时，朱先海和马特派员轮番上阵，想一举在张大召身上找到突破口，只要撬开张大召的嘴，马特派员就离开回南京复命。他相信，凭自己与毛人凤的关系，一定能够说服毛人凤，即便不能就地查办苏北，但把苏北调离重庆站的把握还是有的。

让马特派员和朱先海没有料到的是，直到苏北回来，也没有啃下张大召这块骨头。反倒让苏北先行一步杀上门来，将了一军。以朱先海对苏南的了解，苏南就是他在二厅时的一个普通参谋，平日里不显山露水的。虽然是同事，交往并不多，见面也只是打声招呼。国民政府从重庆迁到南京后，两人几乎失去了交往。想不到，士别三日，苏南像换了一个人。尤其是这次从南京回来，更是一改往日的处事风格。

苏北下令停止对张大召的审讯，伙食待遇也变成了特餐。人们都意识到，张大召的命运出现了转机。尤其是执行队的人，早就看不惯李福和王怀文的心狠手辣，张大召被苏副站长任命为队长后，虽然也贪，但比起前几任的队长还是有些人性，遇到发财的机会，他捞干的，弟兄们也能混碗汤喝。虽然张大召任职时间不长，却也深得执行队弟兄们的爱戴。想不到好人没好报，苏副站长前脚刚一离开，张大召就被投进了牢狱。

苏北找上门来，朱先海知道张大召的事处理不好，苏北不会善罢甘休。马特派员也很是头疼，原以为几个回合下来，张大召就会服软，为保命把苏北牵连进来。却不料，偷鸡不成蚀把米。苏北竟提出要审问那两个购买情报的，那两人是朱先海安排的，如果苏北插手，计划就将被全盘打乱。对于诱饵，倒不担心苏北能拿他们怎么样，而是害怕苏北后面的人，这件事要是捅到南京，不管捅到哪个部门，上面只要有人干预，查下来，两个人可就太被动了。要是怪罪到保密局的头上，那两个人的吃相就更难看了。从一开始，他们干的就不是光明正大的事，这事儿也拿不到台面上来。

两人商量一晚，利弊得失考虑充分，最后决定对张大召这事大事化小，小事化了。

一切都要从长计议，不能因小失大。

4

在苏北回来的三天后，张大召被释放。

他倒卖情报的处理结果，以查不出情报流向为由，被免去执行队队长的职务，降级为普通的执行队员。

伤痕累累的张大召被放了出来，重庆站的人都知道，这是苏副站长斗争的结果。

张大召出来的第一件事就是痛哭了一场。

人们都听到了张大召劫后余生的痛哭，加上他那面容姣好的夫人尖厉嗓音的助攻，夫妻二人的悲戚，成了重庆站久久无法让人忘怀的场景。

在重庆站人们的眼里，张大召能从重庆站审讯室里全身而退，堪称奇迹。

几天后，张大召歪斜着身子，出现在重庆南山的一座寺院里，他的身后跟着苏北。

张大召多次和苏北提起南山寺有个叫大觉的师父，说大觉师父慈悲，三言两语的点拨，就令善男信女们醍醐灌顶。

张大召说的南山寺，正是苏北传递情报的联络点。在进门右手边的第三个香炉，每次传递情报，他都会小心地把情报放到那只香炉下。每次到南山寺，他都装成香客的样子，点燃一炷香，站在香炉前，趁人不备，把情报塞到香炉下，确认安全后才会离开。

苏北还是第一次，怀着旁观者的心态，随张大召又一次走进了南山寺。

他一眼就看到了那只香炉，烟火缭绕。在此之前，苏北一直猜测，自己的同事也许就在附近的某一个地方，等待着他的情报。每次走进南山寺时都会觉得很亲切，甚至觉得同志的目光一直在追随着他，那时的他，才觉得自己不是一个人在孤身奋战。

张大召熟门熟路地引领着苏北来到了后殿。

大觉师父正在诵经。

张大召带着苏北，站在一旁等候。时间不知过去了多久，大觉师父睁开了眼睛，目光落在苏北的脸上，打量着苏北和张大召，嘴里客气地寒暄：来了。

师父把苏北和张大召让到里面。张大召从兜里掏出一张纸条，把它递给了大觉师父。大觉师父看了一眼，就将那张纸条放在烛火上，点燃了，又仔仔细细地把灰烬弹落在身旁的香炉里，这时才入神入定地把眼睛合上。少顷，再次睁开眼睛，轻声说：大吉大利。张大召听了，脸上就显出一片暖色，双手合十，从怀里掏出一些银两，叮叮当当地丢进了功德箱里。这才转过身，冲身旁的苏北道：副站长，你不求点什么吗？可灵了。

苏北望着沉静似水的大觉师父，微微一笑，合起双手，向师父拜别。

张大召就冲大觉师父说：师父打扰了！然后，恭敬地退后几步，引着苏北从后殿里走出来。

走到前殿，张大召才小声地冲苏北说：老同学，你刚才也应该求点儿什么，真的很灵验。

苏北就好奇地问：你那张纸条上写的是什么？

张大召就说：一个字，但不能说，说了就不灵验了。这次我带你来，本以为你也会求点儿什么。

苏北听了摇了摇头：我就是来陪你散心的。

走出大殿时，苏北又下意识地用目光瞥了眼第三只香炉，有几个善男信女正立在香炉前，手里擎着香。苏北就想起每次到南山寺送情报时，也会燃上三炷香，和那些善男信女一样，嘴里默念着。想到这儿，心里突然就热了起来，走到大殿的门口仍然回头张望，张大召就在一旁拉了拉他的衣角，小声地说：副站长，你是我的贵人。说完，一脸灿烂地冲苏北笑了一次。苏北还是第一次看见他有这样的笑容。

张大召在回来的路上冲苏北说：真是无官一身轻啊，以前活得太累了！总是想当官，以为手里有了权就有了好处，现在才觉得平平安安地活着才是最好的。原来的一切都是一场梦。现在梦醒了，什么都没了，也不用再担惊受怕了。平安是福！

张大召的话似乎在说给苏北听，又似在喃喃自语。

从那以后，张大召像换了一个人。有几次，苏北看见张大召从外面回来，手里还提着一捆菜。不执行任务时他就守在家里，坐在门前的一个小板凳上，一边择菜，一边等着夫人下班回来。傍晚时分，见到夫人远远地走过来，他喜滋滋地迎上去。不久，张大召的家里就飘出了菜香。

偶尔，张大召会端着一盘炒好的菜，给苏北送过去，满脸是笑地说：副站长，尝尝夫人的手艺。

晚上，张大召会陪着夫人，在重庆站的院里院外走一走。人们就一脸羡慕地说：大召啊，你这小子这日子可真滋润。

张大召不说什么，只是幸福地笑一笑，牵起夫人的手，样子很是恩爱。

晚上，办公室季主任给苏北送来了一只西瓜，季主任小声地说：真羡慕大召两口子。

苏北说：你们好像和以前都不太一样了。

季主任就叹口气：苏副站长，你可能不知下面人是怎么想的，现在的大家都怕出错！有时候还真怀念吕站长在时……

苏北知道季主任想说什么，季主任不是说吕站长有多好，虽然吕站长也拉帮结派，好处自己一样没落下，但对别人有时候也是睁一只眼闭一只眼的，多少还留下点儿发财的机会，自己吃肉，也让别人喝汤。

原以为吕站长倒台了，换上个新站长，一切都会好起来。谁知，自从朱先海和马特派员来了，两个人的做派还不如吕站长在的时候了。他们对站里的人毫无信任，防贼似的对待着每个人，自己的贪欲却又清楚地写在脸上，伸出的手比谁都长。

季主任就说：还是大召聪明，与世无争，只有这样才能平安。副站长，我跟你说句实话，我这个办公室主任也不想干了，躺平多好，像大召一样。

季主任和苏北又说了几句闲话，就唉声叹气地走了。

几天后，朱先海的一个电话把苏北叫到了自己的办公室。他让苏北看了一份名单，这是一份人事调整的名单。除了保密室的主任没有涉及，其他各科室的负责人都换了一个遍。

朱先海就说：我来到站里观察了很久，对这些人早就不满意了。新人就要有新气象，这些蹲在茅坑不拉屎的，对党国不忠的，都该换一换了。

他想通过换人的计划把重庆站重新洗一次牌，让所有新提拔起来的人对自己效忠，这些都是官场的老套路了。

苏北不想在人事上和他有更多的纠缠，就点点头：这些人你要信得过，换就是了。

朱先海听了，满意地点了点头。

5

朱先海还没来得及执行他的清洗计划，吕站长突然杀回了重庆。

重庆站的人谁也没有想到，消失一个多月的吕站长，还能大摇大摆地出现在重庆站！而陪同他又一次出现在人们视线里的，是重庆警备区的关司令。

那天清晨，重庆站的人们刚从食堂吃饭出来，有的在院子里遛弯儿，有几个人准备去办公室，还有人正在食堂门口抽着烟，一切都和往常一样。

突然一列车队，浩浩荡荡地驶进重庆站院内。门口的卫兵还没来得及反应，五六辆大小车辆，一头扎在办公楼前。

就看见吕站长从一辆小车里出来。他背着手，鼻梁上方还架了一副墨镜，身后是两个荷枪实弹的士兵。

警备区的关司令也从另一辆小车里走出来。

张大召在家吃完饭，得意地哼着小曲儿，正走向办公楼，看见了横冲直撞驶进来的车队。从车队驶进院门的那一刻起，他就从车牌上认出来是警备司令部的车。他以为是找马特派员或者朱先海公干的，就有意放慢了脚步以示避让。他刚在楼角停下脚步，就看到了车上走下来的吕站长。那一刻他以为自己在做梦，伸出手拍了拍脸，又捏了捏自己的大腿。吕站长扭头，先发现了站在一旁的张大召，像以前一样命令道：张队长，通知站里少校以上军官到会议室集合，关司令要宣读国防部的命令。

张大召反应了一会儿，才应了一声：是！

命令是由关司令宣布的。

这是一份国防部的任命，任命吕站长为重庆站督军，吕站长的新职位自然不再归保密局领导，直接由国防部直管。

这一消息，就连手眼通天的马特派员都不知道，更别说其他人了。所有的人都被这次意外的人事变动击蒙了，尤其是朱先海。当关司令宣读完国防部的任命，他接过那份任命书在手里研究了好半天。

接下来，就是吕站长讲话。

他站在会议室，身边是关司令，还有那两个贴身持枪的警卫。此时，他已经把墨镜摘了下去，嘴角微微上扬，用目光把在场的每个人都扫了一遍。在扫视过程中，尽量做到和每个人都有短暂的目光交流，用意明显，他是在向重庆站的人示威。扫视一圈之后，才清清嗓子，终于说：任命大家都听到了，我现在、此刻是国防部任命的督军，以后请叫我吕督军。说罢，目光又在众人脸上扫视了一圈，然后仰起脸，目中无人地说：列位，现在是非常时期，全国都进入了战时状态。督军督军，在战时手握生杀大权，对那些贪生怕死的人，斩立决！对党国心怀叵测的人，斩立决！对临阵脱逃的人，斩立决！……

吕督军气势如虹地说了几个斩立决之后，在场所有的人鸦雀无声，大眼儿瞪小眼儿地一齐望着吕督军。

马特派员和朱先海的脸立时就绿了。吕督军那铿锵有力的几个斩立决，似乎句句都冲着他们而来。马特派员是代表保密局来到重庆的，吕督军则代表的是国防部。事前却又一点儿消息也没有透露，看来国防部这次的保密工作非常严密。

吕督军似乎看出来了两人的不安，嘴角的微笑更加夸张了，他依旧半仰着头，冲着空气说：这次我来重庆是空降，保密局事前并不知晓。国防部关于我的任命，现在应该已经到了南京的保密局。说到这儿，他把目光落在马特派员的脸上，更加趾高气扬起来：马特派员，你现在可以打电话向南京保密局确认，看我的任命到了没有？

马特派员的身子动了一下，刚做出向外走的动作，立马又收住脚，皮笑肉不笑地说：督军这么大的事，想必谁也不敢造假。何况还有关司令到场。

一旁的关司令，样子似乎有些不耐烦，吕督军就又简单发表了几句感言便草草收场了。

一离开会议室，马特派员便把电话打到了南京。虽然吕督军回到重庆已经成为事实，但他仍然心存侥幸。电话的反馈并不乐观，保密局的人告诉他，不仅重庆站来了督军，其他几个重要站点，也被国防部的人直接安插督军。就在刚刚，保密局也宣布了全国进入战时状态，一切都被国防部接管了。毛局长在电话里让他火速回南京复命。

吕督军杀回来的第二天，马特派员收拾行囊，登上了回南京的客船。行前自然和朱先海有一番交代，至于姓吕的是怎么回来的，到底又走了什么样的门路，靠山是谁？现在一切还都是谜，他让朱先海不要轻举妄动，待他回到南京打听清楚再做打算。

朱先海虽然在国防部的官场历练这么久了，还是被眼前的突然变故弄得云里雾里，摸不着北。他们重庆二处是国防部特殊的存在，事前竟然也没有从国防部那里得到一丝半点的消息。他这才意识到，姓吕的一定来者不善。想到这儿，他心里有些虚了，让姐夫马特派员在南京一定要摸清楚情况，好为自己的下一步计划做打算。

吕督军要的就是这样的效果，趁其不备，出其不意。他要让所有重庆站的人都没有了回旋余地。回南京，他最大的收获就是攀上了国防部次长郑介民的高枝。之前他和郑介民也有过交集，郑介民曾做过保密局的第一任局长，因为错综复杂的人事关系，他还是把这个位子让了出来。虽在国防部挂着次长的头衔，人却处于赋闲状态。他对毛人凤的做法一直心中不满，怎奈自己有职无权，一直憋着找机会要出了这口恶气。

这一阵子郑介民也没有白在家里待着，他和蒋经国建立了联系。在这样的背景下，他再一次出山，负责国防部各路督军。

郑介民出山前，吕站长就回到了南京。无路可走的吕站长，想起了久未走动的郑介民长官。他把从重庆带回去的"硬通货"，一股脑都献给了郑长官。郑介民面对昔日的下级如此破费，也动了恻隐之心，让他在南京等待时机。正巧，在这个特殊时期，他这个次长又一次受到重用，便毫不犹豫地把吕站长以督军的名义派到了重庆。

再一次回到重庆，吕督军的心境已经不是以前的吕站长了。自己现在是督军，手里可是有了生杀大权，从此便不再正眼看人。

6

吕督军从天而降，打了朱先海一个措手不及，他的人事调整计划也被吕督军以战时一切皆以稳定为理由否定了。

朱先海原计划在马特派员的帮助下，对重庆站来个彻底洗牌。人还是那些人，事也是那些事，但他把人事牌洗了，那可就大有讲究——新提拔起来的这些人就变成了自己人。如果人事牌不洗，就没人领他这个情。人总是要得罪的，那些被免职的肯定会恨他，但对他来说并不妨碍什么。而那些经他一手提拔的权力在握，他得罪几个失势的又能怎么样？还不是在他手底下讨饭吃！自己手握重庆站的生杀大权，想必这些下台的人也闹不出什么幺蛾子来。

当然，这些被他免职的，大部分也都是吕站长提拔起来的。他要彻底肃清吕站长的余毒，换成自己的人。

关于人事调整的小道消息，早就在站里传开了。大家多有怨言，但谁又能奈何新站长呢？一朝天子一朝臣，这是老祖宗留下来的规矩。令人没想到的是，吕督军从天而降，彻底打乱了朱先海的算盘。

吕督军在重庆站的威信一下子高涨起来。

他还是住在原来的地方。这阵子，他家的门槛儿都快被重庆站的人磨平了，前来探望者络绎不绝。

吕督军眼看着自己的小金库又日渐丰盈起来，他从没有这么志得意满过。这些人，私下里绕开朱先海，打着请示工作的名义上门拜访。上班时间，大家也都是直接奔到他的办公室领命。

重庆站的局面一下子微妙复杂起来。

这天下午，吕督军把苏北叫到自己的办公室。

吕督军回来时，原来的办公室已经被朱先海占据了。他命人在一楼收拾出一间办公室，比以前的还要宽敞明亮。

苏北的到来，让吕督军又恢复本色。他握住苏北的手摇了又摇，很有城府地说：苏副站长，在南京咱们就有言在先，我说什么来着？这叫三十年河东，三十年河西。我又回来了，哈哈哈——

说完，他朗声大笑。

待苏北入座，他收起脸上掩饰不住的狂妄，问：张大召因为什么事被姓朱的给免了职？

听了苏北的陈述，吕督军就拍着自己的大腿说：胡闹！大召这人我了解，他对党国忠诚，这些年来在重庆站忍辱负重，这样的人都不用还用什么人？

吕督军当即决定，恢复张大召执行队长的职务。

张大召又重新担任了执行队长。

这一任命，不亚于一颗炸雷，把重庆站颠覆得七零八落。朱先海处心积虑的计划，彻底被吕督军粉碎了。

朱先海做梦也没有想到，半路上会杀出来个吕督军，一时间有些措手不及。他焦灼不安地等待着姐夫马特派员的电话。

马特派员回到南京后，果然雷厉风行。他很快就查出了吕督军此次能回到重庆的来龙去脉，并电话告诉了朱先海。没想到，吕督军竟傍上了郑介民。郑介民虽然被委员长革了保密局局长的职务，挂在国防部只是个闲差，但是瘦死的骆驼比马大。现在，全国的局势也不比从前，委员长正是用人之际，郑介民又杀了一个回马枪，也在情理之中。

打狗看主人。吕督军傍上郑介民，主人硬气，这咬人的狗也就不好打了。朱先海明白，别看吕督军这次回到重庆气势汹汹，但暂时还不能拿他怎么样。现在的局势这么乱，说不定哪一天，重庆站就又变天了。马特派员特意在电话里告诉朱先海，让他夹起尾巴隔岸观火，静等翻盘的时机。

几个回合下来，吕督军兵不血刃地又牢牢地把重庆站的权力抓到了手里。他现在志得意满，可以翻手为云，覆手为雨，小恩小惠地就把张大召变成了自己人。这次落马后，再回南京，几乎花光了所有的积蓄。他只能把最后的宝押在了郑介民的身上，结果竟让他赢了。

这次回南京，他还有另外一个重大收获，那就是看清了局势。国民党军队节节败退，天下鹿死谁手还真不好说。南京的那些有权有势的大员们也都是人心惶惶，明里暗里都在为自己的将来做打算。守在长春的郑洞国向共产党的军队举起了白旗。整个东北沦陷，现在共产党的部队正在向天津和北平集结，要是北平也失守了，天下归谁还真的不好说。这次回到重庆，他做了两手准备。无论进退，以他现在的督军身份，进可攻，退可守。万一失败，他也要早做准备，把失去的捞回来。现在南京的许多人，把自己的家眷和资产都转移到了台湾，人人都做好了两手准备。

他知道，以前的张大召对自己并不感冒，自己的失势也与张大召有关。此一时，彼一时也！在他的主持下，张大召又恢复了执行队长的职务，自是感激涕零。他了解张大召，贪心不足蛇吞象，他要利用张大召的贪念为己所用。经过这么一番折腾，站里几乎天天晚上都有人往他家里跑，一个个都会来事得很，乖乖奉上钱财，作为欢迎他的见面礼。很快，他的财库又渐渐充盈起来。

吕督军意外从南京得到消息，朱先海是靠了马特派员上位，并且两人还有着一层特殊的关系。有了郑介民做靠山，他压根儿不再把马特派员放在眼里。毛人凤虽然在保密局还能做到一手遮天，但在战时状态下，保密局和督军之间的地位开始发生微妙的变化。此时的吕督军，腰板儿硬气得很，有督军二字的加持，他也不再把朱先海放在眼里了。

7

苏北隔上几天，就要给远在南京的梦瑶打个电话。之前这么做是为了不引起怀疑，既是演戏，他就要把苏南的身份演绎得滴水不漏才能保证他们的安全。

现在不一样了，不仅仅是为了演戏，更重要的是顾及彼此的安全。只有互通电话，才能知道对方的安危。每次打电话，都是先接通重庆站的总机，再接通南京国防部的总机，最后才转到政府机关的保密室。梦瑶告诉过他，保密室的打字员一共有三个人，两部电话。电话接通后，差不多每一次都是梦瑶接听的。他们对彼此的声音已不能再熟，那边刚喂了一声，他就接着自报家门：我是苏南。然后，两个人就聊会儿家常，说说孩子的情况或南京的天气……他也会讲讲自己对娘俩的思念和重庆热辣的火锅。

他们的电话内容经得起任何人监听。最开始时，两人通电话时经常会出现间断的杂音，很快就消失了。后来，才意识到是有人在监听，他吃不准电波是来自南京还是重庆。但不管怎样，他们总是把家长里短说得滴水不漏。

如果说，以前的通话，苏北更多是出于身份的掩护，毕竟要扮演好哥哥苏南的角色。自从上次回南京，苏北的内心开始有了微妙的变化——他开始对南京的嫂子和侄女牵肠挂肚。

　　他记得有一天晚上，自己睡在另外的房间里，南南突然醒了，哭喊着要找爸爸。她一定是在睡梦中梦到了爸爸，面对哭闹的孩子，嫂子只好打开灯，把南南抱到他的床前。南南抱着自己的枕头，不由分说地爬到了他的床上，伸出一双小手，死死搂着他的脖子。嫂子站在床下，无奈地叹了一口气。从那天以后，怀南经常在夜里找他。

　　一个女人带着孩子过日子总有不方便的时候。有一天，他看见嫂子买米回来，拖着沉重的米袋，一点点挪着。他忙过去帮忙，嫂子没说什么，看着他把米袋搬到屋里。他猜想，哥哥活着时，嫂子身边一定有他忙前忙后的身影。如今单薄娇小的嫂子，却独自艰难地撑着这个家，他心里一阵伤感，总也不是个滋味。

　　他们再通电话时，内容不知不觉地就发生了变化。他惦记着窗子有没有漏雨，孩子有没有长高，嫂子身体如何，瘦了还是胖了……

　　上次回南京，嫂子告诉他，自从苏南牺牲后怀南就经常发烧，每次发烧，就胡言乱语地喊着要爸爸。他心里明白，孩子不适应爸爸不在身边的日子。望着小小的怀南，他就会想起哥哥，心痛得针扎一般。

　　从南京回来，他总是会想起怀南。每次和嫂子通话，怀南就成了他们的话题中心。他知道嫂子肩上的担子有多重，不仅是家务，照顾孩子，还有组织交给的任务。他在南京的几天时间，发现嫂子总会在半夜里爬起来，躲到洗手间里，用隐形药水把白天接触到的文件写出来。每次传递这些文件时，嫂子会提前出门，抱着孩子，把重要的消息送到接头地点后，再把孩子送到幼稚园，自己才赶去上班。

　　他想象不出嫂子小小的身躯里，竟然藏着这么大的能量。他帮不上忙，只能叮嘱嫂子多加小心。看着嫂子坚定而义无反顾的样子，他真想替嫂子完成任务，可他知道纪律不允许多问、多说一句话，他只能暗自祈祷着嫂子和侄女的平安。

回到重庆的最初几天，他经常晚上做梦，梦见怀南就睡在他的怀里，一双小手死死搂着他的脖子。梦里醒过来，他下意识地伸手在床上去寻怀南时，摸到了枕头，发现竟被自己的眼泪打湿了。他清醒过来，呆呆地坐在黑暗里，想象着睡在梦瑶身边的怀南，似乎又听见了怀南找爸爸的哭喊声……

当他又一次和梦瑶通话时，耳边传来了连续三下敲击听筒的声音。这是他们第一次在重庆见面时就定下的暗号，遇到危机时就用这种方式通知对方。

听着隐在平稳语速下若隐若无的敲击声，他的心猛地沉了下来，二人心照不宣地聊着闲话，只在挂断前约定明天再聊，以便确认梦瑶的安全。

放下电话，苏北感到一阵心悸，他深知作为地下工作者，梦瑶是他的前辈，不知发生什么竟令如此老练沉稳的梦瑶警惕起来，还第一次动用了他们之间的暗号传递消息，足见事情紧迫。

因为他们特殊的工作关系，他和梦瑶被紧密地绑在了一起，成为地下情报网中两条不具名的经纬线，彼此并不清楚对方情报线的上下级与内容，这也正是地下工作的复杂之处。但凡联络线上的一个环节出现了差错，整条联络线就不再安全了。敌人只要破坏掉联络线上的任何一个节点，导致有人暴露身份而被捕，那么按照地下组织的原则，其他环节上的人要么立即转移，要么停止所有工作进入待命状态。

不论梦瑶遇到了何等麻烦，他也只能在等待中煎熬着。

那天晚上他几乎一夜没睡。

第二天，在他的殷殷期待中总算等来了梦瑶的电话，当接通保密室的那一刻，他的一颗心直蹦到嗓子眼，等听筒里传来梦瑶熟悉的声音时，他都一时发不出声来。

这一次通话，他们还是说着怀南发烧的情况，她说怀南的烧还没退，谈话间，又是连续三下的敲击声传来，他知道，梦瑶的危险还未解除。他真想把自己变成音波，从电话的这一端飞到南京去，回到梦瑶的身边。尽管知道自己帮不上她，但这样抓心挠肝的痛苦他一刻也无法忍受。

第七章

0

1985年，苏北和梦瑶先后退休。

苏北比苏南小一岁半，和梦瑶同岁。

两人退休不久，省里新成立的安全厅的同志就登门拜访了他们。以前，过年过节也总有公安部门的同志上门探望。每次有公安人员上门时，他们都会借故把怀南和忆北支开。总觉得上级来人，不便有外人在场，即使是家里人。

每年，总有几次穿着公安制服的人上门，就难免惹得邻居们用好奇的目光审视、打量。他们从不在邻居面前说什么，平静地迎来送往着公安局的同志。

忆北还在上中学。有一次，公安局的人离开后，他兴奋地问他们：爸、妈，这些公安的同志，你们是怎么搭上的？关系铁不铁？

苏北对儿子的问话有些不满，一个中学生怎么张嘴闭口的就是关系？这让他又想起了在重庆站的日子，无论职务大小，都是靠了关系生存。儿子年纪不大，怎么就学会了社会上那一套！

苏北支吾着：这些人是爸爸以前的同事，好久不见，到家坐一坐。

忆北就说：等我以后工作了，你们能把我介绍给这些警察朋友吗？当警察是我的理想。

梦瑶听不下去了，就板着脸训斥儿子：你的工作由组织负责，我们怎么好麻烦这些朋友。

忆北就翻着白眼儿，晃着脑袋，一脸的不屑：那你们认识这些朋友有什么用，我同学的父亲是公安局的处长，他说了，毕业后就进公安系统。

苏北立时严肃起来：他是他，你是你，咱们不和人家比。

忆北就一副意难平的样子。

忆北高中毕业的那年春节，又有公安局的人上门拜访，他们毫无例外地把忆北支开了。

公安的同志离开时，他们把公安的同志送到了楼门外。没有想到忆北并没有走远，一直等在门外。见到他们，忆北冲了过来，冲几个公安局的同志说：你们是我爸妈的朋友吗？

一位领导怔了一下，望着苏北和梦瑶。

苏北就有些尴尬地介绍道：这是我们的老二，叫忆北。说完，冲忆北说：问叔叔好。

忆北对着几个公安局的同志认真鞠了一躬，抬起身道：既然你们是我爸妈的朋友，那等我高中毕业了，你们能不能帮个忙，把我分到你们公安局？

其中一个领导模样的人，伸出手，在忆北的后脑勺上轻拍了两下，看了一眼梦瑶和苏北，温和地留下一句话：不错呀！这么小的年纪就有理想、有抱负，我一定把你的想法转告给领导。

梦瑶上前扯住儿子的衣角，怪他话太多。

送走几位公安局的同志，回到家里，两人把忆北好一顿数落，说他不懂事。从那以后，苏北就多了心事，总觉得忆北生在新中国，长在红旗下，不该有这样的复杂想法。他甚至责备自己，怪自己没有教育好儿子。

说者无心，听者却有意。就在忆北毕业前夕，真的有一位公安局的同志找上门，告诉他们，经过领导批准，忆北毕业后可以在公安局工作。

他们想都没想就摇头谢绝了，这点小事怎么能够麻烦组织呢？他们真诚地冲热心的公安同志说：按照组织的规定，女儿已经下乡了，儿子是可以留在城里的，由街道和区里统一分配，儿子工作的事就不麻烦公安局的同志们了。

公安局的同志就说：当年你们冒着风险在地下工作，我们的领导也很体谅你们。这么多年，你们都没有向组织提出过任何要求。现在，孩子马上毕业分配了，我们理应照顾。

无论公安局的同志怎么说，他们都觉得违背了原则，一遍遍婉拒着。

公安局的同志就拉着苏北的手，感慨道：你们出生入死，就是为了新中国！感谢你们对组织的信任，你们的孩子理应得到组织的照顾。在孩子问题上，请你们千万不要客气。

两个人听了公安同志的话，头摇得跟拨浪鼓似的，在儿子工作的问题上始终坚持自己的原则。

忆北最终还是被街道安排了工作。

忆北为此和他们闹了好一阵子别扭，怪他们毁了自己的梦想。不管儿子怎么闹情绪，他们就是不松口。在他们的心里，组织能让儿子留城就已经对他们很照顾了，他们怎么能为了儿子的工作去搞歪门邪道呢？

他们退休了，安全厅的同志又一次登门拜访，当着他们的面说了许多慰问的话。最后，又特意强调，尽管他们退休了，但作为党员，还应该一如既往地严格要求自己，不该说的不说，涉及组织的机密依然要保密……

这些规定，不用交代他们都懂，且已经严格遵守几十年了。

从解放后开始工作，再到退休，身边几乎没人知道他们曾经的工作经历，包括二人工作的原单位。档案中涉及解放前的那一段也都由组织改写了。于是，他们和普通人一样，年轻时被同事们称为师傅，上了年纪就被老苏、老梦的那么叫着。他们早已经习惯了这一切。

在岁月的长河中，似乎也把自己曾经的经历忘记了，就是在家里，他们之间也闭口不提当年的往事。有时遇到绕不开的话题，在没有外人的情况下，他们也会蜻蜓点水般地说几句，然后很快岔开了话题。

重庆解放那年，怀南已经五岁了，她对父母的过去是有一些记忆的。上小学和初中时，会经常提起自己小时候的事，不解地问苏北：爸爸，当年你的工作为什么不在南京？每次遇到孩子这么问，两人都是含糊着应付过去。时间久了，女儿也似乎对过去的话题没了兴趣。

解放后，这座城市建起了烈士陵园，组织以烈士的名义把苏南的墓地迁到了这里。迁墓的那一天，怀南也在场。

谁也没有料到，怀南在以后的时间里会经常来到烈士陵园，站在父亲的墓前。上学后的怀南已经认识一些字了，她认真研究着苏南碑文上的文字。

有一次回到家里，她突然问起来：爸、妈，我今天去烈士陵园了，又见到了那位叔叔的墓碑。墓碑上的字我认识，上面写的也是苏南，和我爸的名字一样。说完，审视地看着两个人。

苏北和梦瑶没有想到怀南会自己去烈士陵园。他们快速对视了一下，然后就矢口否认了。他们的理由无外乎还是和过去一样，那里埋着的人是父母的朋友，名字只是凑巧重复了。

一直到怀南上了高中，每到清明节这一天，苏北和梦瑶两个人去墓地看望苏南，发现苏南的墓前已经放了几朵小花，这几朵小花都是路边正开着的，很普通。他们当时并没有在意，以为就是百姓缅怀烈士摆放在苏南的墓前。

那一年的清明节，怀南即将高中毕业。

他们又去墓地时，远远地发现了怀南的身影。走到墓地，两个人几乎惊呆了。他们又看见苏南墓地前，摆放着几枝小花。这才突然意识到，女儿长大了。尽管他们守口如瓶，但女儿该知道的，也许已经都知道了。

对于隐瞒怀南身世这一点，两个人的心里都不是滋味。但为了保守组织的秘密，这是他们必须要遵守的。只能硬下心来，不把话说破。而女儿知道了什么，又知道多少？他们只能佯装不知。

怀南也和以前一样，外表看起来并没有什么变化。但他们知道，彼此只是不想把话说破而已。

虽然退休了，但保密这根弦一时一刻也没有放松过。他们觉得保守的不是自己的秘密，而是组织的机密。

每次去外地旅游，只要离开这座城市，他们都要提前向安全厅的人报备。后来，厅里负责老干部的同志就和他们说：你们退休了，有自己的生活，也有自己的自由，你们不必这样。

多年养成的习惯，让他们一直坚持着外出报备，负责他们的同志也不再说什么，每一次都把他们的行程记录在案，然后再热情地把他们送出大门。

他们也说到做到，出去旅游散心，都会准时按照报备的时间出发和返回。有些记者和作家，通过组织找到他们，要写一写这座城市解放前的回忆文章，希望他们能提供一些当年地下工作时的细节。这些记者和作家也都是上级组织安排，提前和他们打好了招呼。但即便是这样，他们也是选择性地把一些当年的情况作了介绍，说到一些细节时，他们就变得沉默了。这是组织的机密，是他们攻守同盟了一辈子的秘密。无论记者和作家们怎么做工作，他们仍然闭口不谈。这些采访者就气馁了，一次又一次地失望而归。

他们一直觉得，不论何时何地自己都是组织上的人，在他们心里，遵循组织保守机密的原则，保守组织的机密比保护自己的生命还重要。

1

梦瑶的危险是由一片蜡纸引起的。

政府机关保密室的打字员一共有三人，除了梦瑶，还有两个年纪稍大一些的小杜和小梅。老式打字机，打字时需要把铅字从排列好的铅字盒里一个个拣出来，再打在蜡纸上。蜡纸经过油印后就成了文件。保密室的三个打字员，大多时候经手的都是不同内容的打印文件。

梦瑶想得到其他打字员打印的文件内容，只能通过察看打好的蜡纸，再快速地把有用的信息印在脑子里。打印的过程中免不了出现废弃的蜡纸，因为保密等级的需要，打坏的蜡纸也需要处理。打字员每天离开打字室时，都有专门的人员检查，不会让她们带走半片纸张，所有的废纸也会有专人来处理。

小杜工作的位置在打字室的最里间。

梦瑶趁小杜中途上洗手间的机会，把小杜废弃的蜡纸拿到了手里。小杜很快就从洗手间回来了，她没来得及再把这片蜡纸放回去。寻找机会时，小杜又接了一个电话，匆忙锁上门出去了。那片废弃的蜡纸就成了梦瑶手里烫手的山芋。一直到下班，小杜也没有回来。她只能通过去洗手间的机会，把那片蜡纸处理掉。

临下班，恰好赶上保密室主任带人过来处理销毁废弃的文件时，发现少了那片蜡纸。保密室主任当即派人把小杜找了回来，当面对质那片蜡纸的去处。

在这期间，梦瑶已经把蜡纸处理掉了。那片失踪的蜡纸找不到，这就给三个人带来了麻烦，她们同时被软禁在打字室里。

小杜发疯似的在自己房间里寻找，桌上地下找了几遍，仍然找不到。她急哭了。她的那份文件属于高级机密，是有关南京向台湾运送物品的清单。

梦瑶几乎把上面的内容都背了下来，有黄金古董，还有尘封的档案三百一十二卷……她知道机密对组织的重要，所以也练就了过目不忘的本领。只需扫上一眼，眼睛读到的内容就可以几乎完美地复刻在脑海里。

蜡纸的丢失，让几个打字员都脱不了干系。下班了，几个人却是急得团团转。她们家里都有孩子和老人，只能电话拜托邻居，请人帮忙去幼稚园接一下孩子。

几个人在办公室里滞留了整整一夜，仍然一无所获。

事件发酵了。先是惊动了国防部的二厅，派人分别找她们三个人谈话，折腾了一上午仍然一无所获。

梦瑶就是在这期间，给重庆的苏北打通了电话，打电话时仍然有二厅的人在场。她不知道当下的局面该如何收场。保密室以前也遇到过类似情况，但那时不是战时状态，保密原则也没有这么高，遇到找不到的纸张什么的，保密室主任也就是把她们训斥一顿，说几句下不为例的话也就过去了。可现在的情况不一样，她担心自己的失误会连累到苏北，甚至远在重庆的地下组织。

她第一时间就把危险的情报传递给了苏北,好让他早做准备。

二厅的人自然没有审查出什么结果。下午的时候,保密局的人就介入了。带队的人就是马特派员。他从重庆被灰溜溜赶了回来,人正抑郁着,机会突然就来了。

马特派员分别对三个打字员进行盘查审问,折腾到深夜毫无线索。那三架打字机无辜地静卧在那里,悄无声息地见证着眼前的一切。

梦瑶没有想到,自己的一时疏忽带来了这么大的麻烦。她一时心乱如麻,既想把自己得到的机密尽快传递给组织,又怕自己连累牵扯到苏北。

一连三天,她们都被限制在保密室里。几个人有家不能回,想着一家老小没人照料,又不知眼下的局势该如何收场,恐惧不安和担忧让她们一直哭哭啼啼。梦瑶也学着她们的样子,把自己伪装成无辜的受害者。

政府的打字室无法正常工作,待打印的文件已经堆积如山。

这件事惊动了朱秘书长。他亲自来到打字室,见到保密局的人进进出出、如临大敌一般。在了解事情的原委后,朱秘书长怪他们小题大做,下令把保密局的人赶了出去,这才让保密室恢复了正常。工作恢复了正常,丢失的文件却仍然没有找到。

马特派员就改变了侦破的方法,采取一对一式的跟踪。马特派员觉得自己无意中捡了一条大鱼,无论如何都要把这条大鱼逮到。既然在重庆没有扳倒苏南,那就在梦瑶身上打开突破口。即便和梦瑶没关系,逮到的不论大鱼小鱼,哪怕是只虾米也行。只要有功劳,就都是自己在毛人凤面前表现的筹码。

三个打字员暂时恢复了自由身,可她们的身后却多了保密局的尾巴。梦瑶仍无法把自己得到的情报传递出去,以前传递情报都是利用接送孩子的机会,把写好的纸条放到指定的位置。现在,她的身后无论何时都有一条尾巴跟着,就连她们工作时,保密局的人也一直在门外把守着,她们的每一个行动都在被监视中。她失去了传送情报的机会。

梦瑶有两次接完孩子,都看到身后跟着的尾巴形影不离。她试着走街串巷,向相反的方向走去。这期间还去了几家店铺,当她再次走在大街上时,发现那个尾巴仍然在身后,不远不近地跟着。

她心急如焚,情报无法传递出去,组织又联系不上自己,一定也会很着急。

她现在的一切都被人监视着,就是和苏北通话也会有人盯着。即使通电话时没有人监视,她也不能把自己遇到的麻烦在电话里讲出来。她只能用事前约定好的暗号进行沟通。希望苏北通过另外一个渠道,把自己被困的消息传达给组织。那几天,梦瑶吃不香,睡不着,做梦都是传递情报失败,她在梦里急得跑来跑去,不论跑到哪里都有人在跟踪她。

一次又一次地从梦中惊醒。暗夜里,她来到窗前,掀开窗帘的一角,发现依然有人守在暗影里。此时的梦瑶,只觉得插翅难飞。

2

苏北一连几天都接到梦瑶的电话。

她在电话里的声音很正常,聊聊孩子,说一些生活中的鸡毛蒜皮,这在别人听来,一切都再正常不过。但在苏北听来,他知道,她出事了。在每次通话中,她都要连续敲击三下电话听筒。经过一年多的历练,苏北深知地下工作的凶险。他判断,梦瑶一定是遇到了大麻烦，无法及时传递情报。看样子，她目前的工作生活还是自由的，只是无法传递情报。显然，她一定是被跟踪了。但具体是因为什么原因而被跟踪，他就猜不到了。

鸽子出事了，这是它在发出求救的信号！

鸽子是梦瑶的代号。看来，要把鸽子遇到危险的消息传递出去，只能通过自己这条线了。

梦瑶的代号是"鸽子"，这还是王特派员告诉他的。他自己的代号是"老舅"，想必梦瑶也知道。

他通过自己的联络站把信息传了出去。却不知道组织将通过什么样的方式来解决鸽子的困局？接下来，他只能在忐忑当中等待着。

梦瑶下班后，去幼稚园里接回了孩子。像往常一样，她牵着孩子的手，穿过一条并不宽敞的马路，再走进一条胡同，往前走上几个台阶，就是自己的家了。

苏南就是在这个台阶上被害的，她每次跨上这几个台阶，就会下意识地想起当年苏南遇害时的样子。有时候，她就牵着孩子的手，站在这里，痴痴地发一会儿呆。怀南就仰起一张小脸，催促着：妈妈，咱们该回家了。

孩子牵了她的手，向家的方向走去。这时她才会清醒过来，摇一摇头，把自己的幻觉驱赶走。

这条路她和苏南都太熟悉了。自从他们从重庆迁回南京住在这里，这条路就陪伴着他们。

苏南的影子无处不在。恍惚间，梦瑶觉得他仍站在不远不近的地方等着她。他微笑着走过来，接过她手里的东西，两人并肩向家里走去。每当这种情景浮现在眼前时，她就有种想哭的感觉。直到看着无忧无虑的怀南在她眼前奔跑，她才从恍惚中清醒过来。

就是在这几个台阶上，一个卖鱼的人拦住了她的去路，端起装鱼的筐，大声地说：太太买条鱼吧，新鲜的鱼，刚从秦淮河里打捞上来。

她起初有些抗拒，抱起怀南，想从一侧走过去。卖鱼的人突然低下头，压低声音：鸽子病了，老舅正在想办法救鸽子。

说完，又抬高了嗓门：太太，你就买一条吧，这鱼新鲜得很。

她抱着孩子，已经从卖鱼人身边走了过去。在听到鸽子和老舅的代号时，心里咯噔了一下。她一下子想到了组织，回过身来，望了一眼卖鱼人——这是一个三十多岁精瘦的汉子。她随意撩了一下头发，余光中就又看见了不远处跟着自己的尾巴。她急中生智地说：卖鱼的，我没带钱，你能等一会儿我吗？

卖鱼的微微一笑：这位太太不急，鱼卖不掉我就不会走。

梦瑶带着怀南急忙回到家里，她知道"老舅"在把自己被困的消息传出去后，组织派人来接头了。

回到家，她急忙用密写纸写好情报，带在身上，又找出了一些零钱。

卖鱼的已经为她挑好了一条鱼，用河草拴在鱼鳃上，她举着手里的一把零钱，大声叫道：卖鱼的，多少钱，你看看我带的钱够不够？

说完，把自己的一把零钱塞给了卖鱼的。卖鱼人抓过钱，冲她眨了眨眼睛，把鱼递了过去。她接过鱼的一瞬间，把写着情报的纸条用指尖儿塞到了卖鱼人的手掌里。卖鱼人低下头装作数钱时，她看到卖鱼人熟练地把那张密写纸塞进了自己的袖口。这时的她，才长长吁了一口气。她终于把攒了几天的情报传递了出去！这些情报都十万火急，为此，她已经几天几夜没有睡好觉了。

卖鱼人数完钱，又抽出两张递给她，也大声说：太太，找你的钱。说完，就要转身离开。

她说了一声谢谢，也想转身离开。那个盯梢的突然过来，冲他们俩大声地喊了一句：站住——

两人的目光一起望过去，来人先是一把夺过了卖鱼人手里的钱，一张又一张地抖开，仔仔细细查看了一遍。又抓过她手里的鱼，伸手在鱼嘴鱼鳃里一通鼓捣。她装出一副恼火的样子：这鱼我不要了，你们保密局的人也真是，买条鱼还检查。行了，你拎回去吧。

说完，她空着手就想回去。

卖鱼的人就喊她：太太，要不我再给你换一条吧？

她没再回头，装作生气的样子，径直走了回去。回到家里，站在窗边，向那几处台阶望去。那个卖鱼的人已经不在了，只剩下那个保密局的人提着那条鱼，沮丧地站在角落里。

她松了一口气，这些天来笼罩在心里的阴霾，一扫而空。再次和组织联系上了，能把情报传递出去，这对她来说是多么地重要。

第二天上班后，她用办公室的电话给重庆的苏北打了过去。

她轻松地和苏北聊着家常。她说起昨天买鱼的事，本想做给怀南吃的，却被猫叼走了。她说得轻松又诙谐，逗得苏北也笑了。

苏北放下电话，心头也不由轻松下来。他从梦瑶的口气里听出来，鸽子又重新展翅飞翔了。他知道，她一定是顺利地和组织上的人接上了头。

3

打字室丢失蜡纸事件表面上看似乎平息了，但保密局并没有就此放手，跟踪三个打字员的特务不仅没有撤掉，反而又增加了对保密室其他人的调查。

马特派员接到调查保密室三个打字员的任务时，以为自己捡到了一条大鱼。原以为面对几个弱女子，能轻易地有所突破，没想到却吃了个软钉子，只能采用跟踪的办法，希望可以有所发现。几天下来，却仍然一无所获。

马特派员把这一结果汇报给了毛人凤局长，毛局长自然也不满意，怪朱秘书长胡乱插手。现在是战时状态，非常时期，一切都应以大局为重。军方早已和政府暗中不和，政府在保密的事情上经常漏洞百出，军方却插不上手。上面又不分青红皂白，把漏洞后果的板子都打在军方的屁股上。

保密局也想利用这次机会在政府身上出口气，让政府丢一回脸。朱秘书长以工作为借口，不让继续深查。没有上头的命令，他们又不能驳了朱秘书长的面子。只能采取内松外紧的办法，把调查对象扩大到整个保密室。不仅对这三个打字员进行跟踪，对保密室其他的人也上了手段。

打字员小杜的丈夫是特勤局的一名少校军官，特勤局的任务是保卫蒋委员长的安全，是军方的特殊机构。

小杜的丈夫对保密局的行为大为光火。晚上喝完酒回来，见一个特务还在自己的家门口转悠，就喷着满嘴的酒气走了过去，一把抓住小特务的衣领子，两人口角起来，小杜的丈夫就借着酒劲儿，抽了小特务两个耳光。小特务当时心情也不顺，他已经连续值了几个夜班了，没有休息好，脾气就很大。见自己吃亏了，一肚子怨气没处发泄，当即掏出手枪，冲着小杜的丈夫就开了一枪，子弹不偏不倚打在了他的肩膀上。

身为特勤局的军官，哪吃过这样的亏，立即拔出枪还击。因为喝了酒的缘故，枪击的位置没轻没重，当场就把小特务给打死了。虽然死的只是个特务，保密局的人也不能白白吃亏，便让执行队的人连夜把小杜的家包围了。

特勤局的少校也不是好惹的,一个电话把自己的队伍召集过来,实施了反包围。

这一举动不仅惊动了国防部,也惊动了政府人员,他们派出各自的人马出面调解。半夜里闹出的动静,惊动了周围的百姓,好事者把事发地里三层外三层围得严严实实。

保密局的人不撤退,特勤局的人也不肯相让。一直坚持到天亮,直接惊动了国防部的何应钦部长。他来到事发现场,两拨人才心不甘情不愿地退场。

这件事既惊动了何应钦部长,本已软化下去的局面,又重新被搬到了桌面上。不仅引起政府的重视,也引起了军方的警惕。打字室丢失一张小小的纸片,本来不需要小题大做,以前丢三落四的事也是常有,只是内部警告,或者把怀疑对象调离工作,息事宁人的做法换来的是一派和谐的局面。可这次惊动了国防部的何部长,那就不是一件小事了。

三个打字员又被重新做了一次调查,自然还是没有什么结果。最后,国防部二厅和政府商议的结果是,把三个都有嫌疑的打字员全部辞退。朱秘书长也不想在这些小事情上招惹事端,做了妥协。

就这样,梦瑶失去了工作。然而,她失去的不仅仅是工作这么简单,最重要的是失去了情报的来源。组织培养了这么多年,长久以来,她一直都是顺风顺水,而许多国民政府的机要秘密,也都是通过她源源不断地传送到组织手里。现在,梦瑶失去了打字员的工作,就等于切断了国民政府机关的情报来源。

几天后,她在联络站接到了我方的指示:伺机而动,静心等候。

上级并没有责怪她,可她自己却不能原谅自己,是自己的工作失误造成了组织的损失。她想到了重庆的苏北,以前在保密室上班时,她总能隔三岔五利用保密室的电话与苏北交流。这种看似聊家常式的交流，其实也是在互报平安，同时也会减少别人对他们的怀疑。她被辞退后，家里的电话也随即被撤销了。

与苏北的联系不能通过电话联络，就只能用写信的方式。她知道他们的信件并不安全，也面临着被检查的风险。在信里，也并不能多说什么，内容无外乎仍然是家长里短。

苏北在梦瑶的来信中，得知她失去了打字员的工作，也意识到了问题的严重性，可惜自己又帮不上忙。那些日子，苏北的心情一直很沉重。

他来到重庆后，除了完成组织交代的任务，也还在不断收集军方的情报。重庆自从成了陪都后，一直是南京政府的政要和军方的大后方。随着战局的变化，军方在重庆周围不断有部队换防，虽然西南地区暂时无忧，但通过频繁的部队调动，也能感受到敌人在全国战场的动态。重庆站虽然不是部队的一线单位，但部队换防之类的消息，站里也会通过军方的渠道获得。还有保密局的内部消息，这些在敌人看来不经意的信息，对我们自己人来说就是天大的机密。他都要及时把这些消息通过联络站传递给上级。

他通过不同的消息源，关注着全国整个战局的变化。每一条好消息都让他振奋不已，一座又一座的城市被解放，眼见着半个中国都要解放了。他开始想象着战友们在战场上节节胜利的情景，想念自己的部队和战友，常常梦见自己与战友们一起行军和抢占高地，醒来心里却空荡荡的。

他的办公室里多了一张地图，那是一张全国的地图。他依据红色电台新华社报道的消息，一边察看着一座座被解放的城市，一边想象着南京和重庆解放时的样子。到那时，他就会接到归队的命令，回到老部队与战友们重逢，那该是怎样激动人心的场面呢！想到这些，身体里的敏感神经又在提醒他,他现在是以特殊的身份执行着特殊任务。经过这一年多的敌后历练,他学会了冷静和忍耐。王特派员曾告诉过他,地下工作者,最大的贡献就是忍而不发;在关键时刻,牺牲自己成就更大的胜利。

他觉得现在的自己就是忍者,等待着被点亮的那一刻。梦瑶已经失去了情报来源,他必须让自己更加谨慎行事,才能迎接最后胜利的曙光。

4

特务的身影又一次出现在梦瑶的视线里。

看来,虽然离职了,但特务们仍然没有放过梦瑶。

早晨送怀南去幼稚园时,特务如影随形。她回到家里,透过窗子仍能看到特务守在楼下。

梦瑶不知道另外两个打字员是不是也和她一样被人监视着。有特务跟着,她就不能去联络点与组织取得联系,更不知道组织是不是传递了新的命令。不能及时地与组织取得联络,这让梦瑶心急如焚。

情急之中,她突然想到了国防部二厅一处的副处长何伟。何伟以前与苏南关系不错,苏南在时他经常到家里来坐一坐。上次苏北回来时,请二处的人叙旧,何伟也在其中。看来,也只能让国防部的人来对付保密局的特务了。

联系何伟并不难,在国防部的大楼前,用门岗的电话与何伟通了话后,很快何伟就从大楼里走了出来。

梦瑶就把自己的处境和何副处长说了。就在他们站在国防部大门前说话的时候,特务仍然躲在不远的地方打量着。梦瑶说到委屈处时，忍不住流下了眼泪。何副处长听后，冲特务的方向骂了一句：妈的，太欺负人了！小梦，你别着急，苏南不在南京，但还有我们这帮兄弟呢！我就不信治不了保密局这帮王八蛋。

何副处长专门去了一趟保密局，找到了马特派员。

两个人平时也算熟悉，因为工作的关系也多次打过交道。出乎何副处长的意料，马特派员并没有买他的账，只是一口一个党国、时局、战时地打着哈哈。何副处长见马特派员并没有给自己面子的意思，转身就离开了保密局。

一天后，他冷冷地给马特派员又打了一个电话。在电话里，告诉马特派员，有一样东西要交给他。

马特派员知道，姓何的在自己这里吃了闭门羹，不会善罢甘休。想着自己并没有把柄落在姓何的手里，面对姓何的挑衅，自然也不会当缩头乌龟。

两个人在约定的茶馆见了一面。

何副处长也并不多说什么，拿出两张照片。一张照片上，一个男人在做吗啡交易；而另一张照片上，这个男人已经在国防部二厅的审讯室里。马特派员把这两张照片拿在手里，手就抖了，头上立时冒出了一层细汗。

何副处长就冷笑一声：这个人你不会不认识吧？

马特派员对这个人当然熟悉，这正是他安排的人。

何伟副处长面对马特派员的反应自是心中有数。虽然，国防部二厅的主要工作是以通信情报为主，但为了对付错综复杂的军内外情况，别说保密局，就是其他的军事部门他们也能插上一手。这个倒卖紧俏麻醉剂的团伙，他们早就摸清了底细，之所以没有收网，是想钓到更大的鱼。在他们的眼里，别看保密局的人看起来凶神恶煞，利用自己的特殊身份抓异己，滥杀无辜，可事实上，保密局早就成了某些帮派的帮凶和军阀手里的工具，为了自己的利益，一直打着保密局的名义唯利是图，无恶不作。

何副处长见马特派员手足无措的样子，就歪过头，看着他说：这人我们还没有审问，就等着你马特派员的态度。你看我们怎么审问他才好？

马特派员已经把额头上的汗擦了几遍，他默认地和何副处长达成了协议。

当晚回去，就把监视梦瑶的特务撤了回来。

梦瑶恢复自由后的第一件事，就是到联络站取回了上级的指示。

组织已经知道了她的处境，告诉她，接下来安心等待时机。

与组织取得了联系，梦瑶的一颗心也安定下来。可面对失去工作就等于失去情报来源的遗憾，让她深感自责，难以原谅自己。她不停地后悔当初的失误，如果自己能沉稳些，不要抱着依赖运气的侥幸，就不会出现这样的差错，让她与组织如此被动。

傍晚，她去幼稚园接怀南时，竟意外遇见到了朱秘书长的夫人。

梦瑶在浙江老家读书时，教导主任对他们这几个慈溪老乡也多有照顾。后来，朱秘书长调到了南京国民政府任秘书长，也几乎把浙江的班底都迁到了南京。

秘书长的夫人到南京后，便没有再继续工作。以后，又举家随国民政府迁到了重庆。刚到重庆时，他们这些慈溪人不习惯重庆的饮食，朱秘书长就经常邀请他们到家里，品尝夫人做的家乡菜。再回到南京后，大家住得更加分散了，来往也就少了起来。

这次偶然相遇，朱秘书长的夫人才得知梦瑶失去保密室的打字员工作，成了家庭妇女。夫人就问：你的事朱秘书长知道吗？

梦瑶抱着怀南，沉默着垂下眼睛，轻轻点点头，思忖了一会儿才说：是我不争气，让朱秘书长为难了。

两个人又聊了会儿家常，朱夫人就离开了。分手时还不忘叮嘱她：小梦，有空就到家里坐坐。

梦瑶抱着孩子，目送着朱夫人远去。

回到家里的梦瑶，总觉得这次与朱夫人的邂逅，是一次千载难逢的机会。她要想办法回去工作！要再次走进政府机关。只有在那里，她才可以获取组织需要的重要情报。她不能因为自己的疏忽，让组织遭受损失。

她不能再等下去了。

她决定亲自登一次朱秘书长的家门。

5

朱秘书长在南京的家，梦瑶以前曾去过一次。

那是她从浙江到南京不久，朱太太叫了几个同乡来家里包馄饨。他们也大都是朱太太曾经的学生。

大家一起边吃边聊，好不开心。后来，还坐在院子里聊起了在浙江上学的往事。转眼之间，几年过去了，现在回想起来，依稀觉得这还是几天前发生的事。

朱秘书长家离国民政府办公地并不远，只隔着几条街巷。国民政府迁到重庆之前，朱秘书长就一直住在这里。许多国民政府的要员都住在这附近。这里环境清幽，许多房子都是清代的建筑，青砖灰瓦映衬着更显不同。

梦瑶走过路口，眼前就是那片熟悉的建筑了。傍晚时分，正是人们吃过晚饭出来纳凉、遛弯儿的时间。她之所以选这个时间，是想着朱秘书长此刻一定也在家里。她名义上是来看望朱太太，真正的目的还是有求于朱秘书长。

走出巷口时，她被眼前的一幕惊呆了。

这一片房屋不再幽静，或许用混乱来形容才更为形象。不少卡车还有脚蹬的三轮车，停在一栋又一栋的楼门前。一群人正从房间里往外搬东西。她小心地穿过人流，找到了朱秘书长所住的那栋小楼。这里也有人在往外搬东西，东西零零散散地摆了一地。

她不知道这里发生了什么，顺着楼梯往上走去。她记得朱秘书长家住在三楼的左手边。她立在门前敲门。开门的果然是朱太太。朱太太吃惊又热情地把她让到了门里，更让她吃惊的是，朱秘书长家里也是一副要搬家的样子，大包小裹地码放在书房里。

朱秘书长在另外一个房间忙活着，见她来，只探出了一个头，打了一声招呼：是小梦呀！

朱太太在客厅里招呼着她，又从厨房里端了些水果出来。她盯着朱太太，一脸吃惊地问：怎么了这是？我来的路上看到很多人都在搬家，你们也要搬家吗？

朱太太就抿嘴笑一笑，坐到她对面的椅子上：梦瑶呀，你还没听说吧，政府的人都在把值钱的东西往台湾岛上倒腾呢！现在时局这么乱，总得给自己留条后路吧，谁知道以后会怎么样呢？

梦瑶敏感的神经猛地让她意识到了什么。

她最近闲在家里，也不断地听到坊间的各种新闻，说什么的都有。有人说蒋委员长要死守南京，也有人说，政府又要搬离南京了。她也通过报纸了解到外面的新闻，国统区报纸上的消息都是一片大好，不是消灭了共军，就是夺回了地盘，总之天天都是鼓舞人心的消息。南京人也能通过收音机接收到新华社的广播，新华社播发的消息就完全是另外的样子，随着锦州、沈阳的解放，整个东北也全部解放了。东北野战军一路挥师南下，直逼天津、北平两座城市。傅作义派出的代表在和共军谈判……

每次听到这样的新闻，她都激动得夜不能寐，想象着解放大军打过来的样子。如果南京也解放，全中国都解放了，那新中国又该是怎样的情景呢？她努力地想啊想，却怎么也想象不出更加具象的未来。想到牺牲的苏南，再也看不到这样的好日子，心里就涌起无限的悲伤，像潮水一样冲刷着她的心。

思念的眼泪，只有在晚上才可以尽情地流淌。

当亲眼看到政府的人都在忙着后事，她知道，离国民政府垮台的时间不远了。她的心又悸动起来。在这关键时刻，组织一定期待着她传出去的机密，可她现在却成了边缘人，无法传送出有价值的情报。想到这里，面对着朱太太的关切，眼泪忽然就止不住地落下来。她抹着眼角的泪水，向朱太太倾诉自己失业后生活的艰难，还要独自拉扯着孩子。朱太太毕竟是女人，很快就被她的情绪感染了。眼圈儿也开始泛红，当下就把朱秘书长喊出来，用家乡慈溪话对朱秘书长说：你说说你们这群大男人，欺负谁不好，就欺负梦瑶这样的弱女子。她可是我的学生，又是你把她带到南京来的。她现在这个样子，你到底管不管？

朱秘书长一边用毛巾擦着手，一边叹了口气：这都是内斗的结果，后来又有了军方的介入才变得复杂起来。其实不过就是丢了一张小小的纸片儿！政府天天发出去这么多的报告，都是废话连篇，哪有那么多的秘密。

朱太太也附和道：可不是嘛，整个江山都要丢了。就丢了一张纸片儿都能小题大做，你们这些大男人是吃饱了撑的，在那里斗来斗去的有什么意思？梦瑶一个人在南京带着孩子，先生又不在身边。就这样失业了，她现在连一分钱的薪水都没有，你说让她怎么过日子？有本事冲着共产党，干吗欺负个弱女子！老朱我跟你说，梦瑶是我的学生，她的事儿你不能不管！

朱秘书长背着手，在空地上踱着步。他一边点头，一边说：我来想办法。当时把她们几个女孩子赶出打字室，我就不同意。

梦瑶见该说的话已经说过了，就又换了别的话题。朱太太又向她打听了其他几个学生的下落，梦瑶就把自己知道的情况告诉了朱太太。朱太太就唏嘘感叹一番，梦瑶觉得自己该走了，便起身告辞。

出来时，搬家的几辆卡车轰鸣着开走了。留下满地的纸张，一股风刮过来，纸片在空中曼舞着。

从朱秘书长家回来没几天，梦瑶上午正在家里给怀南洗衣服，这时门被敲响了。

苏南牺牲后，就很少有人来家里了。她疑惑着打开门，却看到了政府办公室的书记员小崔。她和小崔不熟，但也算认识，平时在机关里碰上也就是点头之交。小崔站在门口，一副腼腆的样子，还没等她把小崔让进屋里，小崔就说：梦瑶姐，朱秘书长通知你去上班，就在我们办公室。小崔说到这儿就笑了：梦瑶姐，以后咱们就是同事了。小崔说完就告辞了。

小崔带来的消息并没有让她高兴起来。她的理想工作还是打字室，不是这份工作有多好，而是在打字室，她可以接触到第一手的文件和资料。如果仅仅为了一份工作，而失去了获取情报的机会，这样的工作对她来说又有什么价值？

她闷闷不乐了一整天。

第二天，把怀南送到幼稚园后，她还是去政府报到了。

走到政府的门前，看上去跟以前并没有什么两样，士兵和两只威武的石狮子守在门口。

她来到了政府机关办公室,接待她的是一位姓李的副主任。这位副主任以前也有过交往,李副主任没有过多地客套,把她领到一张办公桌前,交代道:小梦,这就是你的办公桌。你的工作,我和主任已经商量过了。目前大家工作上人手都够,你暂且先负责收发工作吧!等以后有了空出的位置,再给你慢慢调整。

梦瑶起初并不理解收发员的具体工作,做了两天之后才知道,所谓的收发员就是打杂的。到楼下去取机关的信件,然后按照不同的科室,再把这些信件分发出去。如果各科室有需要送出去的信件,她按时取回来,再交给定点来的邮差。这样的工作,对她来说毫无意义和价值。

又过了几天,她才知道自己也可以接触到政府机关机密文件。打字室每打出一份文件,油印好之后,都是要经过办公室再上传或下发的。她现在就是这些文件的中转人,按照规定和要求把这些文件分发给需要的部门。

她又有了接触文件的机会!梦瑶高兴得几乎要跳起来。

每次拿到文件,她都会一目十行地把它们印在脑子里。多年的打字员经历,练就了她的眼力和心力,在一份厚厚的文件里,她只要翻过一遍,就能把最核心的机密内容复刻在脑子里。

从开始接触到这些文件开始,她整个人都变得积极充盈起来,心里激动得像揣了只活蹦乱跳的兔子。与打字员相比,接触机要文件的机会也更为广泛。

6

时间进入到了1949年,世界陡然剧变。

国民政府机关往来的文件堆积如山。梦瑶为了分发,有时一天会跑上好几趟。面对纷乱如麻的文件,她要在纷乱中的境况中捋出头绪,找到最准确的信息传达并不是容易的事。首先要快速地阅览,抓住文件的主题,剔除掉没有价值的内容,再把有用的情报快速地记在脑子里。但速阅虽然便于记忆,可她时间有限,当天的信息必须即刻传达,这时她就会利用卫生间的单人隔间,尽可能地拖延时间,给自己一点消化内容的机会。出于安全考虑,组织并未给她安排微型照相机,只能全凭记忆。

在打字室时,一份文件会打上很久。文件打完了,该记下的内容也已烂熟于心。回到家里,再把文件上的要点记录在密写纸上,利用接孩子的时间,抱着孩子做掩护,把情报放到接应点就算完成任务了。现在跟以前迥然不同,文件繁杂,信息广泛,记住核心要点的同时,还不能把这些消息搞混。机密文件里涉及大量的时间、地点和人数等要点,都是需要她特别记忆的。

苏南牺牲后,苏北代替苏南去了重庆,她就像失去了自己的左膀右臂。以前传送文件的任务都是由苏南完成,苏南不在了,只能是她完成这样的任务。组织也是为了安全的考虑,和苏北一样,只给她指定联络地点。唯一的一次和自己的同志接触,就是上次那个卖鱼人。事后,每次她想起那位同志的音容笑貌,都觉得是那么地温暖。她知道,现在的自己是孤军奋战,但想到组织在急切地等着她的情报,她能做的就是像海绵一样,把有用的情报吸在自己的脑子里。

机关往来的文件让她应接不暇。

回到家里,她都要把这些文件重新梳理一遍。特别是那些地名和数字,她知道绝不能有一点的错漏。一字之差,谬误千里。然后,再把这些有用的信息,写在小纸条上。接下来,就是找机会把这些情报送到联络点。

联络点是再普通不过的接头地点了,有时在某公园的长椅下,或者是医院门口的垃圾桶、某棵树下。她的接头地点会经常发生变化，由上线提前通知。但不管怎样，她总是能准确无误地把情报传递出去。每送出一份情报，她都从内心里为自己感到欣慰。

梦瑶从国民政府机关往来的文件里，预感到南京解放的日子正在悄悄地临近。比如政府机关在不断地下发搬迁和撤离的命令，全国各地没被解放的省份，也不断地在收缩调整；人员往来的变化，无一例外都在证明一件事，国民政府的日子越来越不好过了。

国民政府机关的人员也在发生着悄然的变化，那些平时泰然自若的官员们，早已没有了往日祥和的面容，每个人都很焦虑不安。他们不停地相互串着办公室，交流打探着各种信息，脸上挂着茫然和自危。有人担忧，就有人窃喜，那些窃喜的大都是一些无权无势的文职人员，他们平时看惯了也受够了这些大人物的贪腐，巴不得国民政府早些垮台。江山既不是他们的，垮不垮台又与他们有什么关系呢？他们就是些社会上的小人物，没有呼风唤雨的本事，只能期待着改天换地，换个新政府，或许能让他们的小日子好过一点。

于是乎，国民政府机关里就呈现出两拨截然不同心态的人们，一部分人寝食难安，如热锅上的蚂蚁；更多的人，则是一副隔岸观火的姿态。

这天，梦瑶上班时，发现国民政府的大门口突然就多了些警卫，大厅也里三层外三层地被包围了。

她从办公室同事的嘴里打听到，一大早，就有人发现大厅里竟然挂起了一条横幅，横幅上写着"我们都是带路党"的字样。虽然只是一条横幅，政府机关上下却如临大敌，调动了军警把大楼团团围住，一帮人开了半天的会，琢磨来琢磨去，仍是对始作俑者毫无头绪。

最后只好把横幅没收，留下少量的人员继续盘问。

由于军警的介入，整个机关大楼都笼罩在一种紧张的氛围当中。

她看到更多的人，表面上还是一副麻木的表情，但在伪装的背后却透露着一丝丝的窃喜，仿佛在期待着什么。

梦瑶每天都会在孩子睡着后，偷偷地打开收音机。收音机是苏南前几年在重庆买的，他们经常躲在防空洞里，抱着收音机上上下下地找寻信号，时常入耳的却是关于日本大轰炸的消息，有时城里的防空预警通报不及时，就会通过电台进行广播。那时，几乎家家都会备上一台收音机。

从重庆搬回到南京，一路颠簸，大部分东西都被留了下来，只有这部收音机，梦瑶一直带到了南京。没有了敌机的轰炸，他们就会收听一些新闻，像国共合作破裂，内战全面爆发等消息。有些消息听起来完全是用了一种很含混、模棱两可的公关说法。但时间久了，他们也能在只言片语里拼凑出一些真实的信息。比如，国民政府机关某个大人物的升迁与降职，或是为某一次会议造势。

国民政府机关的首脑人物，为了推行新政，都会事先在新闻里提前造势。新闻就成了国民政府的晴雨表。苏南每天都要习惯性地坐在收音机前收听新闻，同时也鼓励她：以后你也要多听，新闻就是政治，就是情报。以后，每当苏南听新闻时，她也会凑过去，然后与苏南一起作一些研判和分析。渐渐地，她也能从这些废话满天的新闻里，找到自己想要获取的信息。

苏南不在了，现在就剩下她一个人了。她仍然保留着收听新闻的习惯。她不断地调换频率，搜索着新华社播发的新闻。每次听到新华社的新闻，都有一种回家的感觉。听着广播员亲切激昂的声音，觉得自己仿佛穿越了——来到了那一片崭新的改天换地的世界里。

她没有在解放区工作过。自己所了解的解放区，都是通过一些油印的小报。这些小报作为红区的资料，出现在政府机关也并不鲜见。

机关里还有专人负责研究这些红色小报上的信息，来对付共产党。这些小报在她和苏南的眼里，就是从老家寄出来的一封封家信。他们读着，感觉竟是那么地亲切。时间久了，脑海里就呈现出解放区新世界的美好图景。那里的天空，明朗祥瑞；那里的人们，平等互爱，没有贪腐和特权，所有人的脸上都挂着平和与美好……

听着新华社播报的新闻，她的心情又波动起来。解放军高歌猛进，国民党军队节节败退，解放的城市和土地也在不断地扩大着。结合国民政府当下的所作所为，她预感，离全国解放的日子不远了。

解放军的脚步在迫近。有几次，甚至在梦中都隐约传来了解放大军隆隆的炮声。夜里醒来后，她泪眼婆娑，久久不能入睡。她想与人分享自己的喜悦，伸手摸向枕边，却空空一片，心上一阵痉挛。漫漫长夜，梦瑶只想抓紧被子将自己牢牢裹藏。但事与愿违……往事像一部电影，一遍遍在她眼前播放。

有时，她也会想起在重庆的苏北。想到只身入虎穴的苏北，她一边默默祈祷他的平安，一边为世上多了个能够分担秘密的人而感到些许慰藉。苏北毕竟不是苏南，从解放区一头扎到敌后，有太多的情况需要熟悉，又有太多的困难需要克服。每一天，都是小心翼翼，如履薄冰，怕是连个囫囵觉也睡不成。

苏北深入重庆后，两人的命运就被紧紧地捆绑在了一起。

第八章

0

1951年3月28日，是梦瑶和苏北结婚的日子。

这一年，怀南已满六岁，开始上小学了。距离苏南牺牲也已过了四个年头。

新婚的日子里，梦瑶常常会出现错觉，仿佛在她身旁忙碌的人不是苏北，而是执行完任务的苏南又回来了！

她无意利用苏北，更不想伤害他，反而希望一直以假面示人的苏北至少在自己这里能卸下些担子。可她又不得不面对自己的软弱，每每搞错二人的名字时，残酷的事实都要击溃她的防线。是苏北发现了摇摇欲坠的自己，为她提供了逃避的可能。

李代桃僵的计划，对于他们和组织都是巨大的挑战。面对后来一切风云变幻，她始终相信组织的正确。然而面对眼前自称苏南的男人，仿佛一切照旧，只有她在梦中沉浮，觉得荒唐无比。

自丈夫牺牲后，她就开始经常做梦。

丈夫还是出事时的装扮，他总是一条军裤，把白上衣扎得严严实实，也总是朝她露出温和的笑脸。

她喜欢丈夫朴素的穿着，军装总是令她陌生。即便在政府机关工作的这些年里少不了要和军警打交道，但她就是控制不住自己的心。也许是自己的身份，让她天然排斥制服背后的人。

她还记得在浙江上学时，自己作为进步学生中的一员，是凶狠残暴的军警冲散了游行队伍，他们用枪托、皮带和木棍砸向手无寸铁的学生。大家四散奔逃，却仍有更多军警围上来，穷追不舍。有些学生甚至被当场抓走。很多年过去了，涉事的学生依旧音信全无。

学生们背地里骂军警是被政府豢养的疯狗，只会将利齿朝向无处申冤的百姓。也就是那时，她开始觉醒，加入进步学生的组织，游行串联，暗地里传送一些共产党的章程和理念。成为地下组织的一员后，她心里就有了坚定的信念，推翻没落腐朽的王朝，建立一个崭新进步的中国。

苏南在国防部就职，每天免不了穿着制服上班。只要一下班，她就会让丈夫换上便装。苏南也养成了下班换衣的习惯。那天晚上，丈夫就是穿着这身便装参加了聚会。可再见到丈夫时，他已经成了另外的模样。

在不同的梦里，丈夫凌乱着头发，脸色苍白，不停地冲她喊冷。这样的梦，一连做了好几次。

在老家时，老人跟她讲过故去的亲人托梦的故事。

她预感到苏南在另外一个世界里，一定是少了衣服。她多想在苏南的坟前给他烧上一些纸，再给他烧上一些衣裤。这样做她是和别人学来的，无论是在老家还是后来的重庆、南京，每到初一、十五，总会有人上坟，烧些纸钱，说会儿闲话。那时的她，总觉得斯人已逝，后来的所作所为不过是自我满足罢了。

在老家，父母祭奠先人，也经常到亲人坟头去烧纸。那时她还小，这些事也轮不到她。

如今，第一次面对亲人的逝去，一切都是那样地陌生，她只知道丈夫在梦中苍白着脸，那可是她最亲爱的丈夫呀！可是她不知道苏南的墓地被组织安排在了何处？她想通过联络站，向组织提出寻找丈夫下落的请求。攥紧写好的纸条走在路上，却在几步之遥的地方停下了脚步。联络点是传送重要情报的地方，怎么能因一己私利，做出可能颠覆大局的荒唐事呢？可是她见不到丈夫，梦中的殷殷恳求便一直回荡在耳畔。事到如今，她只有后悔。既然结局无可更改，为何没能多看上丈夫一眼，哪怕只是多那么一句话，一个拥抱。

无奈之下，她只能学着别人的样子，蹲在十字路口烧起纸钱。火舌舔向她的手腕，却没有预料中的疼痛，只有暖融融的感觉，如同丈夫正透过火光在向她微笑。

自那以后，二人在梦中相见时就多了些平和，梦瑶诉说着对他的想念，而苏南还是一如既往，安静又温和。

同她结婚后的兄弟二人越发相近，就连那份温柔都如出一辙。有一天，她终是没有忍住，脱口而出：你到底是苏南还是苏北？

苏北又是一怔，旋即又笑，知道她并不是想寻得一个答案。

梦瑶也马上清醒过来，连连甩头，可不论她如何警醒，却始终置身于一场盛大的美梦。

犹记得她第一次去重庆，面对敌人的考验，苏北严阵以待，没有露出丝毫破绽。那时的她如同敌人一样，差点被他骗了过去。可在两人私下相对时，她才恍然，眼前的人与苏南截然不同。后来，他们被迫同住在一个屋檐下，但那时的苏北依旧是陌生的。两个人之间的距离感，是无论如何也无法靠演技填补的。

现在不同了，如今的苏北仿佛已把苏南融进骨血，重庆站的生活将他打磨成型，梦瑶心中既欣慰又酸楚。如今，他们的关系已经跨越了形式，并肩而行。

1

1949年，中国开始变得天翻地覆。

1月15日，天津宣告解放。紧接着，北平的傅作义和中共达成协议，命令全部守军放下武器，城门洞开。

解放军兵不血刃地解放了北平。

天津和北平的解放，打开了通往中原的大门。

苏北站到地图前，看着一座座熟悉又陌生的城市——石家庄、济南和郑州早已解放，北平解放的前几天，合肥也宣告解放。此时，长江北部的大部分地区已经宣告解放。大半个中国已经插遍了红旗，国民党的军队只能龟缩在长江以南。

接连不断的好消息让苏北整个人兴奋异常，他预感到整个中国的解放也将指日可待。想到自己如果不是在重庆，也一定会跟着队伍攻城拔寨，所向披靡。每解放一座城市，就与战友们欢呼庆祝。此刻，他只能默默地站在地图前，迎接着黎明前的曙光。

那些日子，他经常把地图找出来，每听到解放军又解放一座城市，就用红笔圈起来。眼见着整张地图，被标记的地方越来越多，他就兴奋得夜不能寐，脑海里充满了幸福的想象——到那时，他也许已经顺利归队，见到了昔日的战友和首长。总算睡着了，一抹笑意还挂在脸上。

吕督军经常出现在苏北的办公室。

与刚从南京回来时相比，他萎靡了不少。他刚杀回重庆时，带着督军的名号趾高气扬，威风凛凛，不把任何人放在眼里。

发生变故后，他才意识到自己这个督军，不过就是一个光杆儿司令。朱先海站长并不买他的账，在重庆站我行我素，眼里似乎压根儿就没有把他吕督军当成个人物。他这个督军虽然被上峰赋予了生杀大权，可他这个光杆儿司令却调不动任何人，空有一副头衔！

闲来无事的吕督军，就经常到苏北的办公室里来坐一坐，发发牢骚。

这天，他端着茶杯又晃悠到了苏北的办公室，歪斜着身子坐在了沙发上，用手掌拍着茶几愤怒地说：大半个中国，都败坏在这些贪官污吏的手里了，一将无能，累死三军啊！你看看咱们这些将领，抗日的时候哪一个不是出生入死、战功显赫，怎么跟共党的部队一交手就成了一盘散沙了？我看出来了，在亡党亡国面前，我们的国军是一支正义之师，抗战胜利了，就以为大功告成了。中国人的德行马上就暴露无遗，抢功的，争夺位置的，还不都是为了贪腐？！拉帮结派，各怀鬼胎，上行下效，我敢说现在凡是科长以上的官员，随便拉出去一个枪毙，都不冤枉！

吕督军越说越激愤，索性站起身，挥舞着一双手：就这样的一个政党，还想打胜仗，纯粹是做梦！在中国这片土地上，历朝历代，哪个不想当皇帝，夺疆拓土？甭管起事的时候打着什么样的旗号，一旦江山坐稳了，都想着做皇帝梦。什么民主啊、共和呀、三民主义呀，都是胡扯淡！共产党为什么这么快就得势了？得民心啊！共产党的主张是共产主义。人民当家做主，人人平等，没有阶级，没有剥削，没有贪腐，不会争权夺利，人家这才是真正的共和。再想想国民党干的好事，从溥仪皇帝被赶出皇宫，袁世凯当大总统，到现在的蒋委员长，还不都是换汤不换药。没有一个好东西！无论谁上台都想着自己的家族，和那些少数人的利益，普通老百姓就是当牛做马的命。那些为党国冲锋陷阵的，哪一个不是贫民子弟？就是这些穷人的尸骨，奠定了他们的皇位。时局变成这个样子，蒋委员长推出傀儡李宗仁为他做挡箭牌，他又哪一天大权旁落了？都是糊弄老百姓的。糊弄来糊弄去，最后能怎么样？大半个江山丢了，现在又提出分长江而治，要和共产党谈判。他以为共产党是那么好糊弄的。共产党的大军已经杀到淮海了，我看南京很快就不保了。这就是自作自受……

吕督军似乎有一肚子的牢骚和不满，发泄了半天仍心绪难平。他告诉苏北，自己很快就把老婆孩子从南京迁到重庆来。劝苏北也要尽早想办法把老婆孩子接来，以免夜长梦多。

最后又压低声音说：那些有头有脸的大员们，早就把自己值钱的家当运到了台北，做好了开溜的打算。咱们这帮小喽啰，也得多长个心眼儿，别到时候哭都来不及。

看着苏北一脸淡定的样子，他走过去，用胳膊环住苏北的肩头，压低了声音：苏南老弟，你这个人最大的优点是太清廉，最大的缺点是两袖清风，你这清廉弄得自己都没朋友了。你说你这个样子，谁敢跟你交朋友？我知道你内心清高，但现在这个社会就这个样子，你又清高给谁看呢？现在大局已定，你得准备点儿这个。边说边用手做了一个数钞票的动作。然后又说，当然那些金圆券儿都是废纸，中央银行天天印钞票，印得都不如擦屁股纸值钱。现在的物价一天一个样，买棵白菜得用麻袋提钱。这还是钱吗？你得想办法弄点儿黄货，那才是硬通货，走到哪里都是硬邦邦的。说完，讳莫如深地冲苏北笑一笑，端着茶杯晃晃悠悠地走了出去。

苏北知道，南京的那些大员们早在几个月前，就做好了撤离的准备。他的那些国防部二厅的老同事和朋友，也经常打电话旁敲侧击地劝他早做打算。他们感叹自己职位低，真要撤离时也轮不到他们。即便是撤离，能不能抢到船票还不好说呢！

那些人担心的事，也正是苏北渴望的。想到南京，他就会想起嫂子和侄女。前一阵子嫂子来电话说，她又找到了新工作，在政府办公室上班，让他放心。他明白嫂子话里的弦外之音。想到国民政府的情报又能够通过嫂子之手传递给组织，他替嫂子暗暗高兴。嫂子聊家常似的告诉他，南京的许多要员都做着撤离的准备，听起来嫂子是在抱怨，让他多留个心眼儿，其实是在向他通知胜利的消息。这足以证明，国民党政府并没有死守南京的打算。即便高层有死守的准备，下面也早已人心惶惶。这样的一支军队和一个政府又怎么能够打胜仗呢？如果解放南京，就意味着国民政府的首都宣告沦陷。这不是一座城市的得失，其象征的意义大于任何一城一池。

最近，苏北也发现，许多南京的军政要员通过水路、陆路，把家财和妻儿老小迁到了重庆和成都，似乎这些人已形成了某种思维定势——当初，日本人攻陷南京、上海时，重庆作为陪都保存了下来。现在，他们又纷纷效仿抗日时的经验，再一次把家眷又陆续迁移到重庆。

不断有小道消息传来，国民政府并不甘于失败，派出各种代表团去美国议会游说，希望美国人能够介入中国当前的局势，支援武器、财力并派兵，想一举把共产党消灭。可现在不是抗日的时候了，那时的美国，需要的是中国反法西斯的统一战线，美国人对国民党是要钱给钱，要武器给武器，也是为了分散美国人在亚洲战场上的压力。现在的中国大局已定，时也，命也！一切早不是当年的国际形势了。但国民政府并不甘心，一部分人依然把不切实际的幻想寄托在美国人的身上，而另一部分人则心怀鬼胎，早已做好撤离大陆的准备。

张大召晚上敲开了苏北宿舍的房门。手里端了一碗红烧排骨，讨好地说：苏副站长，这是内人做的，你尝尝。

张大召还和以前一样,三天两头跑到苏北这里发发牢骚,通通信息。虽说吕督军来到重庆站后,又一次把他扶正了。但他很清楚这种关系的微妙,一是吕督军也只是个光杆司令,且又正与朱先海在较劲,帮自己不过是借此拉拢人罢了。他在重庆站混了这么久,看多了起起落落,合合分分,早已练就了八面玲珑,自然心里有数。面对朱先海和吕督军,他还是觉得苏北更让他放心。于是,有事没事地,他总喜欢到苏北这里坐一坐。

今晚,他并不是单纯地给苏北送排骨,而是想劝苏北尽早把夫人和孩子迁到重庆。

张大召有些急切地说:那些大人物早就把值钱的家当弄到台湾了,即便没权没势的,也都在重庆和成都安顿下来。苏副站长,趁着时局还没那么乱,赶紧把夫人和孩子接来吧。

苏北望着张大召,理解他的好意,却也不好说什么:夫人在政府工作,要是真有事,政府总不能丢下她一个女人不管吧?

张大召就搓着手:苏副站长,你就听我一句劝吧。听说南京那边乱得很!到时候就怕爹死娘嫁人,各人顾各人。嫂子一个女人家,又带个孩子,就怕到时连张船票都抢不到了。现在重庆和西南的地盘好赖还是咱们的。提前让嫂子过来,咱们也好早作安顿。

苏北若有所思地点点头。

张大召走后,苏北突然有些羡慕嫂子。看样子,南京解放也是指日可待了。

2

这一阵子,苏北频繁出入接头点,把收集到的情报源源不断地传递出去。

最近，他心里隐隐有些不安。有几次去接头点时，总感觉背后有一双眼睛在不远不近地盯着自己。刚到重庆时，这种感觉就出现过。作为地下工作者，现在的他已经不是新兵了。经历过无数次的考验，他对于传送情报早已游刃有余。每一次，他都不会直接去到接头地点，而是故意左绕右转地兜个圈子，或办点儿什么事。路过接头地点，也并不急着过去，待观察安全后才来到接头地点。

这种被人凝视的感觉曾经一度消失过。可最近不知怎么，身后的那双眼睛又出现了，回过头去，却又消失了……

这天，他在接头地点取回上级的最新指示，全力营救被囚禁在白公馆的K先生。

身为我党四川省委的主要领导人之一的K先生已被捕一年有余，组织曾试图展开多方营救，却始终没有成功。

一年多前，苏北也曾奉命营救K先生，但一直没有找到更好的机会。

组织一直挂念着K先生。

随着国民党的节节败退，解放大军已经突破了淮海，直逼长江北岸，国民党开始下令屠杀这些政治犯，陆续有一批我党人士遭到了敌人的杀害，解救K先生就成了当务之急。

当时抓捕K先生的不是保密局的人，而是重庆行辕的二处特务机关。保密局和这些政治犯打交道的机会并不多，他们负责抓人审问后，再把这些人员移交给重庆行辕的特务机关。

关押政治犯有两个地点，一个是白公馆，另外就是渣滓洞。白公馆比渣滓洞的规模要小，被关押的犯人职位也相对要高。K先生作为地下党四川省的主要负责人，从被捕到现在一直被关押在白公馆。

苏北接到命令，感受到了沉甸甸的压力。以前也配合组织营救过自己的同志，但从未觉得任务是如此艰巨。他知道自己的力量有限，营救需要外围同志的配合。但外围的同志如何配合，又将取决于他的营救方案。

想得到K先生在白公馆的信息，就需要白公馆内部人员的接应。

苏北很快就想到了张大召。

别看张大召是总务长出身，到了执行队后，他一下子变得八面玲珑起来，不仅结识了许多人，还交了许多道上的朋友，上次被人抓住把柄，差一点儿丢了性命。官复原职后，还是没有收敛自己的行为，每天都是清醒着出去，直到夜半时分才醉醺醺地回来。

晚上回来时，只要看到苏北房间的灯光还亮着，就径直敲开苏北的房门。有时会从腰间摸出一块玉石，塞到苏北的手上，笑呵呵地看着他：老同学，你对我的恩情我是不会忘的。没有你的提拔，就没有我的今天！这些都是小玩意儿，你收着。

苏北推拒着：大召，我用不着这些。

张大召就瞪大一双眼睛，涨红了脸：苏副站长，你放心，这些东西都是干净的。它们都是靠我的脑子挣来的。我不偷不抢，倒腾点儿东西还不行吗？现在兵荒马乱的，以后的世道还说不定怎么着呢，谁不为自己的后路着想啊！在咱们重庆站，老同学，你是最干净的一个。从以前的吕站长，到现在的朱先海，他们有哪个是干净的？别说是他们，就我们执行队的又有哪个是干净的？现在和以前不一样了，抗战那会儿，大家的心多齐呀！一心想着对外，都想早点把日本鬼子赶出中国。可现在呢，日本人投降了，以为江山在握了，从上到下都是贪欲满盈，恨不能把整个中国的财富都装在自己的口袋里。老同学，别那么傻了，谁能说好以后的事？现在大半个中国都是人家共产党的，那些有权有势的早就把自己的后路安排好了，就剩下咱们这些小喽啰，树倒猢狲散。

越说越激动的张大召似乎在一通发泄中有些累了，酒劲儿过去，话也不那么稠密了。看着眼前的苏北，他的表情有些恍惚，猛地晃了晃头，似乎要把眼前的幻觉驱散。

　　苏北望着张大召异样的神情，心里猛地一紧。

　　张大召这时候似乎才缓过神来，咧开嘴，笑着冲苏北说：老同学，你不愧是从南京来的，跟我们这些人就是不一样！

　　说着，摇摇晃晃地走到门口。

　　苏北过去，把手里的东西又塞到他的衣兜里。张大召也不说什么，拍一拍自己的衣兜：行！老同学，你的恩情我是不会忘的。这些东西我先替你保存起来，以后有需要，你到我这里拿就是了。

　　扶着门框，他转过头来，一脸诚恳地说：老同学，你记住，我的东西就是你的。没有你，就没有我的今天！

　　苏北在考虑营救K先生的任务时，首先就想到了张大召。

　　这天晚上，张大召又来到了他的宿舍。

　　没有醉酒的张大召，似乎多了一些心事。坐下来不久，他就问了苏北一个很奇怪的问题：老同学，共军已经兵临长江了，你说他们会打过来吗？

　　苏北望着张大召的眼睛，肯定地点了点头。

　　张大召怕冷似的吸了一口气，目光变得迷茫起来。

　　苏北就说：蒋委员长不是说了吗？咱们要据守天险，誓死保卫南京。

　　张大召叹口气，摇了摇头：日本人来时，我们牺牲了那么多将士，苦战了几个月，上海、南京不还是丢了？现在，又轮到共产党的部队了，这次来的方向不一样了，是从北面。无论南北，我看这次八成也够呛。

　　张大召像一只泄了气的皮球，瘫坐在椅子上。呆愣了半晌之后，抬起眼睛望着苏北：老同学，南京万一失守，你有什么打算？

苏北只能借着张大召的话往下说：上头说了，丢失了南方还有西北和西南。有这么大片的地方，还可以学习当年共军打游击啊！

张大召自言自语地说，谎话，全是骗人谎话。说到这儿，又把头抬起来，若有所思地说：老同学，实不相瞒，我早就想好了。共产党的队伍到时要是打过来，我就带着婆姨，隐姓埋名跑到大山里。过一天，算一天吧。像我这样的小人物，没人会顾得了我，只能自己想办法喽。

苏北见时机已到，就用不经意的口气问了一句：大召，白公馆的人你有熟悉的吗？

张大召立起了眼睛，不假思索地说：熟啊！我内弟就在白公馆里当看守。不瞒你说，我内弟找到这样的一份差事，还是我帮他托的关系。你找白公馆的人干什么？

说到这儿，张大召似乎醒悟过来，忙改口道：他们看守队的队长我都熟，前几天我们还在一起喝酒呢。你想认识，我随时可以把他约出来。他们能结识你，高兴还来不及呢！

苏北起身，走到张大召面前，拍了拍他的肩膀说：也没啥，我有点儿私人的事。说到这里，沉吟片刻，又微微舒口气：一个老朋友，想打听点儿白公馆里面的情况。他家有一个远房亲戚，作为政治犯被关在里面。想通融一下关系，给他捎点儿东西。

张大召就拍着胸脯说：老同学，这点小事还需要你出面？交给我就行！

苏北认真地望着眼前的张大召，感激地点点头。此刻，他的心里有了想法，觉得张大召是可以争取的。

3

1949年4月23日,南京宣告解放。

早在3月初,就有更多的国民党政府军政人员迁到了重庆。正如当年南京沦陷时,大批党政军人员迁到重庆市一样。这次不同的是,所有人都人心惶惶,垂头丧气,气数已尽的败象表露无遗。虽然政府一直在宣传,这次转移只是暂时的,迟早还会打回去。但大半个中国已经丢失解放,重要战场又损兵折将,国民党大有一溃千里之势。从上到下,人们心里都清楚,丢掉整个大陆只是迟早的事。

无论是以前的南京还是现在的重庆,满载的轮船昼夜不停地驶向台湾。先是运送政府的物资,再后来,更多的大员们把私人物品也装到了船上。上行下效,凡是有门路、有关系的官员,也加入了逃难的队伍。利用手里的职权,把老婆孩子及家当细软也送到了台湾。没有本事的中下层官员,只能把重庆作为驿站,拖家带口地转移到了重庆。一时间,重庆朝天门码头上的人们大呼小叫,乱成一锅粥。不管是客轮还是货轮,都满载进港,拖着长长的浓烟,呈现出一幅末世的景象!

苏北接到梦瑶打来最后一通电话的时间停止在了4月20日。解放军渡江战役已经打响。

重庆人几乎都停下了手头的工作,通过各种消息打探着南京的守城情况。不断地有消息传来——守军丢失滩头阵地,解放军已经成功登陆了。

办公室的收音机被打开,调试着不同的频率,一边收听着中央政府播放的新闻,一边把频率调到新华社的电台。两种声音,用不同的腔调播报着一件事，结果却是迥然不同。

南京的电话还能够接通，各路电话也通过不同的渠道，实时打探着南京的战况。

就在这时，苏北电话桌上的电话响了。

刚拿起电话，就听到了梦瑶的声音。

电话里的梦瑶显得有些兴奋和激动。不等苏北寒暄，她就连珠炮地说：打你们电话太不容易了，总机接线员都已经忙不过来了。共军的部队已经进入南京城，我这里暂时一切都好，你放心。

苏北还没来得及多说几句，电话就断了。一阵忙音后，苏北试图再把电话打回去，总机无论想什么办法，也接不通了。

与其说是梦瑶在向他告别，还不如说她是在向他通报南京解放的消息。从内心来说，苏北并不担心梦瑶。他有的只是羡慕和激动，南京解放指日可待，梦瑶也终于可以归队了！他在心里，一遍遍地想象着南京城解放的景象——人们奔出家门载歌载舞，红旗飘满了整座南京城。嫂子梦瑶与组织联系上就可以光荣归队，投入到新中国的建设中。

南京解放了，重庆离解放的日子还会远吗？想到自己未来归队时的情景。苏北的眼睛就湿润起来。

三天后，果然传来了振奋人心的好消息，南京正式宣告解放。听到消息的苏北，差点控制不住地跳起来。

就在这时，吕督军推开了他的房门。

手里的那只茶杯不见了，吕督军甩着手，就像手上沾了什么晦气的东西，牙疼似的吸溜着气。一进门，就瘫软地坐在了沙发上，有气无力地说：完了，这回彻底完了，连首都都丢了，哪还有什么国家呀？说到这儿，盯着苏北想起了什么似的：老弟，你可是失算了！我早就劝你把老婆孩子转移到重庆来,你偏不听。现在怎么样?老婆孩子被困在南京,你们以后可怎么是好啊!

家属被困在南京的不只苏北,重庆站还有几个人的家属现在也在南京。还没有来得及撤离,南京就宣告解放了。他们当中有保密室的孔主任,还有办公室的几个人,正围在朱先海办公室的门口吵吵嚷嚷。

朱先海此时也是一筹莫展,他背着手绕着办公桌走来走去,嘴里反反复复就是一句话:各位少安毋躁,你们要相信党国,一定有办法把你们的家属接出来。

面对人命关天的大事,人们早就失去了理性,有人就喊:我们这些个小人物算什么?那些大人物,早就把老婆孩子接出来了。让我们家属在南京坚守,说什么凭借着长江天险,南京城一定能守住。那些当官儿的怎么不去守,凭什么要我们老婆孩子在那里守着?现在怎么样?我们什么都没有了,还让我们为党国流尽最后一滴血,完全是狗屁!我们再也不相信这样的鬼话了……

在人们的眼里,朱先海已经不是站长了,此时的他更像是一只替罪羊。

围在他办公室的人越来越多。他一个小小的重庆站站长,如今又有什么办法呢?他急得抓耳挠腮也无计可施,情急之下就想到了苏北。

镇静下来的朱先海,用力清了清嗓子,冲众人说:大家都先别急啊!咱们苏副站长的老婆孩子现在也都在南京,还不是和你们一样?

被担忧焦虑冲昏头的人们,这才想起了苏北。人们又蜂拥着来到了苏北的办公室,他们围着苏北七嘴八舌地议论开来。

苏北的表情很平静,他想这正是宣传的好机会,就跟大家解释:解放军政策我了解一些,请大家放心,他们不会拿我们的家属怎么样的。上面不是说了吗？我们的家属，他们会想办法的。虽然南京失守了，可咱们的队伍还在，万一家属随着队伍一起出城了呢？大家放心，也许咱们的家属正通过不同的渠道，在赶往重庆的路上。

众人觉得苏北的话也不是没有道理，现在着急上火的又有什么用？只能骂骂咧咧地散去了。

朱先海感激地望着苏北：谢谢你了老弟！真是帮我解围了。他想离开，走了几步又停了下来，回过头，一脸琢磨地望着苏北：你真相信，你们的家属正在赶来重庆的路上？

苏北只能苦笑一下，摇摇头。

朱先海有些不解：你为什么就不能早点把弟妹和孩子转移到重庆来？

苏北看一眼朱先海：她在政府工作，肯定得听政府的安排。我一个小小的副站长又有什么办法？

在朱先海面前，他装出一副委屈又可怜的样子。

朱先海走过来，拍一拍苏北的肩头：老弟呀，你这个人还是太老实了。说完，又看了一眼苏北，叹着气出去了。

那些日子里，人心惶惶。

从南京陆续转来的家属和政府官员们，乱哄哄地在城内大街小巷找房子。重庆的房价也跟着一天一个样，人们抱怨着，咒骂着，整个重庆就像一个巨大的收容所，到处都可以看到拖着大包小包的人们茫然失措地在城市里游荡。

南京失守的消息，使重庆城像遭遇了一波传染病毒。居住在重庆城里的官员和富人们，挤破头都在淘弄通往台湾的船票和机票，想要尽快逃离。他们知道，重庆迟早也会像南京一样失守。逃离成了他们唯一的出路，除了台湾岛外，他们又能逃往哪里呢？

那些不上不下的人，知道自己无论如何也弄不到通往台湾的通行证。他们像一群无头的苍蝇，四处打探着，被各种小道消息和流言蜚语牵引着，心情就像过山车一样，似乎刚看到希望，又被无情地抛落下来。

苏北的心境则不一样，他的心情就像熬过寒冬，迎来春天一样地欣喜。他按捺着内心的激动，表面上与众人一起痛骂着时局。他也和那些妻离子散的人一样，去过几次朝天门码头。站在凄风苦雨中，等待着一船又一船的旅客，满怀期望地来，又满腔悲愤地离去。一次又一次无功而返后，失去耐心的人们，只能等待上天的眷顾了。

时间一天天地过去，人们把注意力从朝天门码头转向了邮差。他们希望奇迹出现，即便见不到人，哪怕收到一封报平安的家书也好。在等待和期盼中，果然有人收到了从南京辗转寄出来的信件。虽然只是一封报平安的信，却让那些还没有收到信件的人看到了一线希望。信在人们的手中传递着，仿佛是自己的家眷报来的平安。人们一边痛哭流涕着，一边在骂着娘。

从那以后，每天邮差摇着铃铛来到站里，人们就蜂拥过去。但遗憾的是，谁也没有再收到过从南京寄出来的信件。在遥遥的期盼中，人们一次又一次地陷入到绝望中。

4

五月的一天，已是深夜，张大召突然敲开了苏北的房门。苏北睡眼惺忪地望着进来的张大召。

张大召压低声音冲苏北说：三天后，他们要枪决老K。

苏北听了，猛一个激灵清醒过来。自从上次他跟张大召说完老K

的事，就在张大召的安排下，和张大召的内弟见了面，以熟人相托的名义，让张大召内弟帮忙照顾羁押在白公馆的老 K。

对这些看守来说，照顾一下犯人并不是一件难事，但如何营救老 K 却成了难题。

苏北费尽心思也没有想到营救老 K 的办法，组织上急得一筹莫展。还没能设法营救，却得到老 K 即将被枪决的消息。苏北一下子就愣在那里。

张大召并没有马上要走的意思，他轻轻拉过来一把椅子，坐在上面，压低了声音：你是不是想救老 K？

苏北望着面前的张大召，一时不知如何开口。毕竟这是组织的机密。尽管张大召平时跟自己比较亲近，在照顾老 K 的问题上也帮了忙。但他还是不能肯定张大召此刻的意图，虽然是心急如焚，却也只能看着他，静观其变。

张大召观察着苏北，停了一会儿，才开口道：老同学，你要是信得过我，真想救老 K，我倒是有一个办法。

苏北抬起眉头，吃惊地望着眼前的张大召。

张大召神色凝重地追问一句：这个 K 先生，你到底是救还是不救？

苏北在张大召的注视下，用力点点头，他的心脏也跟着快速地跳动起来。

张大召不假思索地说：办法只有一个，用死人换活人。

他一时还不能理解张大召的意思，脸上写满了疑惑。

张大召告诉他：这些办法，以前在咱们站里经常用。无论是那些被错抓的人，还是死有余辜的人，只要有人在外面想捞，价格又出得合适，就会找一个替罪羊，顶这个人的人头被杀掉。反正上上下下打点好，大家也就睁只眼闭只眼了。

苏北用目光盯紧了张大召，半晌才问：需要怎么打点？万一出了风险，受连累的可是你啊！

张大召沉默半晌，低下眼睛，思忖好一会儿，才抬起头来：老同学，自从你来到重庆站，我才有了出头之日。平时你半点好处也没有要过我的，现在是我报答你的时候。其他的事你都不用管，我来想办法把 K 先生接出来，后面的事我可就管不着了。

苏北半信半疑地盯着张大召，张大召就解释：这个 K 先生，我了解过他是共产党要员。搁在平时，解救这样的大人物连想都不要想，会专门有人盯着。现在时局这么乱，南京都失守了，重庆还能坚守到什么时候，有谁说得清呢？现在所有人，都在想着弄到一张通往台湾的机票，心思根本没放在这儿。这时候，正是解救 K 先生最好的机会。

苏北站了起来，伸出手想跟张大召握一握。张大召却并没有伸出手，站起身，冲苏北笑一笑：老同学，你不要跟我客气，说不定什么时候你还会帮到我呢？

说完，转身就离开了。

张大召走后，苏北彻底清醒了过来。张大召虽然答应帮助自己，但是否能够顺利解救 K 先生，他心里还是没有十足的把握。

躺在床上的苏北，望着天棚，几乎一夜未眠。

既没有外援，又内无救兵，仅凭自己的力量，无论如何是无法解救 K 先生的，他只能把宝押在了张大召的身上。

三天的时间很快就到了。

头天晚上他跟张大召约好，让他在北山的一个十字路口去等候。也就是在那天晚上，他把消息通过联络点传递给组织。组织是否及时接到他的消息，又如何迎接他和 K 先生，他心里并没有底。

凌晨时分他就动身了，来到指定的北山那个十字路口时天还是黑的。

他在焦虑不安中等待着 K 先生的到来。在他的心里，K 先生是否能够被顺利地解救出来，直到这时他的心里仍是怀疑的。

在焦虑的等待中，天麻麻亮了。太阳歪斜了一点，远山近树已经能够看清楚了。就在这时，他先是听到了一阵车辆的轰鸣声，由远及近而来。只见执行队那辆熟悉的车，快速地驶到他的眼前。

张大召亲自驾驶着车。车门开了，他从车上下来。没有和他打招呼，径直跑到车的后面，打开后备厢，从里面扶出一个人来。那人双手没有被捆绑，头上却罩了一个黑头套。张大召扶着那个人，把他推到了苏北的面前，一句话也没有说，只是冲苏北递了个眼色，就快速地跳上车，一溜烟地驶离了。

车辆的轰鸣声很快就消失在远处。

戴着头套的男人仍然漠然地站在苏北的面前。苏北走过去，把他的头套拿了下来。出现在苏北面前的是一张陌生的脸，有些吃惊又有些疑惑地打量着苏北。

苏北不知如何开口。那人也不多话，冲苏北抱了抱手，说了一句：后会有期。就头也不回地朝着附近的林地里跑去。

即便如此，苏北也不敢确认眼前的人就是 K 先生。他甚至连一句同志都没有来得及喊出。

他亲眼看见那个人，钻进了树林，起初，还能听到林地里传出来的脚步声，很快，一切就归于寂静了。

两天后，他从联络点取出情报，知道 K 先生已安全抵达老家。直到这时，他悬着的心才放了下来。

解放后，苏北又多次见过这位 K 先生。是在报纸或电视里，K 先生已经是中央领导了。他辨认着，终于认出了 K 先生，心境就完全是另外的样子了。

K 先生被解救后，苏北开始琢磨起张大召来。

张大召明明知道 K 先生是共产党的人，却要帮助他营救，难道张大召就不探究他为什么要救那个人吗？想到这里，身上的每个细胞就又灵醒过来。联想到去联络点时，总觉得有一双眼睛在注视着自己。难道是张大召在暗中观察自己？可张大召又为什么不去揭发他呢？一连串的疑问，浮现在他的脑海里。从这以后，他开始暗中观察着张大召。

张大召还像往常一样嘻嘻哈哈，有事没事地就找他闲聊上几句。有一次，他不经意地说：老同学，你放心！那件事只有你知我知。我就告诉你，我内弟帮忙找了一个杀人犯，替你那位 K 先生做了回替死鬼。这事咱就到此为止啦！以后，张大召果然再没有在他面前提过 K 先生的事。

张大召越是这样，苏北的心里就越是疑窦丛生。

5

1949 年 9 月 6 日，杨虎城将军在中美合作所的戴公祠被秘密杀害。

消息是杨将军被害后的第二天，吕督军告诉苏北的。

这些日子，吕督军更是频繁地出入苏北的办公室。他大骂着政府的无能。腐败的政府在他眼里就是扶不起的阿斗了，对于一个败局已定的政府，如今再发什么样的牢骚都是为时已晚。吕督军骂完政府，就会把话锋转移到世态炎凉上。作为一个名义上的督军，他早已是重庆站的闲人和外人。

朱先海从来不给他面子。那些昔日的下级见到他点点头，已经算是客气了。他整日里端着茶杯，有许多的牢骚要发，又没有一个发泄的对象。只有苏北的办公室他可以随便出入，虽然没职没权了，但人脉的圈子还在，说到底，毕竟还是重庆站的前站长。

当吕督军把杨虎城将军被杀害的消息漫不经心地告诉苏北时，说者无心，却是听者有意。当天，苏北就把这秘密情报通过联络站传递了出去。

又过了三天，新华社作为消息做了播报，许多外国的媒体也纷纷做了转发。这一消息，在国民党的内部也引起了震动，舆论的压力让他们慌乱了手脚。不久，就被兵败如山倒的更大的新闻所掩盖了。面对一个即将亡党亡国的政府，做下的事情几无信誉可言。连自己的命运都不知即将飘向何处的一群人，又怎会为被软禁十几年的将军的生死生发感慨呢？但明眼人，却通过杨虎城将军被害的消息，推断出国民党据守在西南一隅，只不过是拖延时间罢了。

几天后，朱先海和苏北被通知到重庆行辕开会。

参加这次会议的都是军方驻重庆各方的代表，有重庆警备区的人，也有国防部二处的人。在会议上，他得到一个更加惊人的消息，关押在白公馆和渣滓洞的这些政治犯，在重庆失守前将被秘密地进行处决。尽管具体的时间还没有定下来，但处于风雨飘摇中的重庆，很有可能随时处决这些同志。

苏北及时把这一重要消息传送了出去。

很快，苏北接到上级的指示，让他配合渣滓洞的同志们尽早越狱。无论是白公馆还是渣滓洞，都关押着许多自己的同志，有的已经在监狱里生活了很长时间。此前，他们也有过几次暴动，但都以失败告终。

秘密战线上的战友们，也一直在和狱中的同志们取得联系。想尽了各种越狱的办法，其中最为切实可行的，就是以挖地道的形式越狱。但无论是哪种越狱方式，都存在着很大的风险。不到万不得已，都不能下最后的决心。

苏北事后才知道,渣滓洞的同志们最后选择的越狱方式,与他传送的情报密不可分。

在一个秋天的雨夜,渣滓洞的同志们终于开始越狱。在一位被劝降的看守连长的配合下,他们冲破封锁,逃进了歌乐山。

那天夜里,苏北被一阵急促的电话铃声惊醒。

打来电话的是朱先海,他似乎还没有从睡梦中完全醒来,有气无力地说:渣滓洞的那些政治犯已经越狱了,让咱们派一些人过去支援。你就带着执行队的人过去应付一下吧。

苏北故意拖延着时间。当他把执行队的人集合在自己面前时,已经是午夜后了。

他们开着车驶向歌乐山。到达山脚下时,他看到渣滓洞的墙体已被大雨冲垮,一些看守像没头苍蝇似的在雨中跑来跑去。

警备区的人也出动了,一卡车又一卡车的士兵被运送到了歌乐山的脚下。苏北指挥着自己的执行队,拖拖拉拉地向歌乐山深处走去。

雨还在下着。他不知越狱的同志们跑向了何处,就尽量让队伍放慢脚步,让同志们有时间跑得更远。

天近黎明时分,歌乐山的深处,不知哪里响起了一阵枪声。

很快,跑在前面的队伍就四散着向回跑来。他们带回来的消息是,前面有共军游击队的埋伏。

所有搜山的队伍都停了下来。

张大召这时凑到苏北的身边,声音平淡着说:苏副站长,该来也来了,这山也算进了,咱是不是该撤了?

于是,苏北就下达了撤退的命令。

所有搜山的人也都在演戏。他们一撤,其他队伍也跟着相继撤离。他庆幸那些逃出去的同志,一定在游击队的接应下转移到了安全地带。但想到那些没有逃出去的同志却死在了敌人的枪下，苏北的心情一下复杂起来，悲痛又哀伤。

整个重庆站，已经没有了一丝的活力。

中午，临近下班时分，一楼的办公室里突然传来了一声枪响。

整个重庆都处于风雨飘摇中，重庆站也人心浮动。办公室里传出的枪声惊动了重庆站所有的人。

当人们拥向一楼响枪的那间办公室，才发现是办公室陈副主任自杀了。

陈副主任的妻儿老小也在南京。南京失守后，不仅人没有撤出来，连一张纸片也没有捎出来。他是跑朝天门码头最勤、最多的一个，多少人都绝望着不再相信妻儿老小还能出来时，只有他每天守候在朝天门码头。从早晨的第一班客船到码头开始，守候到深夜的最后一班。

大家都劝他，让他放弃无谓的守候。南京通往重庆的船只早就不存在了，可他每天像上班打卡一样准时出现在朝天门码头，安慰着自己：也许他们现在逃到了别处，以后还会坐船过来的。

他就这样执着地守候着，结果却是一次又一次地失望。看着他拖着疲惫的身影在深夜回来时，人们都忍不住流下了眼泪。他们到寺院里为自己的亲人烧香祈福，祈求能够早日与失散的亲人团聚。

陈副主任最终也没有等来妻儿老小，却用一把枪结束了自己的生命。

看着陈副主任倒在血泊中的尸体，人们的眼里已经没有了眼泪。他们都清楚地知道，自己的命运也不会比陈副主任好到哪里。

吕督军走过去，蹲在陈副主任的身边，用手把陈副主任那双瞪得血红的眼睛慢慢合上。他慢慢站起身，抬头望着苍白一片的屋顶，奋力咆哮着：我吕天赋，操他娘啊——这是个什么世道，什么政府啊，把一支好好的军队和无辜的人民害得这么惨。它不败都天理难容！人在做，天在看。老天爷呀，你睁开眼吧，让该死的早点儿死，别再祸害这些没权没势的无辜的大众了——

陈副主任自杀身亡，像阴霾似的笼罩着整个重庆站，笼罩在每个人的心头。站里的人们更加人心惶惶，都在想着自己下一站的命运。

更可怕的事情发生了。

执行队的一个班长带着两个战士，在外出执行任务时彻夜未归。一连三天，这三个人就像消失了一样。虽然人们嘴上不说，但都知道这几个人已经逃走了。对士兵们来说，现在逃走也许是最好的出路。

整个重庆仿佛到了世界的末日，航班和轮渡都被军人和一些家属挤爆了。有本事的人都在想尽各种办法逃离重庆。

一栋又一栋的房屋空了出来，满大街都是被遗弃的东西，随风飘散的纸张像天上飘下来的雪花。

高官和富人们该逃的已经逃了，剩下都是在观望的百姓。

在某天深夜，有人放起了鞭炮，鞭炮声一阵响过一阵。

不明真相的人以为解放军攻进了城里，人们从睡梦中醒过来拥上街头。更多的人开始加入到放鞭炮的行列。有人把那些散落在街角的家具聚拢在一起，用火点燃。不久，每个街道，都有这样的火焰升了起来。人们围拢在火堆前，眼里似乎看到了希望。他们围观着，叫喊着，开始在大街上奔跑。他们多么希望重庆也能像其他被解放的城市一样改天换地。战火的煎熬和昏庸政府的盘剥，让百姓们再也不能沉默了。

有人早早地跑出城去，主动请缨，为兵临城下的解放军带路。

破碎的世界，终于要坍塌了。

6

1949年7月,中央军委制定了进军大西南的战略,第一、第二野战军开始从湘西、鄂西入川。

10月,第二野战军解放了贵阳、遵义等地,切断了敌人的退路。11月中旬,便对重庆守军形成了包围,形成真正意义上的兵临城下。进入到11月,重庆城被解放已是指日可待。

11月中旬。

晚饭后,朱先海和吕督军把所有重庆站的人都集合了起来,宣读了上峰来电。电报命令他们,即日起开始向成都撤退。

突然而至的消息,让重庆站一下子乱成一锅粥。有人撤退,就有人留守。朱先海拟定了一份留守人员的名单。

执行队的大部分人还有办公室一部分人都在名单上。所谓留守人员,就是潜伏下来的特务。国民党不甘心这么失败,等待着以后的反攻。安排这些潜伏人员,日常收集我方情报,以待反攻之日做好内线接应。

苏北看到这份名单后,当即快速把潜伏人员记了下来。这些人平时都很熟,记住他们的名字并不困难,可是如何把情报传递出去,却成了当务之急,也是他面临的最大的困难。

重庆站接到撤退命令后,便里不出、外不进了。大门紧闭,院子里有外勤人员做警戒。没有朱先海的指令,任何人也不能擅自离开重庆站。

正当苏北为传送情报而感到困惑时,这天晚上,张大召又一次找到了苏北。此时的苏北,正在冥思苦想着脱身之策。

张大召的情绪似乎已经低落到了极点——他的名字也在潜伏的名单上。

苏北明白张大召的心思。

张大召的老婆已经怀孕了,前些日子张大召就说过,希望自己的孩子能够平安降生。老婆是重庆本地人,岳父、岳母还有一些亲戚也都在重庆。他自己也不想离开重庆。结婚时,他就想过一份安稳的日子。他原计划在重庆解放前夕溜掉,隐姓埋名地做个普通百姓就好了。现在,突然接到潜伏的命令,张大召的心情可想而知。

低头不语的张大召,突然抬起头,下定决心似的说:我才不会执行什么潜伏任务的,这么多人都没能把重庆守住,就凭我们留下的这些人又能掀起什么大浪?整个西南地区都被解放军占领了,我们已经没路可去了。

苏北就安慰他:吕督军和朱站长不是说了嘛,国军迟早有一天还是会反攻回来的,上级让你们潜伏是希望你们立功。

张大召的头摇得跟拨浪鼓似的,悠长地叹了一口气,神情严肃地问苏北说:你说我这样的,要是日后解放军进城,会不会枪毙我?

这下轮到苏北吃惊了,他不解地看向张大召,一时不知说什么好。

张大召凄然地一笑:我以前干的是总务,从没抓过一个共产党,更没有给共产党上过刑。就是当执行队长后,心思也压根儿没在抓共党的身上。我这个人你知道,就是爱贪点儿小便宜,一心想着过日子。我也是个穷苦出身的人,我对共产党没仇。

苏北略作沉吟,脸上的神情认真起来:共产党一直都在宣传优待俘虏的政策,不管是俘虏还是投诚的人,他们都会宽大处理。像你这样的,要是留在重庆不去投诚,根据他们的政策,一定不会把你怎么样。

听了苏北的话，张大召的神情就显得更为急切：副站长，我相信你的话。说到这里，却欲言又止。他站起来，似乎想离开，犹豫再三，又坐了下来。他再一次把目光盯紧苏北：副站长，我想跟你说一句实话。

苏北意识到，张大召一定有重要的话要说。因为他从来没有用这样的语气和自己说过话。他坐到张大召的面前，定定地看着他。

张大召似乎下了很大的决心：副站长，你不是苏南。

苏北听了，浑身的神经立时绷紧了。他不错眼珠地望着面前的张大召。

张大召避开他的目光：我和苏南同学两年，我们俩在一个宿舍，一个上铺，一个下铺。我们经常一起去澡堂子里洗澡，他给我搓过背，我也给他搓过。苏南的左耳朵后面有一颗不起眼的痣。你刚来这里时，我无意中发现你没有。

此时的苏北，下意识地想站起来去拿抽屉里的枪。

张大召这才把目光移到他的脸上，慢悠悠地说：副站长，都到这个时候了，你不用紧张。如果我没有猜错的话，你是共产党！我今天就想问一问，你到底是苏南的什么人？你们为什么长得这么像？

苏北没有回答，陌生又带着几分警惕地望着张大召。两年前来重庆时，他和张大召第一次见面的情景又浮现在他的眼前。张大召对他热情有加，一口一个老同学、副站长地叫着，他却完全没有意识到，张大召早已发现他不是苏南了。

张大召又说：苏副站长，你不用戒备我。你还记得你来之后，上面查过潜伏的共产党的事吧？我要是想立功，那时我就可以检举揭发你。可我没有！当时我就在想，不管你是什么人，只要你还认我这个老同学，就一定对我有好处。后来，我如愿当上执行队长，在这个职位上，我该得到的好处也都得到了。这些也都是你给我的。我干吗要伤害你？我跟你说过，我只想好好过自己的日子，老婆孩子热炕头儿，这就是我的理想。我才不管什么国民党还是共产党，只要能让我安心过日子，我给谁服务都行。我没有信仰，只相信日子。前几天营救K先生，我就更加坚信你就是共产党！对了，你刚到站里，吕站长就给我布置了秘密任务监视你。为了完成任务，我也这么做了。其实，你每次去南山寺接头我都知道。我还知道，进门右手边那个香炉底下，就是你和共产党联络接头的联络点，对吧？

苏北想起，怪不得自己每次去联络点，都觉得背后有一双神秘的眼睛凝视着自己。现在看来，自己的直觉没有错！原来是张大召一直在暗中观察着自己。

张大召一口气说完，站起身，冲苏北拱了拱手：副站长，如果以后咱们还能够相见，请你高抬贵手，大召我感激不尽。还有个事儿，上次营救K先生算不算立功？

张大召把话说到这个份儿上，苏北也不想隐瞒什么了。他冲张大召肯定地点了点头。

看着眼前的张大召，他突然想起了自己手里的潜伏名单。看来自己暂时是无法脱身了，想到这儿，他面色凝重冲张大召说：你愿意再为我做一件事吗？这也是你将功补过的机会。

见张大召肯定地点点头，就把潜伏人员的名单交给他：地点你知道，还是在那个香炉底下。

张大召接过苏北递过来的纸条，想也没想，就仔细收好：副站长，你放心，我是不会潜伏的。我保证完成你交给我的任务！

说完，头也不回地走了。

第二天，傍晚时分，重庆站又一次集合了。

苏北在集合的队伍中没有看到张大召，也没有看到那些名单上的潜伏人员。看来,这些人已经提前去执行潜伏任务了。想到张大召把那份潜伏名单放到香炉底下的情景,脸上露出一丝不易觉察的微笑。

此前,他已经接到了上级让他寻找合适的机会撤退的命令。

苏北之所以还没有离开重庆,是隐约觉得自己的任务还没有完成。他还不知道,重庆站的人在撤到成都后的任务是什么?如今,他庆幸自己没有先行撤离,否则就拿不到这份重要的潜伏名单。

昨晚,张大召走后,他几乎一夜没睡。一直琢磨着自己到重庆后的言行举止,原以为看似有惊无险,其实危机四伏,差点百密一疏。他知道哥哥的耳垂后有一个不起眼儿的痣,是娘胎里带的。他和王特派员在船上熟悉苏南的情况时,脑子里曾经闪过哥哥耳朵后这颗痣。因为这颗痣极小,不是过于亲密的人很难发现。他想把这个细节告诉王特派员,话到嘴边又收了回去。一路上,他和王特派员的时间太紧张了。王特派员有太多的内容需要向他交代。

到重庆后,竟然一路绿灯。渐渐地,他也忽视了这个看似不起眼的细节。好在张大召守住了这个秘密。

他不知道张大召这些人将如何潜伏。此时的苏北,站在稀稀拉拉的队伍面前,只能在心里为张大召默默地祝福。

重庆站的车队出发时,他被安排和吕督军一家乘坐同一辆车。

他坐在副驾驶的位置上,吕督军带着老婆孩子坐在后面。车辆驶离重庆站大院时,吕督军的老婆一直在嘟嘟囔囔,说自己从南京来到重庆,早知道现在这个模样还不如不来了。孩子也在颠簸中,不停地大呼小叫着。吕督军也不停地呵斥着老婆孩子,让他们闭嘴。

他把头扭向窗外,望着眼前的重庆一点一点地向后退去。苏北在后视镜里,看到吕督军的脸上流下了两行泪。

天黑的时候车队已行驶到了重庆郊外,吕督军就感叹道:我随国民党东征西杀、南来北往了半辈子,本想着后半辈子能过上安稳的日子,没承想却混成这般。要不是手上沾着共产党的血,老子也留在重庆不走了。

苏北也不好搭话,只能闭上眼睛假寐。

吕督军就像碎嘴的老人,一直不停地发着牢骚:该,真是活该呀!如今走到这一步,脚上的泡都是自己走的。腐败的政府必定领导的是一盘散沙的队伍,不败才怪呢?苏副站长,你想一想,咱们的队伍里,凡是有点实权的人,哪一个不该拉出去枪毙。指望这样的队伍打胜仗,简直就是笑话!

车行驶了一路,吕督军就嘟嘟囔囔了一路。他抱怨自己的政府,埋怨身边的每一个人。

夜晚时分,车队行驶到了山区。

车队在盘山公路上盘旋着。

其他更早撤往成都的车队,一路上扔下了不少盆盆罐罐。顺着灯光望过去,还有一些枪支弹药散落在路边。吕督军的家人,昏昏沉沉地打着瞌睡。吕督军似乎也没了唠叨的力气,不停地在后座上把头低下,又抬起,最后索性倚在车门上睡着了。

枪声就是在这时候响起的。

路的两侧和山上同时响起了枪声。

苏北注视着行驶在前面的几辆车,有两辆车一头扎在盘山公路下,剩下的车辆停在了路上。透过车的灯影,看到人们都纷纷跳下了车。

苏北也从车上跳下来,翻滚了几下,躲到树边的一块石头后面。他第一时间意识到,这是自己的队伍在打伏击。吕督军吆喝着连哭带叫的老婆和孩子,也从车上连滚带爬地下来,没头苍蝇似的一通乱窜。

重庆站的人似乎还没有组织起来抵抗,就被四面八方冲过来的解放军包围了。

有两辆车冲出了包围圈。

在一阵又一阵的枪声后,车的轰鸣声和枪声也渐渐地远去了。

第九章

0

病床上的梦瑶已到了弥留之际。

她已经昏迷了几天几夜了。

孩子们走了又来,来了又走了。

苏北一直守在病床前。

他望着眼前和自己厮守了半辈子的妻子,心里五味杂陈。梦瑶就要离他而去了,他们将在这个世界永远地分别。如果有来生,他们还能再见吗?

他浑浊着一双眼睛,无数次地端详着躺在病床上的妻子。往事历历在目,一切就像昨天才发生过,可他们却再也回不到往昔的岁月中了。生命就此留给了历史,留给了生活。

那天清晨,妻子突然睁开了眼睛。

她看起来人很清醒,目光死死地盯在他的脸上,突然说出了一句让苏北都感到惊讶的话:你是苏北,不是苏南。

自从苏北把自己的名字改成苏南后,她就从来没有再喊过苏北了。似乎苏北压根儿就没有留存在她的记忆中,她一直都是与苏南生活在一起。

此时的梦瑶,抖着手把一根食指竖在自己的嘴边,悄声地对他说:遵守组织的纪律,严守党的机密。

她说话的样子像个孩子。苏北不知道她是糊涂了还是怎样,心里慌慌着,不知如何是好地望着她。

她又用手指晃晃悠悠地向他示意了一下,他把头向她俯过去。她压低声音,用只有他一个人能听到的声音说:党的机密我没有泄露一个字,我会把这些机密带到另外一个世界去。

说到这儿,她用目光紧紧地盯着他。

他握住她的手,突然心里就有了莫名的感动,他们这一辈子都在坚守着自己的秘密。想到这里,苏北的眼泪忍不住在眼眶里打转,他认真地冲她点点头。

得到这样的答复,她似乎很满意,轻轻地咧开嘴,最后微笑了一次,便闭上了眼睛。

梦瑶的葬礼超乎寻常地简单,这也是她生前的遗嘱。

安全厅、民政局,还有街道居委会和邻居们也都来人参加了葬礼。组织为她送上了一副挽联:毕生惊险图鸿志,一世机密伴平凡。

为她送行的代表们,默默地站立在她的遗体边,与这位慈祥的老人告别。

她的脸上一如既往地安详,所有的风霜雪雨、惊险坎坷都藏在了她的皱纹里。她和所有过世的老人一样,完成最后的告别程序,随着一缕青烟,短短的人生就被锁定在一只黑漆漆的木制盒子里。

朝夕相处大半辈子的老伴儿离开了,苏北的生活像失去了左膀右臂,在儿女们的陪伴下回到家里,房子里明明只少了一个人,却觉得整个世界都空了。

早在几年前,儿女就提出让他们跟自己生活在一起。他们没有同意,觉得自己有手有脚,已经习惯了当下的晚年生活,和其他人住在一起总觉得别扭。

他们坚决拒绝了儿女的好意。以前,一直是苏北的身体不太好,这里那里的总是不舒服,梦瑶却是连头疼脑热也很少有。谁知道,病病歪歪的苏北没有倒下,身体一向健康的梦瑶却突然一病不起,住进医院,就再也没有回来。

母亲病故后,怀南和忆北又一次提出让父亲跟着他们一起生活。苏北望着眼前的一对儿女,看到他们早已不再年轻。他甚至在怀南的鬓边发现了白发。儿女们的心情他也理解,望着空荡荡的房间,梦瑶的衣服仍整整齐齐地叠放在衣柜里,床头放着她还没有读完的书。虽然屋子空了,但他依然觉得她还在,守在他的身边,絮絮叨叨地跟他说着家长里短。他放不下她,便再一次拒绝了儿女的好意。

儿女知道拗不过父亲,就提出请个保姆来照顾他,却还是被他拒绝了。后来,他们还是坚持请了阿姨,每天在固定的时间到父亲家里打扫卫生,买菜做饭。

在接下来的日子里,怀南和忆北都会经常过来陪他。儿女在时家里是热闹的,但更多的时间里,他一个人独守着孤寂。早晨醒来,他总会习惯性地喊一声:差不多了,该起来了。

屋子里静静地。他望着空出来的半边床,才意识到老伴儿已经不在了。他躺在那里,眼睛一阵发酸。过去好一会儿,才慢慢起身下床。

吃过早饭,他会给自己和她沏上两杯茶。

这一直是他的习惯。两杯茶,在餐桌上冒着热气,却再也看不到她小心喝着热茶的样子了。

袅袅升腾起来的热气,慢慢地模糊了他的双眼。恍惚间,他又仿佛看到老伴儿就坐在那把椅子上,样貌一如既往地端庄沉静。

他们结婚后，他对老伴儿的了解也与日俱增。老伴儿是个胆子很小的女人，平时杀只鸡都害怕。每次杀鸡，她都要把厨房的门关好，躲到很远的地方。平时也从没见她发过脾气，总是沉静如烟。他常常在想，这样一个文弱女子，当年是怎样把那些秘密情报传递出去的。

新中国成立十周年的那天，王特派员和政府的一些人，专程来家里看望过他们，还给他们每人送上了光荣证书。王特派员解放前曾是他们的直接领导，就向那些陪同的政府工作人员介绍着老伴儿。说中央有位领导曾经表扬过梦瑶的工作成就，她的情报可以说抵得上一个师、一个军的战斗力，是新中国的功臣。

王特派员热情洋溢地表彰着梦瑶，老伴儿淡淡一笑，仿佛王特派员正在说着别人。工作人员的眼里却是满目的赞赏和惊叹。

从那以后，每逢国家有重大节日，王特派员总会过来。他们相约着找一处僻静的地方，喝喝茶或者简单地吃顿饭。在没有外人时，王特派员总会说几句当年的往事，那时的苏北还不认识梦瑶，所以不管王特派员说什么，他听起来都觉得新鲜。

但只有他们两个在一起时，彼此都绝口不提过去的工作，仿佛那一切都不曾发生过。他们总觉得这是组织的秘密，多年的地下生活，让他们养成了恪守秘密的习惯，不该听的不听，不该问的不问，这是他们加入组织后对党旗宣过誓的。尽管生活在和平年代，两人依然恪守着组织的纪律，他们的过往，永远是属于组织的机密。

忆北上初中时曾写过一篇作文，题目是《我的爸爸和妈妈》。他在作文中写道，我的爸爸妈妈，在解放前是地下工作者，以前他们一直瞒着我和姐姐。直到有一天，一位姓王的叔叔来到我们家，我无意中听到了他们的谈话，才知道父母的真实身份……

这篇作文写完后，苏北只看了几眼，一张脸当时就绿了。抢过儿子的作文本，几下就把写满作文的几页纸撕了下来。鼻子不是鼻子，脸不是脸地说：谁告诉你的？你听到的都不是真的。以后不许你这么写！

当时的忆北又怕又委屈，在一旁抹开了眼泪。

梦瑶赶紧把儿子拉到一旁，开导着：爸爸妈妈就是普通的工人，妈妈在纺织厂上班，你要写就写这些。工人多光荣呀！

忆北在两个人的劝说下，抽抽搭搭地躲在一边重新写了一篇作文。从那以后，忆北再也没有触碰过最让他们敏感的话题。

老伴儿走后，苏北感受到了前所未有的孤独。

打发孤独最好的去处就是墓地。他先到烈士陵园找到了哥哥苏南的墓，哥哥的墓地他已经来过不知道多少次了。记得哥哥的墓刚迁到烈士陵园时，墓地还是崭新的。这么多年过去，墓碑上的碑文已经有些模糊了，水泥浇筑的墓地已经开裂，从裂缝里长出了蒿草。以前来这里，他总是和老伴儿一起。见到有蒿草长出来，就会把它们拔掉。然后，两人一起坐在哥哥的面前。望着哥哥的墓，他总会轻声和哥哥打个招呼：哥，我和梦瑶看你来了——

三个人就像老朋友一样，静静地坐在一起，听着彼此的心跳。

日光在他们身边悄悄地流逝。

不知过了多久，他起身把老伴儿拉起来，顺手在她的身上拍一拍沾着的泥土，说一声：该走了。然后，扭过头去，再深深地看一眼哥哥，两个人就相扶相携着走了。

现在，没有了老伴儿的相陪，只剩下他一个人了。他坐在哥哥的墓前，独自絮絮叨叨、断断续续地说着这些年的过往。有一次，他问哥哥：哥，你在那边见到梦瑶了吧？你们要是还在一起，你要好好待她。她胆子小，身子薄，你要多担待她。说到这里，他已经说不下去了，泪水纵横着从脸上流下来。

从烈士陵园里出来，倒上两趟车，就到了人民公墓。

这里来来往往的人们，不是来祭奠的，就是把亲人的骨灰刚刚存放到这里。无论什么样的人，离开时都一步三回头，难分难舍的样子。

他轻车熟路地找到安放着老伴儿的格子前，把骨灰盒拿出来。掏出早就准备好的软布，擦了一遍又一遍，再放回原处。然后，他就立在一旁，盯着那个黑漆漆的盒子，一如梦瑶生前，两个人坐在家里客厅的沙发上。

他们沉默地坐着，彼此的心却是连在一起。梦瑶刚离开的日子里，他总是忍不住一次又一次地来陪老伴儿，哪怕只是安静地待上一会儿。他担心没有自己，她会孤单。遇上刮风下雨或者是变天，他会更长时间地陪一陪她。

每一次的陪伴，都会让他更加思念梦瑶。夜里，常常是泪水打湿了枕巾。

1

苏北是和遇到的游击队一起回到重庆的。

11月30日，重庆宣告解放。

12月3日，重庆和所有解放的城市一样成立了军管会。

苏北在军管会见到了久违的战友们，他的心情可想而知。朝思暮想的归队时刻终于到来了！

军管会是临时组建、由军人接管的城市机构。一位军人耐心接待了苏北，可对他的情况却一无所知。

城市刚刚解放，有千头万绪的工作要做。苏北是做地下组织工作的，地下组织有自己的流程和组织结构，相对来说比较复杂。军管会的同志只能让他耐心地等待。

重庆解放后，国民政府以及军队机构都被解放军接管了。重庆站也进驻了部队，苏北没有地方可去，还是由军管会的人出面，在重庆站为苏北安排了一间房子。

又回到重庆站的苏北，再看到眼前的一切时已是物是人非。以前，挂在门口写有重庆站的牌子，现在换成了解放军某某部队的标识。

苏北在等待的时间里，看着自己曾经熟悉的队伍，整装列队外出执行任务，又唱着歌回来，仿佛觉得又回到了部队。

那些日子，他激动得彻夜不眠。眼前晃动着战友们的身影。换岗的口令声隐约传来，一切都是那么地亲切，仿佛回到了自己曾经熟悉的军营。

大约十几天后，他接到了军管会的通知。

再一次来到军管会时，只见办公室里坐着几位穿着便装的同志。军管会的同志介绍，这几位就是负责重庆地下组织的联络人。他看着眼前的几位同志既吃惊，又亲切。亲切的是，以前从未谋面的地下组织的同志们终于见到了，吃惊的是这些人他一个也不认识。

苏北把自己潜伏在重庆站的工作，讲述给这几位地下工作的战友们时，他们也无法证明苏北的身份。解放前的重庆情况复杂，地下组织又几次遭到严重的破坏。王特派员在安定下来后，出于安全考虑，只是告知他联络地点，却从未安排见过接头人。他所传送情报的内容，这些人都是熟悉的。也直到这时，他才见到了自己的两个接头人，其中一位竟然是寺院的扫地僧。他扮成香客去寺院传送情报时，好像见到过这个扫地僧。另一位接头人更让他吃惊，原来竟是一位女同志。这位女同志的身份是用人，他们曾无数次地在接头地点传送情报，却因为组织的纪律，压根儿就没有见过面。现在，所有的接头细节都能严丝合缝地对上，遗憾的却是相逢对面不相识。

虽然工作上的细节能够对上，但还是没有哪个地下负责人能够说清楚苏北的来龙去脉。他是从南京代替苏南的身份潜入到重庆，真正的知情人还得是王特派员。当下的重庆，还没有人能够说清楚苏北的身份。最后，按照组织的程序，下一步要进入甄别阶段。

军管会的人答应他，尽快联系到南京的王特派员。在接下来的时间里，他只能安心等待着组织对他身份的甄别。

一天，他突然想起了远在南京的梦瑶。

自从南京解放前，梦瑶给他打来最后一通电话后，有半年的时间，他们几乎处于隔绝的状态。他无数次想过梦瑶现在的生活，心里清楚组织一定会替她安排好一切，但他仍然有些担心。

既然军管会的人能够联系到南京的王特派员，那自己也一定能够联系到梦瑶。一个想法在他脑子里冒了出来，他要给梦瑶写一封信。除了报平安，同时也希望得到梦瑶现在的消息。回到住处找来纸笔，提笔写信时他却犯了犹豫。刚写下"嫂子"两个字，他就卡壳了。这时才想起来，这两三年来，他们每次通电话或者见面，几乎和对方没有明确的称呼。每次接听电话，他们几乎都是开门见山地说着事情。他犹豫了好半响，终于把笔落在了纸上，写下了梦瑶同志。直到这时，他才觉得一切都顺畅起来。在信里，充满了对她的担心和问候，也把自己的目前状态告诉了对方。写完信后，他又一次来到军管会。把信交给了军管会的同志，希望他们能把这封信转到南京，并请南京的同志帮忙寻找梦瑶。

离开军管会的苏北，无意间在一个小胡同里看到了一个熟悉的身影。他脱口而出喊了一声：张大召！

果然，那人停下了脚步。

张大召戴了一顶普通的帽子，穿着一身布衣，脸上的胡子已经挺长了。张大召看见他，脸上掠过一丝惊喜，便下意识地把他拉到一个角落里。他惊讶地问：你怎么还没走？

张大召就说：老婆马上就要生产了，都到这个时候了，我还能往哪里走？

苏北就想起张大召那文静、耐看的老婆，烧得一手好菜。他只身来到重庆后，没少吃张大召老婆做的菜。

他又问张大召：那你接下来想怎么样？

张大召就叹口气：还能怎么样？隐姓埋名呗。说到这儿，他警惕地看着苏北：你不会把我交给共产党吧？你是知道的，我手里可没有共产党的血账。然后，又想起了什么似的：你给我的那张纸条，我已经放到香炉底下了。

他看见苏北赞许地冲他点点头，就赶紧说：那像我这样的算不算有立功的表现？

苏北又一次微笑点头，紧接着问道：那些留在重庆潜伏的人呢？

张大召就摇摇头：那天你们撤离时，我们已经提前离开了重庆站。我说过我不会潜伏的，我是自己偷偷溜走的。那些人去了哪里，我就不知道了。

苏北望着张大召安慰着：政府对待你们这些人是有政策的，你现在去自首还来得及。

张大召一副急于脱身的样子，冲苏北摇了摇手：我该走了。

说完，他向前走了几步，又突然停下来，转过身，望着苏北：我万一要是被共产党抓到了，你能帮我说句公道话吗？

苏北从张大召的眼里看到的满是期待，他冲张大召坚定地点了点头。直到这时，张大召似乎才长舒了一口气，拉长声音说了一句：谢谢你，副站长。说完，头也不回，一溜烟儿地消失在了胡同里。

让苏北没有想到的是，进入到二十世纪八十年代，他突然间想起了这个张大召，就设法通过重庆的熟人寻找张大召的下落。

这么多年，他不是没有想起过张大召。只因当时的局势，找到张大召又能怎么样呢？

到了八十年代一切都不一样了。许多人被平反，当年顶着高帽子的那些人也从监狱里出来了。

大概是两个月后，重庆的熟人终于给他带来了关于张大召的消息。

张大召在1970年就已经死了，尽管隐姓埋名，但还是被以前潜伏的人指认出来，被红卫兵揪出去游街示众，并以特务的罪名关了起来。最后，不堪忍受羞辱和折磨的张大召，用一根绳子把自己吊死了。

尽管张大召的命运和自己预料得相差无几，但还是让他震惊不小。那段日子，他总是莫名其妙地想起张大召，想起他在重庆站的日子，以及他留在重庆后隐姓埋名的生活。不知道他的家眷和孩子现在又怎样了？一连串的问题，总是萦绕在他的脑海里。

三个月后，时间进入到了1950年。苏北身份的甄别工作终于告一段落，不仅王特派员写来了证明信，还有梦瑶对他身份的证明，以及当时自己所在的华东局的老部队都寄来证明他身份的信函。

军管会的同志们又一次客气地接待了他，关于他的工作安排上级有两点意见，一是留在重庆当地，参加当地的城市建设；二是回到南京，因为他当年正是从南京出发来到重庆做潜伏工作的。

在第一次见到军管会的同志时，他就向组织提出，希望自己可以回到老部队工作。

自从那天接到华东局的命令，他便连夜离开队伍，甚至都没来得及和战友们告别。老部队是他成长的摇篮，在重庆的日子里，他无数次地思念着那些战友。

组织给他的答复是：回原部队已经不可能了，原来的部队早就进行了改编，过去的番号已取消。而他现在的身份，也已经不适合部队的工作了。

早在一个月前，梦瑶就给他回信了。

梦瑶在信里热情洋溢地告诉他，自己在南京一切都好，已经投身到新中国的建设中了。信的末尾，她写下了这样一句话：苏北同志，希望你的身份早日甄别结束，回到南京。

梦瑶的这句话也许是惯性使然，但在他的心里犹如一声炸雷。他读完梦瑶的信，突然就有了一种感动。这些年来，他一直扮演着丈夫身份。他们在电话里一次次地嘘寒问暖，彼此关心着对方的生活。在别人的眼里，俨然就是一对夫妻。

也许正是因为梦瑶的这封信，他毫不犹豫地向组织报告：我要回南京工作。

下了这样的决心后，他下意识地又一次想起了梦瑶。

苏北在回南京前，又接到了一项新的工作，那就是甄别抓到的潜伏特务。

有了他传送的情报，这些潜伏人员很快就被抓到了。当他站在这些昔日的重庆站人员面前时，他们都大吃一惊，陌生地望着曾经的苏副站长。他们做梦也没有想到，苏副站长竟然是一名地下党。他们在苏北面前，认输地低下了头。

苏北看着眼前这些曾经熟悉的人。在他送出去的名单上，除了张大召之外，所有的潜伏人员都已被抓获。

他默默地思忖着，仔细回忆着每一个细节，那份被送出去的潜伏名单上的确有张大召的名字，作为执行队长还被排在第一名。在把名单交给张大召之后，他才意识到这一点。现在，这些人都被抓捕归案，唯有张大召。他想，一定是张大召把自己的名字从那份名单里删除了。

不知是为了已经完成的任务，还是为了没有归案的张大召。他站在这些人的面前，长长地出了一口气。

在以后的许多年里，他经常想，如果当时就对张大召进行指认，归案后张大召的命运，又将该如何改写呢？

2

回到南京的那天，他下意识地来到梦瑶住所的楼下。再一次踏上南京这片土地，他才意识到，这里根本没有属于自己的家。

在重庆潜伏时，他曾以梦瑶丈夫的身份回来过一次。也许，就是因为和梦瑶有着千丝万缕的联系，自己在潜意识里，把南京当成了自己的家。

以前在部队时，部队就是自己的家。随部队南征北战，天当房，地当床，战友就是自己的亲兄弟。

习惯了戎马生涯的苏北，站在梦瑶家的楼下，才突然意识到原来自己是一个无家可归的人。

犹豫之间，他突然看到梦瑶牵着孩子的手，正站在不远处望着他。他扭过头望着娘儿俩。怀南一眼认出他，挣脱开梦瑶的手，像一只小燕子向他飞来，边跑边喊叫着：爸爸回来啦，爸爸回来啦！

哥哥牺牲的那一年，怀南还小，并不知情。后来他冒充哥哥的身份，成了怀南的爸爸。记得第一次与怀南在重庆相见，她当时还被梦瑶抱在怀里，梦瑶一遍又一遍地催促着：叫爸爸。

在怀南的心里，他仍然是那个曾经的爸爸。

看着怀南像燕子似的飞过来，他俯下身子，让孩子扑在自己的怀里。直到这时，梦瑶才如梦方醒似的走了过来，看着他的脸，亲切地说：回来啦？

他冲梦瑶点点头，觉得自己有千言万语要向她诉说，却又不知道从何说起。

梦瑶帮他提上行李，说了一句：回家吧。

就是这样简简单单的一句话，他的眼眶一下子热了起来，差点儿流出了眼泪。

当他走进这曾经熟悉的家时，竟一下子变得局促和陌生起来。记得第一次从重庆回来，第一次迈进这个家门时，他都没有这般局促。

梦瑶把行李放在客厅的一角，便去张罗着做饭。他陪着怀南玩了一会儿，怀南用两只手搂着他的脖子，一遍又一遍地说：爸爸，我天天想你。每天做梦都会梦到你。爸爸，你怎么才回来呀？

怀南似乎怕他再次消失一样，把自己紧紧地缠在他的身上。直到梦瑶喊他们吃饭，两个人才分开。吃饭时，怀南还仰起脸来冲他说：爸爸，这次回来你就不走了吧？

听到怀南这么问，他下意识地抬头，和梦瑶的目光碰在了一起。两个人又都下意识地把目光躲开了。

吃完饭，他和梦瑶又简单聊了一下近况，天渐渐地就晚了。

他知道自己该走了，便起身告辞，重新拿起放在客厅角落里的行李。

怀南看见了，冲出来，抱着他的大腿，突然间"哇"的一声大哭起来，边哭边喊：我不让爸爸走，爸爸一走就又好久见不到了。

孩子这一哭，他的眼圈红了。他又想起了哥哥，如果哥哥没有牺牲，这该是多么幸福的一家人啊！

梦瑶过来安慰怀南，哄劝着孩子：爸爸不走，过两天就回来。说着，强行把怀南拉到一边。

他终于狠心拉开门，头也不回地朝楼道走去。

这时，他听见梦瑶在身后喊：这么晚了，你要去哪儿啊？

他早就想好了，他要去部队的留守处借宿一晚。来时的路上，他看到有许多院子的门前挂着留守处的字样，有士兵在门口站岗。他知道部队又去执行任务了，留下少量的人员在家留守。他没有停下脚步。听着怀南在后面的哭喊声，眼泪终于忍不住流了下来。

第二天，他就来到政府办公室。

从重庆出发时，他身上带着重庆军管会开具的证明。政府办公室的人确认了他的身份，关于他的工作只能让他再等等。

他理解政府，全国到处都一样。刚刚解放，政府的工作人员有千头万绪的工作。他只能耐心地等待着。

在等待的这段时间，他一直借宿在部队的留守处。

晚上，他在部队留守处里散步，猛然间，看见一个熟悉的身影。那人和几个留守处的人有说有笑地走过来。他立住脚，痴痴呆呆地望着那个熟悉的身影。那人见了，也停下了脚步。四目相对时，两个人几乎同时认出了对方。他喊了一声，赵营长。那人喊一声三分队长！两个人奔上前，就紧紧地抱住了对方。

后来聊天时才知道，当年的赵营长，现在已经是师长了，正在南京陆军学院学习，这天特意抽空到留守处看望战友。

意外的相逢，让分别几年的两人有说不完的话。他们聊着这几年各自的成长经历。苏北在说到自己去重庆执行任务，都没来得及和战友们告别时，赵营长用拳头捣着他的胸膛：我就知道，你小子一定是执行重大任务去了。

赵营长说起一个又一个他熟悉的战友，有的离开了老部队，合并到了其他队伍，还有更多的他熟悉的战友牺牲在了战场上。

短短的几年时间，战争让一切变成了沧海桑田，物是人非。

那天晚上，两个人都喝多了。赵营长搂过他的头，一遍又一遍地说：你小子要是不离开部队，现在最起码也是个团长了。

两人就这样，哭哭笑笑说了一晚上。

酒醒之后，他还记着赵营长说过的话。想起那些牺牲的战友，禁不住悲从中来。执行了几年的地下工作，让他能更加冷静地看着这历史性的变化。革命的成功不是某一个人的贡献。历史就像一部机器，他们每个人只是机器上的一颗螺丝钉，只有同心协力，不出差错，才能让这部机器正常运转起来。

他在部队留守处等了几天后，王特派员突然出现在他的面前，通知他到他的办公室去帮忙工作。

当时的王特派员就是负责甄别、安排当年的地下工作者，任务很繁重，每个熟悉和不熟悉的同志都需要重新建立档案，分门别类地推荐给上级机关，再由上级机关重新给这些同志安排工作。

有了新的工作，他终于踏实下来。

在这期间，他又抽空去看了梦瑶和怀南两次。梦瑶是最早被安排工作的那一批地下党员。她在纺织厂上班。王特派员曾经建议她留在市政机关工作，毕竟有这方面的工作经验，却被梦瑶婉拒了。

纺织厂大都是女工。大陆刚刚解放，边边角角还有许多零散的战役，部队需要剿匪，海南岛还没有解放，更为远大的目标是解放台湾。各类工厂也正是吃紧的时候，各级政府的人员也加班加点地组织人力，恢复着工厂的正常工作。纺织厂也正是用人之际，前方的将士们需要服装，迈入新中国的百姓也需要遮体保暖。

政府工作人员在各处立起了招工的牌子。既然纺织厂缺人，梦瑶便责无旁贷地选择去了纺织厂。

他发现梦瑶的性格比以前变得开朗了，脸上透着红润，两眼有神，经常不自觉地发出爽朗的笑声。

每一次与梦瑶告别，怀南都会大哭上一次，哭着喊着要爸爸。每到这时，他的心里都不是滋味。再看梦瑶，眼圈儿里也有了泪光。他只能一遍遍地安慰着怀南，答应过两天就来看她。

每次和娘儿俩告别，梦瑶都会把他送到楼下，千叮咛，万嘱咐：天冷了，记得添衣服。换下来的衣服就不要洗了，拿过来我帮你洗。

他一边低着头，一边应着，用含混的声音说：快回去吧，回去晚了，孩子又该闹了。

她就立住脚，目送着他消失在远处。走了很远，他回过头来，看到她还立在原处。他的心里就漾起一层微微的涟漪。

3

苏南的烈士证书，终于在经过政府审批后，被送到梦瑶的手中。

苏南被定性为烈士的过程与部队的程序迥然不同。部队每次在战斗中总会有战友牺牲。战友的姓名、籍贯和老家的地址，就会被层层报到上级机关去。战役一结束，如果烈士的老家在解放区的，部队就会通知当地的政府机关，政府便会把牺牲的战士定性为烈士，隆重地给家属送去烈士证书。而那些老家不在解放区的，部队也会把牺牲证明保存好，等待时机。

像苏南这种做地下工作的却不一样。首先，要得到地下组织的确认，再报送给牺牲所在地的政府机关。因为工作的身份特殊，证明起来就需要时间。

南京解放后，作为负责南京片的地下组织的领导之一，王特派员有许多地下组织的人员需要重新界定。苏北现在承担的工作就是协助王特派员，任务繁杂，且事无巨细。

王特派员把苏南的烈士证书交给苏北，并征求他的意见，是苏北负责转交给梦瑶,还是由组织出面?

苏北知道王特派员的工作很忙,就说:就由我转交吧。

王特派员望着苏北,意味深长地点点头。

望着烈士证书中哥哥的名字,还有政府的那枚鲜红的印章,苏北的心情既沉重又复杂。哥哥牺牲的这几年,自己一直以哥哥的身份生活着,哥哥就像自己的影子一样,好像从来不曾离开过自己。如今,他手捧着哥哥的烈士证,却觉得哥哥正在一点点地远离。他的身体似乎被哥哥离开的现实抽空了,心里没有了着落。

苏北在傍晚的时候,出现在梦瑶的家里。烈士证书被他用一张牛皮纸包裹着。他在来时的路上,特意为怀南买了个玩具。一进门,他就把玩具送给了怀南。梦瑶从他的脸上看到了少有的凝重,就打发怀南到里屋去玩。

客厅里只剩下两个人时,苏北才把手里的牛皮纸打开,把烈士证书递过去。梦瑶看到证书,手被烫了似的,猛一下缩了回去。片刻之后,她的眼睛里就蓄满了泪水。她小心翼翼地伸出手,轻轻地接过证书。把那几个字,看了一遍又一遍,她把证书紧紧地捂在胸前,压抑着不让自己哭出声来。

苏北清楚,梦瑶此刻的悲伤,用什么样的语言来安慰都尽显苍白。身为弟弟,面对此情此景,内心也一样地伤感与悲戚。两兄弟少小离家,再相聚时,却已是天人永隔。

看着嫂子,他的眼眶一阵发酸,眼泪就要决堤而出。他努力平复着情绪,与嫂子告别。走到楼下,他忍不住回过头,去看梦瑶的房间。他知道,此时的她又一次经历着生离死别。他知道,在梦瑶与哥哥苏南的关系中,他仍是个外人。

过了一阵子,他觉得自己应该去看看她,想知道她这些天是怎么过来的,哪怕什么也不说,站在她面前陪一陪也好。有几次,他都走到通往梦瑶家的那条小路了,却又折返回来。

几天后的傍晚,梦瑶却找到了他的住处。他正在看材料,继续白天没有完成的审核工作。

梦瑶突然出现在他的面前,她犹豫着告诉他,自己要回一趟苏南的老家。

直到这时,苏北才意识到,自己已经很久没有回老家了。

上一次回老家,还是在队伍改编后,路过老家时看望了父母。后来一直随部队南征北战,又到了重庆。在重庆时因为自己的特殊身份,不仅不能回老家,就连通信也不可能。

从重庆回来,他一直等待组织甄别,重新分配工作。在煎熬般的等待中,老家也似乎被他遗忘了。梦瑶这么一说,他突然对老家有了强烈的思念。还记得最后一次离开老家,与父母告别时,他已走到山脚下了,父母还在眼巴巴地看着他。像两棵挺不直腰身的老树,地久天长地立在那里。

苏南牺牲在特殊时期,自然不会把消息通知给老家的父母。如今哥哥的烈士证书已经下来了,也是该回趟老家了!对自己、对父母,也是对哥哥要有一个交代。

梦瑶牵着怀南的手,他走在娘儿俩的身后。

还是那两间熟悉的草屋。父亲正坐在屋前晒太阳,和几年前相比明显老了许多,在太阳的光照中昏昏欲睡。他们一直走到他的面前,父亲才费力地睁开混浊的眼睛,把散乱的目光定格在眼前。

苏北听见了母亲在房间内的咳嗽声,哽咽着声音叫了一声:爸——

父亲的身体抖动了一下,努力把目光聚焦在他们的身上。半晌,又是半晌，父亲扶着墙，颤颤抖抖地站了起来，试探着喊出：是苏南一家呀，你们回来了……

母亲听到动静也从屋里走了出来，看到他们，拍着大腿惊叫了起来：哎呀，是苏南、梦瑶呀！

母亲也把他认成了苏南。

他走到父母跟前，把身子背过去，露出了左耳，让父母去看那颗痣。父母二人一起瞪大了眼睛。

当梦瑶把苏南的烈士证书恭敬地摆在父母面前时，两个老人顿时变得手足无措。他们把目光聚在烈士证书上，又抬起来，重新注视到他们的身上。过了很久，在苏北的心里，时间仿佛停滞了。母亲突然就跌坐在地上，父亲的头也软软地靠在墙上。母亲冲着天空喊了一声：南南，妈在梦里梦到过你啊——你给妈托过梦，可妈跟你说话你都不理啊……

父母没有更多的悲伤，却有几分意外。

苏北和苏南离开家太久了。战乱这些年，他们与父母联系甚少。在父母的心里，两个儿子一定是凶多吉少。如今，苏北回来了，还带来了儿媳妇梦瑶和孙女。这已经让他们万分感谢佛祖的护佑了！

团聚永远是短暂的，又到了别离的时候。

这几天，苏北一直在劝说着：爸、妈，等我在城里安定下来，就接你们去南京。他每次说时，父母既不摇头，也不点头，站在那里，认认真真地把他打量了，似乎总想在他的脸上找到苏南的影子。

在村口时，他又一次发誓似的把这话说给了父母。看着年迈的父母，他实在不忍心把孤苦的他们留在这里。父母把目光落在梦瑶和怀南的身上，欲说还休。

在回家的这几天，父母总是小心翼翼地打量着梦瑶。毕竟儿子不在了，儿媳妇也就成了外人。父母在她的面前，说什么话，做什么事都觉得不合适。父母似乎有话要说，每次却是欲言又止的样子，只能用目光在他们两个人的身上扫来扫去。

在村口，他们停下来，准备和父母告别。母亲颤颤地拉起梦瑶的手，弯下身子，半抱着怀南，哽咽着声音说：怀南啊，你们啥时候还回来呀？

梦瑶在离别的时候，眼泪就一直含在眼圈里，这时终于绷不住了，背过身去擦眼泪。

苏北走过去，大包大揽地说：爸、妈，以后我们年年回来看你们。

在以后的日子里，苏北和梦瑶多次回到家里探望两位老人。他们真心实意地想把两位老人接到城里，可他们说什么也不同意。父母唯一的一次进城，就是到烈士陵园去看苏南。

父母见到苏南的墓，竟出奇地平静。

母亲走到苏南的墓碑前，把墓碑紧紧地抱在怀里，身体也顺势坐在了地上。在苏北眼里，母亲抱着的不是墓碑，而是活着的苏南。

父亲在儿子的墓地前，这里看看，那里摸摸，一遍遍地念叨着：好地方啊，这可是风水宝地。

父亲仰起头，望着头顶上的太阳，把眼睛眯了起来。

母亲抱着墓碑，嘴里小声地念叨着：南南啊，这辈子咱娘儿俩见不上就不见了。咱们还有下辈子，下辈子妈妈再也不会让你离开我们了。说完，母亲的眼泪就像决堤的河水般倾泻而出。

这是父母这辈子唯一的一次进城。

4

苏北和梦瑶从老家回来不久，正赶上中秋节。

一天，王特派员突然对苏北说：晚上叫上梦瑶一起，到我家里来吃饭。

王特派员对他们来说就像自己的亲人。做地下工作时，是他们的领导；现在，则是他们生活的见证人，也是他们最信赖的人。

那天晚上吃完饭，王特派员并没有急着离开饭桌，抬起头来，用目光在他们的脸上看来看去。然后，很突然地说了一句：你们该结婚了！

两个人静静地望着王特派员，时光似乎又回到了过去——王特派员正在神秘地给咱们下达一项新的任务。

这么多年，他们已经习惯了服从组织安排的一切。每次有任务，都会愉快地接受并历尽艰辛地去执行。这次自然也不例外。听了王特派员的话，他们互相对视一眼，又把目光投到王特派员的脸上。

王特派员低下头，小声地说：这样的安排，苏南也会满意的。

苏北结束了在市委的帮助工作，他先是被分配到工商者联合会，后来轻工局成立，他又调到了轻工局，直至退休。

梦瑶也调到了纺织厂的工会。

这是一个平平常常的周末。在王特派员的主持下，他们举行了简单的婚礼。

后来的故事，就从这里开始啦——

图书在版编目（CIP）数据

一世机密 / 石钟山著. -- 北京：作家出版社；合肥：安徽文艺出版社，2025.1 -- ISBN 978-7-5212-3225-7

Ⅰ.I247.5

中国国家版本馆 CIP 数据核字第 2024TS7349 号

一世机密

作　　　者：石钟山
责任编辑：史佳丽　张妍妍
封面设计：周思陶
出版发行：作家出版社有限公司
社　　　址：北京农展馆南里 10 号　　邮　　编：100125
电话传真：86-10-65067186（发行中心）
　　　　　86-10-65004079（总编室）
E-mail:zuojia@zuojia.net.cn
http://www.zuojiachubanshe.com
印　　　刷：三河市北燕印装有限公司
成品尺寸：152×230
字　　　数：214 千
印　　　张：17.5
版　　　次：2025 年 1 月第 1 版
印　　　次：2025 年 1 月第 1 次印刷
ISBN 978-7-5212-3225-7
定　　　价：58.00 元

作家版图书，版权所有，侵权必究。
作家版图书，印装错误可随时退换。